新約

とある魔術の禁書目録《インデックス》

14

鎌池和馬

イラスト・はいむらきよたか

デザイン・渡邊宏一（2725 Inc.）

序章　魔神が身近になりました　Home_Party?

前回までのあらすじ!!

『魔神《まじん》』で木乃伊《ミイラ》のジジィ、僧正《そうじょう》の魔の手からどうにかこうにか逃げ延びて、命からがら学生寮《りょう》まで帰ってきたら、小さな段ボール箱を突き破って『魔神』ネフテュスが飛び出してきた(←実話)。

「……、」

「……、」

そして夕暮れの学生寮で、上条当麻《かみじょうとうま》はフローリングの床に正座させられていた。

アローヘッド彗星《すいせい》こと僧正ラストアタックの被害は甚大《じんだい》だった。とりあえずベランダ側の割れた窓一面にビニールシートを張って応急処置はしているものの、一二月の冷たい空気は容赦《ようしゃ》なく入り込んでくる。僧正許すまじ、最後の最後まで迷惑をかけていくハイテンションジジィであった。

そんな寒々しい室内。眼前で仁王立《におうだ》ちするのは、白地に金刺繍《きんししゅう》を施《ほどこ》した紅茶のティーカップみたいな修道服を纏《まと》う銀髪のシスター・インデックスと、全長一五センチの『魔神』オティヌス。

「で？」

「……はい」

「とうま、次から次へとポンポン居候《いそうろう》を増やしてどうするつもり？　こんなのちゃんと面倒見《めんどうみ》られるの⁉︎　今月の家計もいっぱいいっぱいいっぱいって大体いつでも口癖《くちぐせ》みたいに言っているのに⁉︎」

「いやーこれで俺が怒《おこ》られるのは流石《さすが》に理不尽《りふじん》だと思うよ？　だってネフテュスのヤツは勝手に宅配便でやってきたんだもの！　俺も事情は良く分かんないしーっ‼︎」

ついでに言うとここにいるのは上条少年以外全員居候である（三毛猫《みけねこ》含む）。『お前が言うなよ』的目線を送るオティヌスは、最近三毛猫の腹を満たしてしまえば自分が襲《おそ》われる事はないという革新的事実に気づいたため、ペットフードの箱を蹴倒《けたお》してカリカリ式チャフを床一面にばら撒《ま》いていた。

結果として餌《えさ》まみれになったオティヌスごと襲撃《しゅうげき》が実行されたが、気にするインデックスやネフテュスではない。多分猫は寒がりだから一五センチの少女は湯たんぽ代わりにされているんだろう、とほのぼの変換が実行される。

「さっきも言ったけど、貴方達《あなた》にとっても他人事《ひとごと》ではないはずよ……」

全身汗だくで、何とかしてその場から起き上がろうとするネフテュスはそう告げる。

「上里翔流《かみさとかける》が現れた。……あの理想送り《ワールドリジェクター》が全《すべ》ての『魔神《まじん》』を撃滅《げきめつ》する力を備えているとしたら、貴方《あなた》の側に立つオティヌスとて無事では済まないでしょう」

……本人はいたって大真面目《おおまじめ》なのだが、傍《はた》から見ると全裸に包帯の褐色《かっしょく》美女が四つん這《ば》いで女豹《めひょう》のポーズを決めているように映ってしまうから認識学は恐ろしい。

キリキリキリキリーッ!!　とインデックスの目尻《めじり》が吊《つ》り上がっていく。

その可愛《かわい》らしい口元から凶悪《きょうあく》な犬歯が覗《のぞ》いたのを見て、上条《かみじょう》は本格的に総毛立つ。

「これはもう不幸を超えた理不尽《りふじん》だと思うよ!?」

「……じゃあとうま、完全なる無の心でいられたと神に誓《ちか》える？」

「げふん」

思わず目を逸《そ》らして咳払《せきばら》いしたのがまずかった。

戦闘機《せんとうき》の操縦桿《そうじゅうかん》から安全装置のカバーが親指で弾《はじ》かれる幻《まぼろし》を見た。

「とうまーっ!!」

「ひひっひいいー！　あの超ド級の僧正《そうじょう》戦の後にセーブも宿屋で一泊もナシにこれかーっ!?」

「こんなに立て続けに居候《いそうろう》を増やしてご飯事情はどうなるの!?　具体的には今夜の夕ご飯は！　各々《おのおの》おかずが一品減るとかそういうのは絶対にごめんなんだよォォォおおおお!!」

「てんめえ本音はそれかあァーッツッ!!!???」

ようやく精神的な反撃の糸口を見つけた上条は、座して死を待つ事なく正座のままスッと横へスライド移動。飛びかかってくるインデックスを華麗《かれい》に回避《かいひ》する。

そう、上条当麻《とうま》はやればできる子なのだ。

第三次世界大戦を何とかしちゃうレベルで。

「ぶぎゃん!!」

「手は貸さんぞインデックス、できる子なら自分の足で立つんだ」

とはいえ、確かに時間的には夕暮れ。もうへとへとの上条はここから家事なんてやりたくなかったが、でも誰《だれ》かが手を動かさないとご飯はやってこないのも事実。

「良いかインデックス、困った時には鍋《なべ》に頼《たよ》れば良いんだ。人数が増えれば増えるほど一人当たりのコストが減る親切設計、しかも同じ鍋をみんなでつつけば会話も円滑に進む、手っ取り早く馴染《なじ》める！　ネフテュスの野郎が何を抱えてここまでやってきたのかは知らないけど、絶対放置したってろくな事にならないのはもう目に見えてる。つーかさっきから寒くて凍《こご》えそうなんだこ！　一二月なのにガラス割れて窓全開とかどんだけ面倒《めんどう》臭《く》せえんだ畜生ォおおお!!　そんな訳でやるよ！　今夜はあり合わせで適当に鍋作るよ!!」

「その適当にっていうのが許せないんだよ！　ご飯は一日三回しか食べられない贅沢《ぜいたく》なの。だから一食一食に全身全霊《ぜんしんぜんれい》をかけるのが基本でしょーっ!!」

「ならお前も作る側に回ろうかインデックス!!」

上条は元々ツンツンしている頭を逆立てるようにして叫ぶ。

そんなで冷蔵庫の前へ。

三毛猫《みけねこ》のざらざらした舌でべっとべとに翻弄《ほんろう》されているオティヌスがこんな風に言ってきた。

「鍋《なべ》も何も、準備はあるのか？」

「学生の貧乏メシを舐《な》めるなよオティヌス。その気になれば豚肉の切れ端《はし》とキャベツの芯《しん》でも美味《おい》しく味を調え――――」

バコリと冷蔵庫の扉を開けた上条《かみじょう》の言葉が、そこで途切れた。

冷蔵庫の中にあるものを眺《なが》め、少年は絶句していた。

「……おいインデックス」

「何ですかなとうま」

「少なくとも三日前にはスーパーの特売で買い出しを済ませていたはずだ。なのにどうして今、冷蔵庫の中にしょうゆと味噌《みそ》しか入ってないんだ……？」

「げふん」

目を逸《そ》らして咳払《せきばら》いしたのがまずかったらしい。

上条当麻《とうま》の頭の中で、細い線が焼き切れる感触が走り抜けた。

「てんめエエエええ!!」

本日の鍋パーティ、具材一覧その一

しょうゆ、味噌《みそ》

（一口メモ）

上条当麻《かみじょうとうま》「いっそ出汁《だし》と具のない味噌汁でも良いと思うんだ」

オティヌス「良いと思うんだじゃねーだろ」

インデックス「牛丼屋さんのお湯を注ぐお味噌汁だってもう少し工夫があるんだよ」

上条当麻「……、」

第一章　幻想殺しと理想送り　One_Night_Encount.

1

冷蔵庫の中身は壊滅的《かいめつてき》だ。割れた窓から冷気が忍び寄るこの室内よりも寒々しい。ない袖《そで》は振れないので、鍋《なべ》の話はいったん脇《わき》に置いておくとして。

「で、その上里《かみさと》ってのは何なんだ？　そもそも何でお前、そんなに弱々しくなってんだ。神様のくせに」

「……ひどい言われようだけど、否定できないのが哀《かな》しいところね」

なんか長話になりそうなので上条《かみじょう》達はコタツの方に移動していた。そしてネフテュスは起き上がって布団《ふとん》の中にスラリとした足を入れるだけで、相当無理をしているように見えたのだ。あの傲岸不遜《ごうがんふそん》な『魔神《まじん》』らしくもない。

人間相手に弱い所なんて絶対に見せたがらないであろう『魔神』の、削られた力、削られた速度。それらを眺《なが》めて、上条は思わず警戒を解いていたのだ。

(……こいつには)

彼は魔術《まじゅつ》の専門家でも、『魔神』の同類でもない。

でも分かる。人間ごときに看破できてしまう。

今のネフテュスには戦う力がない。地を這《は》う人間に侮《あなど》られる程度の微力しか残っていない。

(きっと、こいつには、もう何もない……)

そう思われてしまう事が、『魔神』にとってどれほどの辛苦《しんく》か。

かつての全力全開だったオティヌスや最期《さいご》の瞬間《しゅんかん》まで笑い続けた僧正《そうじょう》と比べてみれば、わずかなりにも想像の余地はある。それでもネフテュスはあらゆる羞恥《しゅうち》を呑《の》んでここまで来た。

それほどの『何か』が進行している。

座っていても自分の上体を支えられないのか、コタツの天板に身を投げ出すような格好で、チョコレート色の肌に包帯を巻いた銀髪のネフテュスはこう切り出した。

「……娘々《ニャンニャン》は死んだわっ　他の『魔神』達も一斉に」

「えっ⁉」

「いいえ、死んだというのは正しくないかも。上里翔流《かける》の理想送り《ワールドリジェクター》をまともに喰《く》らって、『新たな天地』とやらに追放された。おそらく現世にいる限り、もう二度と彼女と再会する事はないでしょう。そういう意味では、三途《さんず》の川なりレテの河なりを渡ってしまったものと同義でしょうね。あれはもう、死別と置き換えて構わない」

ほんの数時間前なら、何を馬鹿《ばか》なと否定していただろう。

『魔神《まじん》』は最大の脅威《きょうい》で、いないならいないに越した事はない。にも拘《かかわ》らず、そんなラッキーな展開になる訳がないと否定してしまっていただろう。

でも、今は違う。

彼女が冗談《じょうだん》を言っていないのは、彼女自身の衰弱《すいじゃく》を見れば想像がつく。

ただその上で気になるのは、

「ちょっと待ってくれ。色々新しいワードが出てきて頭が混乱しそうだ。上里《かみさと》？　理想送り《ワールドリジェクター》？　他の『魔神』に、新たな天地？？？　一体全体何がどうなっているんだ。それに……」

上条《かみじょう》はわずかに言い淀《よど》んでから、

「……それに、娘々《ニャンニャン》がやられたって」

「事実よ」

「でもそんなのどこで知ったんだ。仮に上里とかいうのと遭遇《そうぐう》していたんなら、アンタだけ生き残っているのはどうしてなんだ」

「……私にも分からない」

ネフテュスは、息も絶え絶えにそう答えた。

「気がついたら幻想殺し《イマジンブレイカー》以外の特別なチカラが結晶化していて、上里翔流《かける》はそれを自在に振り回していた。どうして彼が理想送り《ワールドリジェクター》を手にして、私達『魔神』を攻撃《こうげき》したかは一切不明。

ただ、とにかく、分かっているのは、あの男には『魔神』を刈り取るチカラがあるって事だけよ」

「あの男、というのは？」

横から口を挟《はさ》んだのは、同じ『魔神』のオティヌスだ。

『魔神』を説得するのではなく、殺せる存在。そんなもの、彼女も彼女で信じがたいのだろう。だが長い銀髪を垂らすネフテュスは、まるで周回遅れを嘲笑《あざわら》うように唇《くちびる》を歪《ゆが》める。

「そう……あの男、よ。上里翔流本人は、どこにでもいる平凡《へいぼん》な高校生にしか見えなかったわ。学園都市の学生かどうかも分からない。凡庸極《ぼんようきわ》まる顔立ちは、ひょっとしたら上条当麻《とうま》以上に平均的でしかなかったかもね。少なくとも、高度な軍事訓練を何年も積み重ねたり、魔術《まじゅつ》結社にどっぷり浸《つ》かったり、『聖人』のような特異体質を持っていたり……といった空気はなかったわ」

「では理想送り《ワールドリジエクター》は」

「おそらく幻想殺し《イマジンブレイカー》と同じ、世界の抽選によって選ばれたに過ぎないでしょう。でも私は、幻想殺し《イマジンブレイカー》はたまたま上条当麻に宿ったとは思っていない。全《すべ》ての魔術師の夢は、神浄《かみじょう》の討魔《とうま》という真名の持ち主、その魂《たましい》の輝《かがや》きに惹《ひ》かれて吸い寄せられたと今でも信じている。……であれば、上里翔流の中にも何かがあるんでしょう。理想送り《ワールドリジエクター》を吸い寄せ、宿らせるほどの、特異な何かが」

「そもそも、その、何なんだ？」

上条《かみじょう》は自分の右手に目をやりながら質問した。

「理想送り《ワールドリジエクター》ってのは？　こいつと同じで、何かの能力なのか？？？」

「その幻想殺し《イマジンブレイカー》を学園都市に類する能力と同じように見ている事自体が周回遅れなのだけれど」

呆《あき》れたような、ネフテュスの言葉だった。

「どこかで聞いた事はないかしら。幻想殺し《イマジンブレイカー》は魔術《まじゅつ》を使う全《すべ》ての者が思い浮かべる夢の集積体。もしも世界を自由に変更できたら嬉《うれ》しいけど、その結果しっちゃかめっちゃかになるのは怖い。だから都合が悪くなったらいつでもレストアできるよう、明確な修復点、基準点が欲しかった。メートル、キログラム、セルシウス温度、元素周期表、その他色々。その右手はあらゆる単位に対する不変的な原器として機能する、って」

難しい言い回しだったが、似たような事はオッレルスからも聞いていた気がする。

幻想殺し《イマジンブレイカー》はあらゆる魔術師の夢を集めたセーフティだと。

全力全開のオティヌスとの勝負でも、その定義が中心にあったはずだ。今、上条が当たり前の顔で『元の世界』を謳歌《おうか》しているのも、修復点とやらをオティヌスが活用してくれた結果なのだから。

「……私も細かい検証は済ませていない。だけど上里《かみさと》本人の口振りから察するに、幻想殺し《イマジンブレイカー》と理想送り《ワールドリジエクター》の出自には繋《つな》がりがあるようなのよ」

「？」

「幻想殺し《イマジンブレイカー》は今ある世界を守る、直す、何とかしてしがみつく……そんな理想の集合体」

全身に包帯を巻いたネフテュスは病人のような熱い息を吐《は》いて、

「これに対し、上里の右手に宿っている理想送り《ワールドリジエクター》はまるで正反対。彼の右手はターゲットを『新たな天地』へ放《ほう》り捨て、その存在を抹消《まっしょう》してしまう効力を持つ。つまり今ある世界を捨てる、諦《あきら》める、何とかしてよその異世界へ旅立とうとする……そんな幻想《げんそう》の集合体なのよ」

「……なるほどな」

インデックスより先に、オティヌスの方が呟《つぶや》いていた。

この辺りはやはり『魔神《まじん》』同士か。『魔神』になる前のインデックスより、なった後のオティヌスの方が共通認識のある分、理解が早いのだろう。

「幻想殺し《イマジンブレイカー》はあらゆる魔術師の夢だった。だがそこから力が洩《も》れたのか。『あらゆる魔術師』の何割かが、今のまま幻想殺し《イマジンブレイカー》にすがり続けても安心は得られないと無意識下で疑問を持ってしまったから」

「言うまでもないけど、魔術業界の総力なんて九九・九％私達『魔神』が占めているわ。数だけなら少なくても、一人一人の力が桁違《けたちが》い過ぎるもの。世界の半分を覆《おお》う人間の魔術サイドだなんて、それこそ髪の先にも満たない」

「つまり勝手にお前達が上条当麻《とうま》に失望したから上里とやらに理想送り《ワールドリジエクター》が宿った訳だ。はっは！　そりゃあ上里ナニガシに恨《うら》まれる訳だ。まるで自分で作り出したアポトーシスに喰《く》われる細胞だな!! 世界を巻き込む自殺ごっこは楽しかったか!?」

「……笑っている場合かしら。私達、真なる『グレムリン』が疑念を抱《いだ》いたのはね、上条当麻《かみじょうとうま》が『魔神《まじん》』全体を救う道から外れて貴女《あなた》個人の『理解者』になってしまったのが元凶《げんきょう》だと思っているのだけれど。つまり貴女が勝手をしなければ、こんな事件は起こらなかった。第三次世界大戦終結から続く混乱は、今日まで含めて全《すべ》て貴女のわがままのせいなのよ」

「……、」

「……、」

一五センチのオティヌスと、自分で上体も支えられない汗だくのネフテュスとが、束《つか》の間《ま》、それでも殺人的な視線をぶつけ合う。

ぎすぎすした空気を無理に打ち破ろうとしたのは、上条だった。

「おい待ってくれ! ここでケンカはやめようぜ。というかどう考えたって一五センチのオティヌスが張り手一発で叩《たた》き潰《つぶ》されておしまいなのに、お前はどうしてそう簡単にケンカ腰になるんだ!?」

「……貴様この神を誰《だれ》だと思っているんだ?」

「痛いっ、焼き鳥用の竹串で経絡《けいらく》をつつくな!! だって女の子が本気で摑《つか》み合うトコとか一番見たくないわ。なんていうか魂《たましい》に釣り針みたいなのが引っかかってしばらく抜けなくなりそうなんだよそのビジョン」

その言葉に、オティヌスどころかネフテュスまでがビターな顔つきになった。食後のデザートを一品頼《たの》んだらウェディングケーキみたいに馬鹿《ばか》デカい山がやってきてしまったような表情だった。

「ええと。女の子、ねえ……？」

「神になっても未《いま》だに驚《おどろ》かされる事は残っているという好例だな。世界とは全く広い」

何だか良く分からない内に小康状態になったらしい。

今の内に上条は差し込んで話題を逸《そ》らす事にした。

「アンタ達『魔神』の頭がハイスペックなのは分かった。だけど人間の俺にも分かる程度に速度を落としてくれないか？」

ふんとオティヌスは鼻から息を吐《は》いた。

「お前が知って得する事はなさそうだ」

「……またドSニードになってやがるな」

「真実だ。とにかくお前はこう思っていれば良い。上里翔流《かみさとかける》とやらは幻想殺しと同格の反則技、イレギュラーを持っていて、今後お前と激突する可能性がある」

「あら……。それだと説明が足りないというか、卑怯《ひきょう》な言い回しに聞こえるけれど」

「最初から巻き込む気まんまんで何を言ってやがる、こいつの寝床に転がり込んでおいて自分だけ善人気取りか？　それに、これで合ってる。なあ上条当麻、もしも私とネフテュスを今すぐ外に放《ほう》り出せば上里翔流《かみさとかける》とのトラブルは回避《かいひ》できるとして、お前にそれができると思うか？」

質問に、ツンツン頭の少年はキョトンとした。

彼は一秒も思考しないでいつものように答えていた。

「何言ってんだ？　そんなのできる訳ないだろ」

あれだけいがみ合っていたオティヌスとネフテュスは、ほとんど同時に息を吐《は》いていた。

心の底から呆《あき》れたように『理解者』が言う。

「な？　こういうヤツなんだ」

「……なるほど。確かにここまでの異常者なら、私達の『採点者』にぴったりだったかもしれないわね」

ひどい言われようだったが、上条《かみじょう》が救いを求めるようにインデックスの方へ目をやっても、ぷいとそっぽを向かれるだけだった。

とどめにオティヌスはこう宣言した。

「そしてそのつもりならうかうかしていられないぞ、人間。今までお前は幻想殺し《イマジンブレイカー》というその右手の恩恵をフルに使って状況を打破してきた。あらゆるノーマルの積み重ねに、極大のイレギュラーという反則技を使って番狂わせをやってきた。でも今度からは違う」

「？」

「相手が持っているのも同格のイレギュラーなんだ。つまりこれまで通りの、エースやキングの集団にジョーカーで挑むような戦い方はできない。ジョーカーとジョーカー。ある意味では、エースとエースの激突よりも不可解で先の読めない戦いだ。一度も経験がない以上は経験則の積み重ねによる展開の先読みも不可能。気を引き締《し》めないと、これまでのセオリーを無視してコロッと殺される可能性も否定はできないのだからな」

2

高級マンションの一室で、リクルートスーツに白衣の女、木原唯一《きはらゆいいつ》はフライパンとフライ返しをガンガンと乱暴に叩《たた》いていた。

「せんせーっ!! ご飯ができましたよー」

声に導かれるように、ゴールデンレトリバーがトコトコとフローリングの床を横断してくる。

開口一番、彼は人工音声を使ってこう語りかけてきた。

『いつも済まない。いくら師弟の関係とはいえ、ここまでしてもらう義理はないと思うのだが、ついつい甘えてしまってね』

「もう! 何を言っているんですか。先生みたいな偉大な人に、その辺で投げ売りされてる出来合いのペットフードなんて食べさせる訳にはいかないでしょう! ジャンク! 人が食べるものだと思ってないから成分表にないトコが結構雑だったりしますしね!!」

床の上には小さなシルクのマットが敷《し》いてあり、さらにその上にいくつかの小皿が置いてあった。メインディッシュは豚の挽肉《ひきにく》といくつかの穀物を混ぜ合わせ、塩と油を控え目にして軽く炒《いた》めたものだった。名前は知らない。とにかく木原脳幹《きはらのうかん》の受けが良いので、これが一番の得意料理になってしまっている。

他にも煮沸《しゃふつ》して塩素などを抜いた水の入った小皿や、いくつかの栄養素の不足を補うための和《あ》え物なんかもあった。

居並ぶ食膳《しょくぜん》を前に、ゴールデンレトリバーは一言で評した。

『ロマンだね』

「ええと……？」

キョトンとされた。

彼なりの最高評価は相手に伝わらなかったらしい。

そして出来上がった料理をよそに世間話というのも木原脳幹の流儀《りゅうぎ》に反する。食事の時は食事に集中するのが作ってくれたものへの礼儀だ。伝わらなかった言葉は、後でゆっくりと嚙《か》み砕《くだ》いて説明すればそれで良い。

彼はこの環境を決して当たり前とは思わず、無上の感謝と共にこう告げた。

『いただきます』

「はい召し上がれ、先生」

彼はロマンを解する男ではあるが、こういう時にロボットアームは使わない。ただ皿に顔を突っ込み、ガツガツと音を立てて勢い良く食べていく。テーブルマナーとは、自他共に楽しく食事の時を過ごすためのものだ。美味《おい》しいものに対しては斜に構える事なく、素直に美味しそうに食べる。それが作ってくれた者への一番の礼節だと彼は考えていた。

食事にかかった時間は、正味一〇分もなかったかもしれない。

やはり彼は、特別な一日を演出してくれた者への感謝を怠《おこた》らない。

『ごちそうさまでした』

「あれ、もう完食しちゃいました⁉　こっちはやっとサラダに手をつけた所なんですけどーっ⁉」

『すまない、ペースを合わせるべきだとは分かっているのだが、率直に言って君の料理が美味し過ぎた』

「や、やだなあ照れ照れ。どうしましょう、何でしたらお代わりも用意できますけど」

『いや、流石《さすが》にそこまで気を遣ってもらう必要はないよ。こちらも老犬でね、栄養摂取量には気を配っておきたいし』

「むー、一人で食事はつまらんですなあ」

『私はここにいるさ。少々休ませていただくがね』

言って、木原脳幹はテーブル脇《わき》、木原唯一《ゆいいつ》が腰掛ける椅子《いす》のすぐ近くで伏せていた。

暖房の心地良い熱気に、彼は少しだけ微睡《まどろ》む。

「そう言えば、随分《ずいぶん》大急ぎでしたね、メンテナンスの発注」

『そうだね』

「例のアローヘッド彗星《すいせい》の落着を防いで……それで終わりって訳じゃあないと」

『色々ときな臭《くさ》い。学園都市に潜《ひそ》んでいた「魔神《まじん》」達の一斉消失も気になる情報だ』

消失。

明確な死亡確認を取っていないため、『魔神』達が結託して行方を晦《くら》ましている可能性もゼロとは呼べない。ただ木原脳幹《きはらのうかん》は、何か嫌《いや》な流れのようなものを感じ取っていた。

まるでバブルの崩壊《ほうかい》前夜。

災害、戦争、オイルショック。実際の所は何でも良い。

小幅に揺《ゆ》れながらも全体としては見通しの立っていた道が、ある日突然ガクンと切り替わってしまうような、そんな焦燥感《しょうそうかん》。

これについては木原唯一《ゆいいつ》には話していない。

純粋《じゅんすい》な『木原』には理解のできない、合理や効率で語れる範囲《はんい》を超えていたからだ。

あるいは。

ロマンを解する男のアンテナを何かしら刺激しているのかもしれないが。

3

と、オティヌスやネフテュスら『魔神』達が世界の終わりみたいな話をしている最中に申し訳ない。上条当麻《かみじょうとうま》はこう切り出していた。

「……何だか小難しい話で現実逃避《とうひ》していたけど、冷蔵庫の中身が空《から》っぽなんだよな。あの問題をどうにかしない限り前にも後ろにも進めないぞ」

　コタツの天板に上体を預け、大きな胸を自《みずか》ら潰《つぶ》す格好のネフテュスは率直な感想を述べた。

「異常者」

「うるせえな新型居《い》候《そうろう》。その、何だっけ？　上里《かみさと》？？？　これから何がどう動くか分かんねえけど、籠城《ろうじょう》するにしたってこの場を離《はな》れるにしたって、食料ってのは大事だぞ。後になってから空腹抱えて食べ物探しなんて真っ平だからな」

「とうま！　だとするとお買い物だね!?　この時間ならスーパーのお惣菜《そうざい》に半額シールがペタペタ貼《は》られる頃《ころ》だし、私も気合を入れちゃうんだよ!!」

「今日は鍋《なべ》だから出来合いの惣菜なんかいらねえわ!!　卵パックお一人様一セット限定～みたいな特売セールじゃないから人手も必要ない。つーか外歩いていると上里ナンチャラとエンカウントするかもしれないんだろ！　緊張感《きんちょうかん》、全体的に緊張感ですよ!!」

「……『魔神《まじん》』の群れを右手一本で容易《たやす》く壊滅《かいめつ》させた化け物の闊歩《かっぽ》する夜の学園都市に、鍋《なべ》の具材を買いに出かけようとするお前が緊張感《きんちょうかん》とか言うか。ヤツにとってはお前の右手も重要目標だろうに……」

「でも私と貴女《あなた》の『魔神』が最有力目標でしょうけどね」

オティヌスが突っかかってネフテュスの掌《てのひら》にプレスされていた。

何にしたって食材がなければ、上里《かみさと》の接近なんて関係なくこのまま座して死を待つばかりだ。コンビニやスーパーの宅配サービスなんてブルジョワなものを活用できない貧乏学生上条当麻《かみじょうとうま》としては、多少のリスクを負ってでも外へ出るしかない。お金が全《すべ》てとは言わないが、金欠っていうのはつくづく選択肢《せんたくし》の幅を狭《せば》めてくれると小市民は心で泣いていた。

そんな訳で、

「俺はちょっと出かけてくる。インデックス達は留守番な。いいか、チャイムが鳴ってもいきなりドアは開けるなよ。レンズのトコ覗《のぞ》いて、知らない人だったら知らんぷりするんだ。分かったなインデックス？」

「とうまは私を何歳くらいだと想定しているのかな？？？」

質問に対しては沈黙《ちんもく》を貫《つらぬ》く。飴玉《あめだま》見せびらかしたら路地裏までついていきそうなくらい、と正直に答えたらただでは済まないと分かる程度には、上条当麻も成長しているようだった。

一五センチのオティヌスが、腰に両手を当てながら息を吐《は》く。

「おい」

「大丈夫《だいじょうぶ》だ、いくら何でも一つの街だぞ。考えなしにほっつき歩いたってそうそう簡単に遭《そう》遇《ぐう》するようなもんでもないだろ」

「忘れたのか、お前自身がとびきり不幸だっていう事を」

「でも味噌《みそ》としょうゆと水だけで一夜を明かす訳にもいかない。俺達は一体何と戦っているんだって気分になるし」

　彼女達を置いて学生寮《りょう》を出ると、ちょうど日没に差し掛かった所だった。オレンジというより紫色に近かった夜が、ぐっと一挙に暗くなっていく。今までチラホラ見えていた明るい星が、徐々にその数を増やしていく。

　同時に、夜景を彩《いろど》る電飾看板やビルの窓の明かりなどが次々と点灯していき、空を埋《う》めるはずだった星々があっという間に退去させられていくのが分かった。

（なんていうか……）

　街灯に彩られた大通りを歩きながら、上条は思う。

（……がむしゃらだったから気づかなかったけど、やっぱ、僧正《そうじょう》ってとんでもなかったんだな）

　こうしている今も、あの『魔神』が暴れ回った痕跡《こんせき》はあちこちにあった。グシャグシャにひしゃげた自動車をどかしている工事車両。落とし穴みたいな大穴の周りを三角コーンやテープで囲った工事現場。不自然に傾いたビル。建物の窓という窓が割れていて、歩道も車道も関係なくジャリジャリとしたガラスの破片で埋め尽くされていた。本当に、本当の本当に、何かが少しでも狂っていれば、街中の人々がガラスの雨を浴びて血まみれになっていたかもしれない瀬戸際《せとぎわ》だったのだ。

上条《かみじょう》が何とか解決した……とは思わない。

僧正《そうじょう》をギリギリまで追い詰めたのは確かだが、その結果、逆に学園都市が壊滅《かいめつ》寸前まで追い込まれる羽目《はめ》になったのだ。そして最終的に、巨大な彗星《すいせい》と一体化した僧正を仕留めたのは彼ではなく、地上から射出された正体不明の閃光《せんこう》だった。

あれは何だったのだろう？

学園都市には二三〇万人もの人々が暮らし、彼ら一人一人が自分達の方法で街を守ろうとしている。そんな誰《だれ》かが上条の知らない何かを使って状況を片付けたのだろうが……。

「またろくでもない事を考えているのか？」

不意に、そんな少女の声が聞こえた。

音源に目をやれば、ズボンのポケットから一五センチのオティヌスが顔を出した所だった。

「お前……っ!!」

「いちいち私の行動に驚《おどろ》くなよ。『理解者』の名が泣くぞ」

「えっ、ええ？　ひょっとして今までずっと顔出していました？　ずっと!?　ちょっと待ってよ、事情を知らない人から見たらズボンのポケットに美少女フィギュア突っ込んで外出しているように見えていたんじゃ――――ごぐぎゃあ!?」

「……、」

「待て……バカ……ズボンのポケットに収まっているからって……そこに膝《ひざ》を入れるこたないだろ……」

何か名状しがたい一撃《いちげき》がお見舞いされたようだが、前屈《まえかが》み上条の名誉のために詳細は割愛しておく。

オティヌスは鼻から息を吐《は》くと、よじよじと上条の上着を掴《つか》んで上りつつ、

「やはり肩の上が居場所的に落ち着くな」

「ううう、頼《たの》むからマフラーの中に隠《かく》れていてくれ」

「そんな事よりもだ」

オティヌスは適当な調子で遮《さえぎ》りつつ、

「まさかお前、自分が問題解決する側に回れなかった程度で、上条当麻《とうま》の定義を更新しようなどと考えていないだろうな。何か新しい力があれば、もっと状況を打開できるかもしれないのにとか何とかだ」

「……、」

「やめとけやめとけ。例えばお前が格闘技《かくとうぎ》を習ったら救える人の数が増えるか？　銃やナイフを持てばスマートに事件を解決できるか？　逆効果だよ。殺しの技が増えれば増えるほど、相

手を活《い》かして助ける道から遠ざかれば遠ざかるほど、お前はどんどん弱くなる。これぱっかりは確定的だよ。お前に俺の何が分かると聞かれればこう答えてやろう。実際にお前に救われた私だから良く分かるんだとな」

そんな言葉に、上条《かみじょう》は何も返せない。

そもそも少年は自分の本当の価値に気づいていない。気づいていないからこその強みなのだから当然ではあるのだが。

「なあ人間、どうして悪は生まれると思う？」

「？」

「教科書通りの回答なんかしなくて良い。自分の頭に浮かぶ感想を素直に捉《とら》えろ。まさかと思うが、ここまで来て胡散臭《うさんくさ》い漂白剤みたいな善悪二元論なんて語るような人間ではないだろう？　天使と悪魔ほど世の中は単純ではない事くらい、その身で学んできただろう？」

誰《だれ》かが決めたから、善なのではない。

どこかに書いてあるから、悪なのではない。

上条当麻《とうま》は、オティヌスに言われた通り、素直な感想に身を委《ゆだ》ねた。

「本当の意味での悪なんていうのかな……？」

「はっは‼　お前らしい疑問だな。そして当たらずとも遠からずだ。悪っていうのはな、誰かが誰かを見捨てた時に発生する。こいつはもう駄目《だめ》だと周囲から諦《あきら》められ、救う道を目の前で取り上げられた時に。大勢から切り離《はな》された誰かさんが、悪という事になってしまうんだ。歴史を紐解《ひもと》けば分かる。一人を殺した殺人犯と、一〇〇万人を殺した英雄様の違いは何だ？　本人の問題じゃない。その行為が大勢に認められたか否《いな》か、多数決の違いでしかないだろう」

誰かが誰かを見捨てた時。

大勢から切り離された誰かさんが、悪になってしまう。

東京湾からデンマークまでの狂騒《きょうそう》を思い起こせば、ある少女にとっては自嘲《じちょう》とも言える言葉かもしれない。確かにある側面では少女は世界から見捨てられたが、それ以前に少女の方が世界を見限っていたのだから。

「そして格闘技《かくとうぎ》や銃だのナイフだのって分かりやすい攻撃力《こうげきりょく》は、そうした『切り離す力』を増長させるだけだ。厳罰化《げんばつか》とか何とか言って更生の機会を奪《うば》い、ただ多数決の敗者を奈落《ならく》の底に落として喜ぶ悪趣味《あくしゅみ》な復讐《ふくしゅう》代理人どものやり口と全く同じだ。なあ上条当麻、お前の強さはそこじゃないんだよ。お前の最大の武器はな、このどうしようもなく根っこの腐《くさ》った悪だった『魔神《まじん》』オティヌスさえ奈落の底から救い上げた、あの力強い腕にこそあった。『繋《つな》がる力』がお前のとっておきの切り札なんだ。だから絶対に間違えるな、安直な答えなんか出すな。僧正《そうじょう》に勝てなかった？　上里《かみさと》ナントカはそんな『魔神』達を一掃した？　だからどうしたと言ってやれ。僧正を死なせてしまった学園都市を、『魔神』を一人も救えずに殺してしまった上里を見下してやれ。そこでお前が求めるべきは、理想送り《ワールドリジェクター》と肩を並べる暴力じゃない。絶対に殺しの力なんかじゃない。そういう暴力をも包み込める、人間としての理性の力の方なんだよ」

そこまで言われて。

上条当麻《かみじょうとうま》は、小さく笑った。

結局、僧正《そうじょう》とは敵対したままだった。何かがしっくりこないままで、胸の中でわだかまっていた。その正体が、やっと分かった気がした。

あいつは最悪なヤツだった。

その爪痕《つめあと》は、今も学園都市のあちこちに残っていた。

でも、もっと話を聞いておけば良かったと、僧正という『人』を知っておけば良かったと、今になって思う。そうすれば、オティヌスと同じように、何かが変わっていたかもしれなかったのに。そんなの何もかも遅すぎる。そう分かってはいても。

僧正は悪だった。

でもそれは、上条当麻がそうした。彼を救うという道を途中で放《ほう》り投げてしまったから。

ネフテュスは。

あの老人の悪ではない部分を、どれくらい知っているだろう。

感傷に耽《ふけ》っていると分かっていても、何となく、その事が気になった。

「……お前は本当に、俺の『理解者』なんだな」

「今さら何を言っている。定義の確認でもしたいのか？」

さも当然のように語るオティヌスの言葉に、ツンツン頭の少年はもう一度笑った。今度は楽しそうに、面映《おもは》ゆそうに。

スーパーが近づいてきた。

エアコンの効いた店内に入り、入り口近くにあった買い物かごを一つ摑《つか》む。順路に従って生鮮食品のコーナーを一通り回ってみる。肉も野菜もやっぱり一番美味《おい》しそうなものは手が届かない。だが買い物かごに放り込まれる食材を眺《なが》め、肩のオティヌスが不快な声を洩《も》らしていた。

「お前……値段は分かるが、もう少し見栄えも気にしたらどうだ？　どうしてしなしなの野菜ばっかり手に取るんだ⁉」

「うるさいな、今日は鍋《なべ》だって言っただろ。みんなお湯の中にぶち込んでふやけてしまうんだ。だったら多少傷《いた》んでいたって問題ないさ」

「そもそもナニ鍋にするつもりなんだ。ポトフとかチーズフォンデュとか色々あるぞ」

「あー、無難なトコだと水炊《みずた》きとかじゃね？　ほんとは一番簡単なのは湯豆腐なんだけど、育ち盛りのインデックスが絶対満足できずに暴れ出すからな」

言いながら、上条は安いパック詰めの豆腐やしらたきも選んでいく。

一方のオティヌスは何故《なぜ》か混乱しているようだった。

「……和食文化には詳しくないが、何だ、その、ミズタキ？　食材を真水で炊くのか、それだけか⁉　すげーざっくりした料理になりそうな気がするが、そもそも味はついているんだろうな‼」

「これだ、フライドポテトは野菜とか言い張る欧米人の狂った認識は。まあ見てなって、貧乏学生上条当麻《かみじょうとうま》の本気を見たら腰を抜かすぞ」

「何でも良いがフライドポテトは北欧の一角ベルギーでは国民食で世界遺産の登録も目指している伝統文化だ。ジャンク扱《あつか》いして安易にディスるなたたりばら撒《ま》くぞ」

「うぎゃあ耳の穴に細い手がーっ！　意外なトコで神様の好物が分かってきたなおいーっ‼」

鼓膜《こまく》ギリギリの所で小さな指をわさわさやられて背筋《せすじ》が凍《こお》る上条。

一通り神のたたりを済ませると、手を引っこ抜きながらオティヌスは言った。

「あと料理と言ったらとりあえずニシンだろ」

「ん？」

「あれ、共通認識がない？　北欧で家庭料理と言ったらとりあえず何でもかんでもニシンをぶち込むものだと相場が決まっているのだが」

「オティヌス。俺も海外事情には詳しくないけど、お前もお前で北欧文化をざっくり馬鹿《ばか》にしていないか？」

「これでも私は北欧の主神だぞ。家事をやるとでも思うのか？」

「そこで胸を張るのが神様って感じだよなあ。人間には無理だ」

とりあえず脂身ばっかりの安い肉と水分を含めばいくらでも嵩増《かさま》ししてくれるしなびた野菜

を抱え込む。

「ちなみにネフテュスって食のタブーとかあるのか？　ほら、あいつ神様じゃん」

「エジプト神話は割とフリーだった気もするがな」

「そういやアフリカだろうが南米だろうが、暑い地方の人は甘いものが好きとかってテレビでやってたな。それくらい栄養取らなきゃやってられないらしいけど。余裕があったらフルーツ……はお高いから、適当な缶詰とバニラアイスでも買っていけば良いか。ざく切りでも結構見栄えの良いちょい足しデザートになるし。女の子ならそういうの好きだろ」

「私が言うのも何だが、あの化け物を女の子ときたか……。あと、お前はそれで機嫌《きげん》を取っているつもりかもしれないが、女性とカロリーの関係性について一度深く考えてみた方が良いな」

「え、何で？　インデックスは普通に喜ぶんだけどな」

首を傾《かし》げている上条に、肩のオティヌスが息を吐《は》いた。

「主菜の話に戻ろうか。心配なら鶏《とり》か魚にしておけ、あれは大抵誰《だれ》でも食べられる。駄目《だめ》なのは日本の仏教くらいか」

「えっ⁉　日本ダメなの⁉」

「……日本に限らず仏教は基本殺生《せっしょう》はアウトだし、習合した関係で神道《しんとう》なんかも肉食を穢《けが》れと捉《とら》える向きがあるだろ。牛も豚も鳥も蛇《へび》も鹿《しか》も猿《さる》も馬も兎《うさぎ》も熊《くま》も魚も卵も虫も『殺して得る』動物性蛋白質《たんぱくしつ》は全部ダメ。というか真に厳密には野菜を育てる過程での害虫駆除もアウトだったか。あんなに苛烈《かれつ》な戒律《かいりつ》は世界的に見ても珍《めずら》しいぞ。もっとも、守っている人間の少なさでもワーストクラスではあるんだが。ベジタリアンは思想としては理解できない事もないが、体構造としては不可能な命題だと思うがな」

そんな事を言い合いながら、冷気の漂《ただよ》う生鮮食品コーナーから調味料コーナーへ。

「だから、北欧にある世界一臭《くさ》い缶詰にもニシンは使われていてな」

「あのお笑い芸人がしょっちゅう罰《ばつ》ゲームで吐《は》きそうになってるアレか⁉ 分厚い缶がガスか何かでパンパンに膨《ふく》らんでいるっていう！ おいやめろよ想像しちゃうだろ‼」

「缶詰のくせに常に内部で発酵《はっこう》が進んでいるという、缶に詰める意味がなくなった伝統食だな。つまり微生物の力で常に腐敗《ふはい》が進んでいるから、まんま魚がどろっと腐《くさ》った────」

「わおー‼ 納豆《なっとう》とかウジ虫チーズもすごいけど、それ最初に食べたヤツ英雄だよ‼」

「たまにあるのだ、どうやったらこれが食卓に並ぶよう歴史が紡《つむ》がれていったのか謎《なぞ》な一品が。……そして哀《かな》しいかな、変だ変だと言いながら、なんだかんだで口にしているというか、なければないで落ち着かないというか……」

今度こそ調味料コーナーに没入する。

ラインナップは色々あるが、

「考えてみれば、塩も砂糖もないとか絶望的な台所だよな……。一体昼の間、インデックスは何をやっていたんだ……？」

「聞きたいのか？　料理を作れんヤツが空腹を誤魔化《ごまか》すためにどれだけ人間を辞めていたか」

「ああ、やっぱ良い。女の子が化粧しているトコを見たくないってのと同じ心境だな、何かが崩《くず》れそうで怖い」

「それより調味料だ」

「そだな。まあ水炊《みずた》きって言ったら定番は鶏《とり》がらスープの粉だけど、俺以外はみんな多国籍《たこくせき》な感じだし、ちょっと洋風で攻めてブイヨンかコンソメに逸《そ》れてみるのも手なのかも」

「アレンジするならカレー粉とかもあるぞ」

「へえ、オティヌスってカレーが分かるのか」

「欧風カレーを舐《な》めるなよ。日本人と同じでライスで食べるものがあるのだ」

「何だか逆輸入っぽいな……。でもそいつは誰《だれ》がぶち込んでも一定までは美味《おい》しくなるが、誰が使っても一定以上超えるのは超難しい袋小路だ。今回はパスしておこう」

結局メインはブイヨンの塊《かたまり》で、他に塩や砂糖、胡椒《こしょう》など基本的なラインを攻める事に。

「安全策だな。向こうにエスニック特集とかあるぞ。パクチーとかトムヤムクンとか冒険をする気はないのか」

「超好き嫌《きら》いが分かれそうだなオイ。ていうかエジプト系の神様ネフテュスの好みなんかサッパリ分かんないし。紀元前に何食っていたんだあいつ？」

シメは雑炊《ぞうすい》かちゃんぽん麵《めん》かでまたも揉《も》めたが、今回は麵に軍配が上がった。パック詰めのご飯なんてコスパの悪いものを買うなど考えられないが、この僧正《そうじょう》戦直後の疲労感満載の中で米袋を担《かつ》いで帰るのも真っ平ごめんだったからだ。

レジで会計してもらい、エコバッグを忘れてきた事で軽くへこむ上条《かみじょう》。

「おいヒーロー、そこまで地球に優しくする必要があるのか？」

「違うんだオティヌス。レジ袋をお断りするとポイントカードにスタンプを押してもらえるサービスがあってだな……」

「お前ほんとに主夫《しゅふ》の道を爆走《ばくそう》しているな」

「今日でポイントカードが満杯になるから、溜《た》まっていたらインデックス達には内緒《ないしょ》でじゃがバターくらいご馳走《ちそう》してやれたのに」

「じゃが!? 何だその美味《うま》そうなのは！ 今からでもエコバッグ取って戻ってこようぜ!!」

意外と食にうるさいオティヌスだが、これはインデックスのように胃袋メインではなく、三毛猫《みけねこ》に邪魔《じゃま》されず二人でゆっくり何か食べたいという気持ちが優先している事に、ツンツン頭の大馬鹿野郎《おおばか》は当然のように気づいていない。

レジ袋を両手に提《さ》げて、肩にオティヌスを乗っけた上条はスーパーを出る。

一二月の日没後。吐《は》く息もすっかり白くなっていた。

「しっかし意外だったな」

「何がだ人間？」

「……いや、普通にスーパーがやっていたのがさ。ついさっきまで僧正が彗星《すいせい》と合体して学園都市に降ってくる所だったんだぜ。どこかの誰《だれ》かが落着を防いだって言ったって、空中で大爆発が起きてそこらじゅうのガラスが砕《くだ》け散ったんだ。なのに随分《ずいぶん》世界っていうのは頑丈《がんじょう》にできているんだなあって」

「だから言っただろう。お前が一人で背負い込む必要なんかどこにもない。世界を支える柱は一本きりって訳ではないのさ。現実的な力があるかどうかじゃない、ないから諦《あきら》められるものでもない。微力だろうが空回りだろうが、みんなが必死に生きているんだ、この瞬間《しゅんかん》だって」

「かもしれないな」

上条は小さく笑った。

自分一人で背負い込む必要はない。その考えそのものについてもだが、それとは別に、世界を作る、元に戻す、そんな大技を繰《く》り出した『魔神《まじん》』オティヌスが『みんな』という言葉を使った事が、認めた事が、何か大きな一歩のような気がしていた。

そんな時だった。

カツン、と。

暗がりの向こうから、足音が一つ。

その小さな響《ひび》きは、まるで世界のスイッチを切り替えたよう。

目に見えない何かが、一瞬《いっしゅん》にして塗り替えられていく。

ビリビリと肌を叩《たた》くような違和感。

「(……オティヌス)」

「(……ああ、分かっているぞ、人間)」

その場で立ち止まり、夜道の向こうを注意深く凝視《ぎょうし》しながら、彼女は語る。

「(……楽しい、い、い時間はこれ、れ、れ、れまでの、の、の、のようだ)」

影。

それが立っているのは、距離《きょり》にして一〇メートルもない。

ここからでは相手の細部は見えないが、向こうはこちらを確認しているのだろう。どこまでも落ち着いた声が飛んできた。

「やあ、幻想殺し《イマジンブレイカー》」

「だとすると、アンタは理想送り《ワールドリジエクター》の方か？」

「ははっ。その名を知っているって事は、やっぱりネフテュスはきみの所に転がり込んだか」

「それならどうする」

ギヂリッッッ!!　という高密度の緊張《きんちょう》が闇《やみ》を覆《おお》う。

力の強さ弱さではない。互いの右手が持つ、異質さ。そのイレギュラーが空間を冒《おか》していく。

24

ジョーカーが一枚紛《まぎ》れているだけでも深刻なエラーなのに、この場には二枚も角《つの》を突き合わせている。そんな事実に、世界の方が耐《た》えられないと訴《うった》えかけているかのように。

影は言った。

「どうしようかな?」

「……、」

「ぼくは『魔神《まじん》』に用がある。ぼくをこんな風にした『魔神』達に」

「それはお前の事情だろ。俺達には関係ない」

「だね。きみが留意する必要は一ミリもない」

率直に認め。

しかし。

「そして、だからこそ」

流れるように、初めから予定調和の一幕だったように。

影は結論付ける。

「こちらもきみに留意する必要だって一ミリもないんだよ」

カッ!! と、凄《すさ》まじい光が一瞬《いっしゅん》だけ全《すべ》てを照らし出した。

どこか別の通りから、車のヘッドライトが差し込んで来たらしい。まるで停電の中で間近の落雷があったように、風景全体が網膜《もうまく》に強く焼きつけられていく。

その時、世界に立っていたのは二人の少年。
どちらも凡庸極《ぼんようきわ》まる顔立ちで、人混みに紛れてしまえば見分けがつかなくなる一般人。
ど、こ、に、で、も、い、る。
平凡な高校生。

上条当麻《かみじょうとうま》は両手のレジ袋を地面に落としていた。
そして彼らは同時に己が右拳《みぎこぶし》を強く握《にぎ》り込んでいた。
光は消える。
けれど、再び闇《やみ》が全てを支配するのを許さずに。
まるで黒一色の世界を引き裂《さ》くように、二人は同時に動いた。
上条当麻と上里翔流《かみさとかける》。
極大のイレギュラー同士が、ついに激突する。

本日の鍋パーティ、具材一覧その二

しょうゆ、味噌《みそ》
鶏のむね肉、大根、白菜、キャベツ、もやし、しらたき、豆腐
ブイヨンスープの素、塩、砂糖、胡椒、ちゃんぽん麺
お徳用箱詰めバニラアイス、黄桃・パイナップル・みかんの缶詰（デザート枠）

（一口メモ）

インデックス「とうま早く帰ってこないかな、お鍋《なべ》の具材は何になるんだろう！」

ネフテュス「和食文化に馴染《なじ》みがないから、ハシーの使い方に不安があるわね。今から練習しておきましょうか」

オティヌス「……全体的にどうするつもりなんだ。袋ごと捨てやがって」

上条当麻《かみじょうとうま》「生きるか死ぬかの瀬戸際《せとぎわ》なんだよ!!　レジ袋抱えたまま戦えっていうのか!?」

行間 一

ネフテュスはエジプト神話に登場する女神だ。

だがその成り立ちにはかなり大きな疑問がある。そもそもネフテュスという神格が登場する場面は極端《きょくたん》に少ない。オシリスというエジプト神話上非常に大きな神が死去した際に、葬儀《そうぎ》の場において世界中の生きとし生ける者が嘆《なげ》き哀《かな》しんだ。その代表格として『泣き叫ぶ女神』という形で登場するのがネフテュスなのである。

他にネフテュスについて言及された資料はなく、いつどこで生まれたのかも不明。

その事から、ネフテュスという女神は自然発生したものではなく、オシリスという神を際立《きわだ》たせるため、そのエピソードを補強するためだけに作り出された、人為的な神格なのではないか、という説も流れているほどである。

そんな中で。

『それ』が本当の意味でのネフテュスだったかどうかは、もう誰《だれ》にも分からない。

彼女自身さえも。

ただし、こんな話があった。

……狭《せま》い。

……苦しい、息が。

……結局は、王族の見栄の話じゃないか。

エジプト神話と言えば欠かせないのがピラミッド、王の墓だ。

そして古今東西の様々な文化圏で散見される考え方がある。死後の世界でも王が困らないよう、大量の召使いを生きたまま王の墓へ閉じ込め、お供させてしまおう、というものだ。

それこそ数百人でも、数千人でも。

誰かが家々を巡って嫌《いや》がる娘の髪を摑《つか》んで引っ張ってきた訳ではない。誰もが望んで王のために立候補したという事になっている。だが実際問題、断る事などできたのか。その辺りはかなり微妙な所だ。

そして埋める側からすれば出入口を塞《ふさ》いでしまえばおしまいだろうが、埋められる側からすればそこからが長い。

人間はほんの一滴の水を飲まなくても、二、三日は何とかなる。

副葬品の布を噛《か》めば、あるいは湿度の存在に気づいて水滴を得る方法にまで辿《たど》り着けば、これが一週間以上に延びる可能性も出てくる。

閉じ込められた人々にとって、最後の時間は長かった。

本当に本当に長かった。いっそ早く終わってくれと願ってしまうほどに。

そして永遠にも等しい一瞬《いっしゅん》の連続の中で、誰《だれ》かが思う。

この生を無駄《むだ》にしないでくれと。まだ終わった命ではない、ここで何かを思う自分をなかった事にしないでくれと。

さらに数百人、数千人が持ち寄る。

知識の断片を、秘奥《ひおう》の欠片《かけら》を、あるいは王の復活のために副葬《ふくそう》されていたパピルスさえ目を通し、紐解《ひもと》いて。

全《すべ》てを統合して。

最終的に。


その褐色《かっしょく》の女神はとあるピラミッドの最奥、無数の骸《むくろ》の中心で産声《うぶごえ》を上げた。

死の山は彼女自身を構築するオリジナルなのか、卵の殻《から》のようなものなのか。

ネフテュスと呼ばれる女神さえも、判断はつかない。

第二章　居候とは増えるもの　Cannibalization.

1

上条当麻《かみじょうとうま》と上里翔流《かみさとかける》。

幻想殺し《イマジンブレイカー》と理想送り《ワールドリジェクター》。

彼らは暗がりの通りで互いを認識し、最短最速で激突するべく走り出す。

最初にその腕を振るったのは、上里の方だった。

「新たな天地を望むか？」

「ッ⁉」

まだ激突まで五メートルはあった。少年の腕を振り回しても当たる距離《きより》ではなかった。

なのに上条の全身に怖気《おぞけ》が走る。間近の落雷で身をすくめるように、根拠《こんきょ》もなく反射的に上体を沈めようとする。

実際、そんな考えなしのリアクションで何かを回避《かいひ》できたわけでもないのだろう。

ボッツッ!!!!!!　と。

直後に、空間を丸ごと抉《えぐ》って呑《の》み込むような、気味の悪い音が真後ろから炸裂《さくれつ》した。

ジリジリと高密度の緊張《きんちょう》が上条の肌の上をなぞる。まるで微弱な電気を浴びせたような焦燥《しょうそう》感《かん》。一瞬《いっしゅん》にして額《ひたい》全体に得体《えたい》の知れない汗の珠《たま》がいくつも浮かぶ。

(ちくしょう、向こうは手で触《ふ》れなくても大丈夫《だいじょうぶ》なのか！　しかも何を条件にどんなものを消しているのやら……。何だかこっちより便利そうだな!!)

だがその一撃《いちげき》は、上条を狙《ねら》ったものではなかった。

というか、そうであれば今の一撃で上条の上半身は吹き飛ばされていたはずだ。

(———、)

背後で、何かただ怯《ひる》む気配。

だが上条はいちいち振り返らない。

後ろから何が迫《せま》っていたのか、確認している余裕はない。

右拳《みぎこぶし》を改めて強く握《にぎ》る。

狙いは上里翔流……のすぐ奥。やはり彼の後ろから迫る『別の何か』。

「あっ、ああああああああああああああああああああああああああああああああああ

ああああああああああああああああああああ
あああああああああああああああああ!!」

　全《すべ》ては織り込み済みだった。

　上里《かみさと》の影が気軽に首を横に振った直後、ついさっきまで彼の顔があった場所を岩のように硬い上条《かみじょう》の拳《こぶし》がまともに通過する。同時、上里の後頭部を狙《ねら》おうとしていた『別の何か』とまともにかち合った。

　激突する。

　消失する。

　幻想殺し《イマジンブレイカー》が十全に機能する。という事は、上里を襲《おそ》ったモノもまた、『異能の力』が働いているのか。それが魔術《まじゅつ》だか超能力だかは知らないが。

　上条と上里は背中合わせに隣接《りんせつ》する。

　そのまま二人してぐるりと一八〇度回る。

「……俺が、、、、、、、アンタを助けるかどうか、わざわざ試したっていうのか？」

「まあ、ダメならダメでぼくの腕を振るえば済む話なんだけどね」

　ドカッ!!　と。

　再び暴力的なヘッドライトの光が別の通りから差し込んできた。一瞬《いっしゅん》の目が眩《くら》むような閃光《せんこう》は、彼らの網膜《もうまく》へ写真のように風景全体を焼きつけていく。

そして気づいた。

二人の少年を取り囲んでいるのは、二種の暴威であった。

片方は真っ黒な何かだった。正体は間近で見ても分からない。深海に揺蕩《たゆた》うタコのようにも、包丁で切り分けられたぶよぶよの脂肪の塊《かたまり》にも、たるんだゴムの膜を裏側から炙《あぶ》ったようにも見える。凝視《ぎょうし》すればするほど意味が変わり、頭が混乱しそうだ。表面は不気味《ぶきみ》に泡立ち、目玉とも吸盤《きゅうばん》とも言えない何かが、黄色か緑か、ぬめった夜光塗料めいた光を明滅《めいめつ》させている。あるいは聞いた事もない毒を持つカエルやトカゲの極彩色《ごくさいしき》か。

片方は真っ赤な何かだった。こちらは毛足の長い絨毯《じゅうたん》に水を吸わせて腐《くさ》らせたような、そんな質感を放っている。鬱蒼《うっそう》と茂る毛足の奥から乱杭歯《らんぐいば》や舌のように見える何かがチロチロと覗《のぞ》いていた。その奥を、見るな。そんな警戒心がこちらに雪崩《なだ》れ込んでくる。

両者に決まった形はないようで、上条達を取り囲む格好で半径数メートルの円を描いていた。

「……ともあれ、『本線』はひとまずお預けか」

ぞるぞると、ぐるぐると。

上里翔流《かける》はさして興味もなさそうな調子で言った。

「一応お訊《たず》ねするけど、きみのお仲間じゃないんだよね？」

「そんな風に見えるのか？　それを言ったらそっちの方が怪しいぞ」

「というより」

「ああ、何だ、こいつら？　共食いでも始めているのか⁉」

こちらを包囲する赤と黒の不定形の怪物だが、向こうも向こうで様子がおかしい。排水溝をヘドロが流れていくような気味の悪い音と共に、互いに絡《から》み合って咀嚼《そしゃく》しているようなのだ。

上条《かみじょう》の肩に乗るオティヌスが目を細める。

「連中にとってもアクシデントのようだが、かと言って静観もできまい。むしろ手負いの獣《けもの》は厄介《やっかい》だぞ。死にもの狂いで暴れるから予定調和が存在しない。ルーチンを読みにくい上、やたら全力全開だから周りが巻き込まれるリスクも大きくなる」

「……やれやれ。もう少しゆっくりとお話ししたかった所だけど、ひとまずここを抜ける方が先になるのかな」

「かもしれないな」

上条が吐《は》き捨てた直後だった。

赤い腐《くさ》った絨毯《じゅうたん》の奥から乱杭歯《らんぐいば》や舌のようなものを覗《のぞ》かせた何かと、目玉とも吸盤《きゅうばん》とも言えないものを大量に泡立たせる黒い何か。その双方がねじれ、尖《とが》り、自《みずか》らの身を割《さ》り裂いて鋭《するど》い爪《つめ》のようなものを飛び出させる。またいくつもの牙《きば》が乱雑に生えた大口をあちこちから開いていく。

「来るぞ‼」

オティヌスが叫ぶ。

カッッツ!!　と、ドーナツのような包囲網《ほういもう》から、無数の槍《やり》や刃に似た捕食器官が射出される。

上条と上里《かみさと》もまた、死の口を引き裂くべくその右拳《みぎこぶし》に力を込めていく。

2

とにかく無我夢中だった。

上条の幻想殺し《イマジンブレイカー》は『異能の力』に対しては破格の攻撃力《こうげきりょく》を持つが、同時に効果範囲《はんい》は右手首から先しかないので、複数同時攻撃に弱いという側面がある。サンジェルマンの件などではここを突かれて難儀《なんぎ》したものだった。

今回、辛《から》くも正体不明の包囲網を突破できたのは、上里の助力が大きかっただろう。

正直、上条一人だけではどうなっていたか分からない。

「はあ、はあ！　くそっ!!」

どこまで走れば『安心』を得られるのか分からないまま、とにかく上条は走り続けた。途中でスーパーのレジ袋を道に置き去りにしたままだと思い出して軽く舌打ちする。

そんな事で後悔していられる『余裕』があるのが、無意識に『安心』を感じているのだと気づいて……ようやく、上条は足を止めた。

自分でもどこに迷い込んだのか覚えがない。

第七学区にこんな裏通りがあったのかと感心してしまう所だった。

気がつけば上里《かみさと》ともはぐれている。

とにかく逃げるのに精一杯で、いちいち互いの安否なんて気遣っている余裕もなかった。

「何だったんだ……。『魔神《まじん》』の天敵とかいう上里のヤツだけでも厄介《やっかい》だったのに、別口で面《めん》倒《どう》なのが出てきたぞ。しかも二組も！」

「……お人好《ひとよ》しめ。あれが全部上里のお膳《ぜん》立《だ》てという可能性も考慮《こうりよ》はしないのか？　ヤツは自分でお前の動きを試すような言動を取っていたというのに」

「え？　だって上里が自分で言ってたろ」

「大馬《おおば》鹿《か》野郎」

肩のオティヌスに耳たぶをつねられた。

「理想送り《ワールドリジエクター》の厳密な効果や使用条件は定かではないが、あれは『魔神』をダース単位で撃滅《げきめつ》するものなんだろう？　襲撃者《しゆうげきしや》の一人や二人でいちいち逃げ出すようなタマか」

「それじゃあ……」

「ヤツらが手を結んでいるかどうかは確かに分からん。だが上里のヤツは確実に楽しんでいたよ。真面目《まじめ》な顔してお前の顔を盗み見ていた。言葉で語れなかった分、別の方法でコミュニケーションを取って遊んでいるつもりだったんだろうさ」

オティヌスの声を聞きながら、上条《かみじよう》は汗だくの体を近くのビルの壁へ預けた。

思案する。

「そもそも『あれ』は何だったんだ？　赤と黒の襲撃者」

「さあな」

眼帯の少女は適当な感じで、

「『赤』は暗黒大陸辺りの匂《にお》いがしたが、もう片方の『黒』はまるで分からん。ひょっとすると魔術《まじゅつ》と科学で喰《く》い合っているのかもしれん」

「暗黒大陸って何だっけ？　海に沈んだ古代文明か？？？」

「アフリカの事だ、語彙《ごい》を学べよ」

なら最初からアフリカって言えば良いじゃない!!　と上条は心の中で叫んでみる。

「……オティヌスって、北欧系の魔術の他に科学関係もかじっていたよな？」

「ああ、その辺りはベルシのヤツが強かったがな……」

「そのオティヌスでも、『黒』のヤツは全く分からない、と？」

「全く……というか……喉《のど》まで出かかっている、というか……。だから異様ではある。一応私は『元の世界』をくまなく構築した神だぞ。あれは厳密には計算された中心核を放って無限に広がる雪の結晶の出来を眺《なが》めるようなものであって、事象の全《すべ》てを一つずつ自分の手で設計していった訳ではないが……」

上里翔流《かける》と、赤と黒の襲撃者。

どちらが格上かと聞かれれば、これまでは上里《かみさと》だった。

だがオティヌスの口振りからすると、そう単純な話でもないらしい。

だとすると……、

「まずいな。上里のヤツ、きちんと逃げられたのか？」

「……おい、人間」

「甘いのは分かってる、支離滅裂《しりめつれつ》で本末転倒《ほんまつてんとう》な事をしようとしているのも。でも確かめないと気分が悪くておちおちひと眠りもできやしない。俺が一人で助かっている傍《かたわ》らで、実はあいつがあっさり捕まってむしゃむしゃもぐもぐ食べられていましたじゃ笑い話にならないぞ」

「自覚した上で戻るのかよ！　手に負えないなこの馬鹿《ばか》は‼」

オティヌスの猛反対《もうはんたい》を受ける中、上条《かみじょう》は恐る恐る来た道をなぞって襲撃《しゅうげき》現場へ引き返していく。自分が今どこにいるのかも分からないが、意外と目印一つ一つは覚えているものらしい。

それらを辿《たど》って歩いていくと、やがて、見覚えのあるものが見えてきた。

「上里のヤツは……いないな」

「少なくとも、単純に喰《く》われて人身御供《ひとみごくう》になった訳じゃないらしい」

明かりの少ない路上で、ガサリと何かを擦《こす》るような音が聞こえた。

慌《あわ》ててそちらに目をやってみると、

「ん？　あれ、俺のレジ袋‼」

「拾うのか。いくら一二月とはいえ、アイスなんて溶けているだろうに」

「オティヌス、道路に落ちているかどうかが問題なのではない。菌がついているかどうかが問題なの――」

言いかけた時、どっしりしたレジ袋が不自然に動いた。

そして中からひょっこりとデカい猫が出てきた。

「おい人間、食材が増えたぞ」

「ブラックなジョークはやめろ神様。そして待て野良猫《のらねこ》っ、それは今晩の大事なおか――」

もっかい状況に言葉を遮《さえぎ》られた。

近くの路地からみゃあみゃあというか細い音が聞こえてきたと思ったら、何匹かの子猫がデカ猫に近づいていったのだ。毛並を見るに、どうも親子の模様。

そして上条当麻《とうま》は追い詰められていた。

「ずるい!!　ずるいよ!!　この、なんていうか、このっ、『川を流されていく子犬』っていうか『戦争で引き離《はな》された猫と飼い主』っていうか、それを、その、それを出されちゃったら手出しできないじゃない！　もう泣くしかないじゃない!!」

「袋を咥《くわ》えて悠々《ゆうゆう》と立ち去っていくぞ。おそらく向こうにとってはいつもの手だ、都会で生きていく術《すべ》を学んでいるな猫畜生《ちくしょう》め」

「分かってるよ！　分かってて乗らせられるからおっかないんだよ感動系は!!」

得体《えたい》の知れないバリアに阻《はば》まれ、上条《かみじょう》にはどうにもならなかった。

哀《かな》しい想いをして、しばし呆然《ぼうぜん》と立ち尽くす。

しかし、レジ袋がここに落ちていたという事は、やはりここで上里《かみさと》と激突したのだ。そして赤と黒の怪物が横槍《よこやり》を入れてきた。

光源が少ないので何ともしがたいが、じっと暗がりを見据えていくと、目が慣れてきたのか、徐々に辺りに散らばっているものが浮かび上がってくる。

「う……」

「あの猫畜生《ちくしょう》、こっちを咥《くわ》えていかなかったのは救いかね」

腐《くさ》った赤い絨毯《じゅうたん》のようなものだ。襲《おそ》われた時は無限の広がる海のような印象だったが、今は無残に引き裂《さ》かれ、アスファルトやコンクリートの壁にその破片をこびりつかせている。その状態のままでもびくびくと蠢《うごめ》いているのが不気味《ぶきみ》ではあったが、注目すべきはそこではない。

上里がこれをやった。

やはり彼の理想送り《ワールドリジエクター》は本物だった。

上条の幻想殺し《イマジンブレイカー》同様、おそらくアクが強くて扱《あつか》いにくい効果や条件があるのだろう。何しろ『魔神《まじん》』をダース単位で殲滅《せんめつ》する力。それくらいの枷《かせ》がなければ今頃《いまごろ》科学サイドも魔術《まじゅつ》サイドも関係なく、世界の全《すべ》てが駆逐《くちく》されていてもおかしくないのだから。

それにしたって『環境』さえ適合すればこの破壊力《はかいりょく》だ。とりあえず逃げるのが先、なんて話じゃない。あいつは自分一人だけなら、赤も黒もまとめて殲滅できたのかもしれない。

遊ばれていた。

その事実に、どう反応して良いのか分からない上条。

改めて目の前に広がる惨状《さんじょう》を眺《なが》めて……そして気づいた。

「ちょっと待て……」

腐った赤い絨毯。

そうした残骸《ざんがい》の中に、何かが紛《まぎ》れていた。

最初、上条の目には何かこんもりとした塊《かたまり》に見えた。だがよくよく観察してみると、比較的大きな残骸が何かに覆《おお》い被《かぶ》さっているらしい。上条がめくろうとすると、右手の力に反応したのか腐った絨毯そのものが消し飛ばされていく。その奥にあったものが露《あら》わになる。

「これが……」

そこにあったのは、気を失った一人の少女だった。

年の頃はせいぜい一二歳程度。

「……『赤』の、本体？？？」

肩まである金髪に白い肌。白いブラウスに短いスカート、足回りは黒いストッキングで覆っていて、グランドピアノのようにシックな高級感を漂《ただよ》わせる少女。一二月にしては少々肌寒そうだが、ひょっとするとあの腐った赤い絨毯がコートか何かの代わりを務めていたのかもしれない。

驚《おどろ》いた理由は色々あった。

だがその中で最も強烈《きょうれつ》だったのは……それが見知った顔であった事か。

額《ひたい》に手を当てて息を吐《は》くオティヌスを横に、思わず上条《かみじょう》はこう呟《つぶや》いていた。

「……バード、ウェイ？」

3

その頃《ころ》。

少し離《はな》れた場所では、上里翔流《かみさとかける》もまた怪訝《けげん》な顔を浮かべていた。

暗がりの中で首を鳴らそうとするが、上手《うま》くいかない。何度か繰《く》り返していたが、何だか関節を悪くしそうだったので早々に諦《あきら》める事にした。

代わりに、携帯電話に向けて言う。

「まいったね、こりゃ」

『アンタがトラブルに巻き込まれるなんていつもの事どす。どうせ今回もかわゆい女の子が関わっとるに決まっとります、バケモンの腹の中から全裸の少女が出てくるとかね。うちの処女を賭けてもええですわあ』

電話の向こうの声はどこかはんなりとしていた。本当に正しい京都弁なのかどうかは上里にも判断がつかない。

「勝手にベットされても困るよ。で、解析にどれくらいかかる？」

『どの程度の精度を求められるかによりますわ』

呑気《のんき》に言う上里の周囲は、惨澹《さんたん》たる有り様だった。

地面や壁にはべったりとした汚《よご》れ。腐《くさ》った赤い絨毯《じゅうたん》とは別枠、黒い脂肪の塊《かたまり》にも、たるんだゴムの膜を裏側から炙《あぶ》ったようにも見える、深海のタコに似た襲撃者《しゅうげきしゃ》の残骸《ざんがい》であった。

フィィィイ、と卓上扇風機のような小型モーターの回転音が響《ひび》く。

上里の見上げる先、夜空の一角に、オモチャのような機材が飛んでいた。夏休みの工作でカトンボを作ったようなその機材は、腹に透明なケースを抱えている。この現場から採取した『黒』のサンプルだ。

『まあ学園都市のジャンク街っていうのは覗《のぞ》き甲斐《がい》がありましたなあ。おかげでコンテナラボの調子は前代未聞。「外」の電子顕微鏡が掌《てのひら》サイズに収まっちゃうなんてクールやわあ、ありゃあミラーレス一眼を初めて見た時みたいな衝撃《しょうげき》ですわ。そんなこんなで辿《たど》り屋さんにお任せあれ、速報であれば一時間以内に結果出しますよって』

「そう」

腰どころか足元まで伸びる艶《つや》やかな長い黒髪に、ぶかぶかの白衣を引きずり、袖《そで》で口元を覆《おお》いながら笑う小柄な少女を思い浮かべ、上里《かみさと》は相槌《あいづち》を打った。

『しっかし学園都市って話に聞くほど「外」を突き放していた訳でもなかったみたいどすなあ。てっきり駅の券売機で切符を買えないおばあちゃんみたいな状況が延々続くかと身構えておりましたのに』

「ああ、ぼくも最初はチューブの中を車が走っているものだと思っていたけど、そこまでじゃなかったみたいだね。お金も普通の日本円……に見えるけど、表に出てない所は違うのかな、これ」

見ている前で、手製の無人機がどこかへ飛び去っていく。出不精《でぶしょう》の少女は大概《たいがい》何でもネット通販だし、受け取りが必要なものは無人機のマニピュレータで済ませてしまう悪癖《あくへき》があった。主食はピザで出歩かないのに何故《なぜ》か太らない、という美少女マジックの権化《ごんげ》みたいなインドア少女なのだ。

そして、彼女の名乗る辿《たど》り屋。

少女の得意分野は警察などで使われる高度な鑑識《かんしき》・科学捜査技術を応用し、顕微鏡サイズのわずかな痕跡《こんせき》から特定の人物を追い詰め、居場所を探るものだ。その呼称は伊達《だて》ではない。

犯罪組織も多様になったと耳にする。かつては標的や裏切り者の追跡と言えば（主に闇金《やみきん》の名簿《めいぼ》作りなどの）情報網《もう》や目撃談《もくげきだん》の蒐集《しゅうしゅう》など地道に足を使ったものだったが、今では住基《じゅうき》ネットやネット通販の注文票を狙《ねら》うハッカーを雇《やと》ったり、ＳＮＳにアップされた有象無象《うぞうむぞう》の写真画像を端《はし》から端まで解析して群衆の中に狙った『顔』がないか調査したり、あるいは分子レベルの試料分析技術にものを言わせるらしい。もちろんこれらは元々警察が編み出した技術だが、テクノロジーは誰《だれ》の手に渡ってもどんな目的で悪用されても同じように効果を発揮させるものなのだ。

つまり、少女の手にかかれば標的が証人保護プログラムに入ろうが、書類上で死亡扱《あつか》いさせて整形手術を施《ほどこ》し、指紋のパターンさえ組み替え全身の血液をそっくり入れ替えようが、問答無用でその痕跡を辿る。ジャングルの中で、地面についた足跡や折れた枝から確実に標的を追い駆けるように。見方によっては単純な暴力よりも恐ろしい、情報という名の死神の指先だ。

「あー、UAV飛ばしているなら尾行がないか、一通り上からスキャンして欲しかったんだけどなあ」

『どうしてどすー？』

「さてこれからどうしようかねって。ぼくもコンテナハウスに戻るべきか、追跡に気を配って別口のセーフハウスを使うべきか。選択の参考にしたかった」

『あっはは！　ややわあ、ここは学園都市ですやん？　テクノロジーならうちらの頭に浮かぶ範囲《はんい》を二回りか三回りは超えはります。想像のさらに先に、事実は小説よりも奇なり。追跡関係だって相当えげつないのが使われているだろうから、完全に撒《ま》くのは不可能ですやろ？　そもそも、街全体が衛星でスキャンされているんどすえ』

「かねえ」

『この電話だってとっくに傍受されとりますわあ。分かっていて、それでも力技で強引に振り逃げできると踏んでいるからのんびりしていらっしゃるくせに』

「……、」

現状、上里翔流《かみさとかける》……いや、彼を中心とした『上里勢力』が敵対しているのは『魔神《まじん》』達だ。科学サイドの学園都市にどうこう言われる筋合いはない。とはいえ、彼らの許可を取らないで勝手に街の中へ踏《ふ》み込んでいる上、そもそも『魔神』をダース単位で殲滅《せんめつ》する力を保有しているのだ。利害や研究の面でも、単純な脅威《きょうい》や恐怖の面でも、街の支配者が放《ほう》っておくとは限らないだろう。

だからどうした。

その上で、理想送り《ワールドリジエクター》はそんな結論を弾《はじ》き出すほどの『力』を持つ。

究極の一撃《いちげき》。

まさに鉄槌《てつつい》。

「なら、ひとまずは予備のセーフハウスで様子見かな」

『それが良いどすなあ。護衛もつけずに例の幻想殺し《イマジンブレイカー》と勝手に接触したってー？　しかも赤だの黒だの別口からも襲《おそ》われよって……。他の子達はカンカンどす。学園都市より上条当麻《かみじょうとうま》よりよっぽど恐ろしい。しばらく頭を冷やして、ついでに女の子のご機嫌《きげん》取りの方策でも考えた方がよろしいのと違いますの？　にゃっはは！』

「本気で頭が痛い……。じゃあセーフハウスの場所は――」

『傍受されてる電話で言うような事ではないどすえ。心配ご無用、うちは辿《たど》り屋さんって言うたやん。そっちが何も話さなくたって勝手に足跡を辿って特定しますえ。そんじゃねーん☆』

電話が切れた。

上里翔流は一瞬《いっしゅん》だけ疲れた顔を見せると、携帯電話をポケットにしまう。

それから改めて周囲の惨状《さんじょう》へ目をやった。

あちこちに飛び散った不気味《ぶきみ》な『黒』。泡立つ脂肪の塊《かたまり》のような残骸《ざんがい》の一角に、こんもりと盛り上がった箇所がある。どんな毒性があるかも分からない、最悪、いきなり飛びかかって馬鹿《ばか》デカい口に咀嚼《そしゃく》されるかもしれない。だが今も不気味に脈動する『黒』に、上里は躊躇《ちゅうちょ》なく近づいていく。

「新たな天地を望むか？」

まるで何かのパスワードだった。

軽く右手を振るった直後、こんもりとした塊がまとめて消し飛ばされる。

その奥で眠っていたものが開陳《かいちん》される。

年の頃《ころ》はせいぜい一〇から一二歳程度。短い金髪をカチューシャでもって額《ひたい》を大きく見せている。ダウンジャケットにウェットスーツのようにぴっちりとしたジョギングウェア。腋《わき》などにスリットがあるのは、全季節対応の体温調節機能だろう。首回りにはコードレスのヘッドフォン、おそらく手首のウェアラブルな腕時計端末《たんまつ》とリンクしているはず。その顔立ちや身に着ける衣服や装飾品のブランドから見るに、日本人ではなさそうだ。

「さて」

片手を腰に当て、上里翔流《かみさとかける》はため息をついていた。

……とりあえず少女は出てきた。だが全裸ではなかった。世界の良心みたいなものを感じてしまう上里。これでひとまず、先ほどの電話の相手が勝手に賭《か》けてきた処女とやらの行方は心配しなくて済みそうだ。

(念のためにこの子からも言質《げんち》を取っておきたいな。ぼく一人だと証言に客観性がないとか堅苦しい事言われて押し切られそうだし)

という訳で、事前の打ち合わせのためにも相手の事が知りたい。

屈《かが》んでポケットの中身を確かめる上里は、財布ではなくカードケースを見つける。

「……一〇歳前後でクレジットカード持ちか、しかも限度額無制限《ブラックカード》がゴロゴロと」

マカオ辺りのカジノ王みたいなラインナップだ。ひょっとしたら生まれてこの方小銭なんて見た事がない人種なのかもしれない。カード会社はどれもこれも『外』のものだった。そして印字されている名前は全《すべ》て同じものだった。

「……ぱと……あ……」

指先でなぞりながら、上里はその名を読み上げていく。

「パトリシア＝バードウェイ、で良いのかな？」

4

「……、」

「……、」

「……、」

割れた窓にビニールシートで応急処置をしただけの寒々しい学生寮《りょう》。フローリングの上で正座する家主の上条当麻《かみじょうとうま》は、無言の圧を受けていた。

インデックスにオティヌスにネフテュス。

ペットフードをしこたま食べてただ一匹だけ満足しているのか、三毛猫《みけねこ》はお腹《なか》を上にして完全に溶けていた。可愛《かわい》らしい子猫のビジュアルなのに、何故《なぜ》だか呑《の》んだくれのダメ親父《おやじ》というフレーズが頭に浮かぶ。無防備極《きわ》まる仕草で眠りこけている飼い猫が颯爽《さっそう》と主人の助けに入る恩返し展開も期待できそうにない。

議題は一つだった。

「……とうま、今日の晩ご飯はどうするつもりなの……？」

「そっちじゃねえよ‼　自分で蒸し返すのもアレだけどもっと大事な事があるでしょ！　そもそも冷蔵庫の中に味噌《みそ》としょうゆしか残っていないのは誰《だれ》のせいだと思ってやがるんだっ⁉」

「私思うのだけれど、お味噌はともかくしょうゆを冷蔵庫に入れておく意義ってあるのかしら？　日本人は何でもお出汁《だし》としょうゆだからボトルの消費も早いでしょうし、いちいち酸化なんて気にする必要はないのではないの？」

「……あれ？　ほんとにみんな気にしてない？　この方向で上手《うま》く流せる……？　よっ、よし‼　違いますうそのしょうゆは冷ややっことかにも使うから冷やしておいた方が美味《おい》しいんですう‼　せっかく冷やしておいたお豆腐の上から生ぬるい常温のしょうゆをかけるとか馬鹿《ばか》じゃねえの！　主義を感じられませんっ‼」

「そんな事よりそこの女だ」

オティヌスだけが真面目《まじめ》だった。

四つん這《ば》いの上条《かみじよう》がタンタンと床を叩《たた》いて悔《くや》しがるが、眼帯の少女は無視して話を先に進めてしまう。

「そこの馬鹿がまたもや勝手に拾いやがった。赤と黒、大前提として襲撃者《しゆうげきしや》が二つあって、その片割れらしい。『女』と冠がつけば何でも救う例の病気だよ。おかげで上里翔流《かみさとかける》の他に別口の問題まで抱える事になったぞ。さてどうしようか？」

「ふうむ」

インデックスが可愛《かわい》らしい声を出して思案する。

ここには一〇万三〇〇〇冊の魔道書《まどうしょ》を記憶《きおく》する魔道書図書館に、ガチの『魔神《まじん》』が二人もいる。相手が少しでも魔術《まじゅつ》に関《かか》わっていれば、隠《かく》し事などできようはずもない。

彼女達は床に転がっているバードウェイの衣服のあちこちに未練がましくこびりついている、腐《くさ》った赤い絨毯《じゅうたん》の欠片《かけら》のようなものを指先でつんつんすると、

「ニャニャブレムブ。アフリカ版シンデレラの話で、こんなのがあったよね。醜《みにく》い毛皮を被《かぶ》せられたお姫様の話。誰からも気味悪がられていたんだけど、実は周りの男達に手出しされずに済んで、毛皮の中では不思議な力を注がれた美しいお姫様がすくすくと育っていたっていう」

早速《さっそく》上条はうんざりモードだった。

「……シンデレラっていうより醜いあひるの子みたいだな。ていうか、まあ、カムフラっていうよりまんま襲《おそ》いかかってきたけど、ありゃ何だ？　例の周りの男達が手出しできないようにって機能か。何だってそんなのがあんな攻撃的なシフトになっているんだ⁉」

「……、」

「……、」

「……、」

至極《しごく》当然の疑問を放ったはずなのに、三人の少女（？）からえらい勢いで睨《にら》まれた。クソ虫を見るような軽蔑《けいべつ》が混じっている。

小さなオティヌスは息を吐《は》いて、

「だがあれは男を遠ざける効力よりも、姫君を順当に育てる効力の方が優先されていたはずだろう。しかも、モノだって苔《こけ》だらけの緑色じゃなかったのか」

「何かあるのかもしれないね」

インデックスは呟《つぶや》いて、気を失ったバードウェイの細身の上から、わずかに離《はな》れた位置で指先を動かしていく。

「記号を見るに……これだけじゃないみたい。他にもアフリカ系で色々な神話や伝承を分解して植え付けているね」

「何でアフリカなんだろう？」

上条《かみじょう》は素朴《そぼく》な疑問を発していた。

「魔術《まじゅつ》についてそれほど詳しい訳じゃないけど、バードウェイってヨーロッパの人だったよな？　得意としているのもアルファベット表記っていうか、洋風の魔術じゃないのか？？？」

「ふうん、なるほど」

最初に見た時よりはいくらか回復したように見える全身包帯のネフテュスは、床の上で足を崩《くず》したまま妖艶《ようえん》に微笑《ほほえ》んでいた。

「これはひょっとすると、欧州人のいつもの流れというヤツかもしれないわね」

「あん？」

「良くあるパターンなんだ」

呆《あき》れたように言ったのは、オティヌスだった。

「近代西洋魔術、と字面《じづら》だけ見るとヨーロッパの人間がヨーロッパの文化でヨーロッパの魔術を組み立てているように聞こえるだろう？　でも実際はそうじゃない」

「そうじゃないって……？」

かつて、アニェーゼとかが言っていなかったか。西洋魔術は十字教の裏技みたいなもので、魔術師がズルをすると真面目《まじめ》に信仰している人が馬鹿《ばか》を見る。だから彼らのやる事が許せないとか何とか。

ところが、『魔神《まじん》』達はこんな風に言っていた。

「途中までは頑張るんだ、ああ、途中まではな」

「でも結局、自分達のルールだけでは叶《かな》えられない願いがあると分かってしまうのね。すると欧州人はどうするか。答えは簡単よ。まだ見ぬ果ての別の理想郷に方程式が眠っていると無邪《むじゃ》気《き》に思い込みを始めるようになる」

「まあ、大抵ははるかなるチベット辺りに得体《えたい》の知れないグランドマスターがいて、そいつの教えを請えば天国の門を開く鍵《かぎ》をもらえるとか何とか、そんな茶番だ。場合によってはアトランティスとかムー大陸とか、過去に沈んだ大陸の話も出てくる。そうそう、太陽から電波の形で神の知識・叡智《えいち》が届くなんて与太《よた》もあったか」

くつくつと笑いながらオティヌスは言った。

実際の『魔術世界の秘奥《まじゅつせかいのひおう》』に位置する彼女達からすれば、神に頼《たの》んで願を掛ければ無条件で知識を授けてくれるなどと考える人間の浅薄《せんぱく》さがおかしくて仕方がないのかもしれない。ひょっとしたらチベットにはチベット流の秘奥が本当に存在するのかもしれないが、少なくともヨーロッパの人々が勝手に思い浮かべる自動販売機みたいに都合の良い何かではないのだろう。

「そんな中にあるんだ。中南米や太平洋諸島、東南アジア、インド……。植民地時代に獲得した様々な異文化に刺激を受けたパターンが。当然、最も多くの刺激を受けたのは暗黒大陸、アフリカだ。何しろ範囲《はんい》が広くて色んな民族がひしめいて大小無数の神話に溢《あふ》れている。まさに坩堝《るつぼ》だな。しかも欧州からすれば地中海を挟《はさ》んですぐそこだから、南米大陸やインドと比べると冒険の準備も少なくて済む。こいつは実際に世界最大の魔術結社と謳《うた》われた『黄金夜明』の中にまで深く食い込んでいるぞ」

「イエイツやメイザースと並ぶ中心人物の一人だったクロウリーの使うタロットは『トート式』と呼ばれるもので、これはエジプト神話の神の名を引用したもの。他にも自身の思想を説明する際にイシス、オシリス、ホルスの時代《アイオーン》なんていう言葉を使っているのも特徴的ね」

チョコレート色のネフテュスはすらすらと流れるように言う。

「一般に知られる『黄金』系のタロットは神の子の誕生から処刑、そして復活までを描く事で、その力の一端《いったん》を引き出そうとする意味合いが強い。愚者《ぐしゃ》から宇宙までの大アルカナ二二枚はセフィロトの樹を繋《つな》ぐ二二本のパスと同期していて、人の身で神の領域に踏《ふ》み込む術を獲得しようという訳ね。つまりあくまで、十字教で説明できる範囲内《はんいない》の奇跡なのよ」

「ところが、トートタロットは同じ樹を基盤《きばん》にしながら少し事情が違う」

「あれは十字教の誕生からその壊滅《かいめつ》――つまりハルマゲドンの到来――そして十字教壊滅後に現れる『次なる時代』の謳歌《おうか》までを記した特殊な配列なのね。『吊《つ》るされた男』に込められた意味がかなり違うし、『審判』は『永遠』に取って代わっている。つまり神の領域に届くのではなく、神の領域たる『閉塞《へいそく》した天井《てんじょう》』を破壊し、さらにその上のステージへ人間を押し上げるためのカードセット。まあ、教皇庁からすれば恐るべき不遜《ふそん》といった所かしら」

「……、」

（一応は）イギリス清教のシスターさんであるインデックスはコメントしづらいようだ。

妖《あや》しく足を崩《くず》すネフテュスの談義が続く。

「ちなみにクロウリーによるとイシスの時代が十字教成立前の原始宗教の時、オシリスの時代が十字教の蔓延《はびこ》る停滞《ていたい》の時、そしてホルスの時代が十字教壊滅によって人類が真なる目覚めを果たす時、とされているわ。もっとも、これは『黄金』系の中でもかなり過激な意見で、結社の全員が支持していたものでもなかったようだけど」

「つまり、何だ？」

難しい所は全部端折《はしょ》って、上条《かみじょう》は結論だけ出力した。

「ヨーロッパの魔術師《まじゅつし》っていうのはある程度までは自分達の文化の中で頑張ってみようとするけど、そこで行き詰まると思考をパチンと切り替えて、世界中の資料をひっくり返して矛盾《むじゅん》を解消しようとする、変な癖《くせ》みたいなのがあるって訳か?」

創作和食と称して丼《どんぶり》の上にキャビアやフォアグラを乗っけるようなものだろうか、と上条《かみじょう》はもやもやイメージする。

「しかも助けを求めた事は忘れてね。まあ、この辺りは火薬や麵《めん》を自分達が発明したと言い張る民族性なのかもね。あの形状の食べ物をすすらずにわざわざフォークで巻いて食べている時点で相当無理をしていると、自分達で言ってて首をひねらなかったのかしら」

「だとすると」

上条は、改めて床に寝かせているバードウェイに目をやった。

そして思う。

(……あの傲岸不遜《ごうがんふそん》なバードウェイが、壮絶な魔術も組織の力も使い放題のあいつが、自分の手持ちじゃどうにもならないと思ってしまうような『何か』があった、だって……?)

ますますゾッとする。

上里翔流《かみさとかける》の問題に割り込んできた、些細《ささい》な横槍《よこやり》。とてもそんな風には見えない。掘れば掘るほどこちらのウェイトが大きくなっていく気がする。

「具体的には、何なんだ……?」

思わず。

上里の『本線』から脱線してしまうと分かっていても、上条はそう尋ねていた。

「バードウェイのヤツは『何を』抱えているっていうんだ？」

「うん……」

インデックスは寝かされたバードウェイの上体からわずかに上の辺り、何もない場所を指先でなぞるように動かしながら、

「小麦……いや、トウモロコシかな……。アフリカって言っても相当大きいし、様々な民族や文化、神話で溢《あふ》れ返っているけど、まるであちこちからつまみ食いしているみたいなんだよ。まず神話体系があるんじゃなくて、足りない部分を穴埋めできる伝承をかき集めているっていうか……」

「つまり？」

「……人形……果実……儀《ぎ》礼《れい》の簡略化、コスト の低減……贄《にえ》、機械的な手順を踏《ふ》んだ破《は》壊《かい》行為……神に捧《ささ》げる……ううん、それよりも病んだ患部に対応した部位を取り込む事で治《ち》癒《ゆ》を目指す……捕食の理論……」

インデックスの指がピタリと止まる。

彼女の指は、ちょうどバードウェイの胸の中心を示している。

銀髪の修道女はこう呟《つぶや》いていた。

「カ、ニ、バ、リ、ゼ、ー、シ、ョ、ン、……？」

だがそこまでだった。

ガッ!!　と何かがインデックスの手首を掴《つか》む。さらなる真実を暴こうとする指先を縛《しば》り付けてしまうように。

「それ以上、触《ふ》れるな……」

レイヴィニア＝バードウェイ。

未《いま》だに起き上がる事もできず、青ざめた顔のまま、それでも唇《くちびる》の端《はし》を歪《ゆが》める。

そして言った。

「わざわざ触れて調べなくても、少なくともお前よりはあ、る、ぞ」

「……、」

インデックスは最初キョトンとして。

それから自分の指先がバードウェイの薄《うす》い胸の真ん中を指しているのに気づいて。

最後に修道服に覆《おお》われた自分の胸元へ目をやった。

「嘘《うそ》だね!!　ぜったい嘘だね!!」

「諦《あきら》めろ、世の中の仕組みとは残酷《ざんこく》にできているのだ」

「ブラのつけ方も分からないような子が何を言っているのかなんだよ……ッッッ‼」

「ああん⁉　ブラは関係ねえだろブラは‼　というか胸がある＝ブラというその固定観念こそが貧相な想像力そして胸囲を示していると言っても過言ではないなぁーっ‼」

はあ、と不毛な争いに対してネフテュスが息を吐《は》いていた。

ちなみに褐色《かっしょく》の美女はブラをつけてもいなければ貧相な訳でもなさそうだった。

世の中は分からない。

5

まず初めに、カトンボに似たオモチャのような無人機が夜空を旋回《せんかい》した。

そして安全を確認すると、ぶかぶかの白衣を引きずる礼服の少女が建物へ近づいた。腰どころか足首まで伸びた艶《つや》やかな長い黒髪に、手先の見えない大きな袖《そで》などを掛け合わせると、どこか十二単《じゅうにひとえ》みたいな印象を与えるだろう。

ただ、艶《なま》めかしい美人と呼ぶには全体的なサイズが物足りないかもしれないが。

「内藤《ないとう》、城島《じょうじま》、雁山《がんざん》、月詠《つくよみ》……ああ、ここですやん」

革靴と床がぶつかる硬い音が続く。第七学区のボロアパートの通路を歩き、ネームプレートを見て回る。最近越してきたばかりなのか名前のない真っ白な表札を掲《かか》げた扉の前に立つと、チャイムではなく乱暴にゴンゴンとノックする。

返事も待たずに鍵穴《かぎあな》にいくつかの試薬を与え、針金を使って一〇秒かからずに鍵を開けてしまうと、四畳半風呂《よじょうはんふろ》トイレなしは地獄絵図《じごくえず》と化していた。

「ぎゃおーっ!! ふー、ふーっ!!」

「痛い!! 痛てててててっ!! 何で目が覚めた途端《とたん》に手負いの猫みたいになっているんだこの子!?」

部屋の隅《すみ》で総毛立っているおでこを出した金髪の少女に、あちこち爪《つめ》で引っかかれて難儀《なんぎ》している平凡《へいぼん》な高校生、上里翔流《かみさとかける》。ちなみに窓が割れてビニールシートで塞《ふさ》がれているが、こちらについては『別の原因』によるものだろう。

白衣の少女はぶかぶか袖で口元を隠《かく》しながら、淡い笑みと共に言う。

「ややわあ、目が覚めたらいきなり見知らぬ男のアパートにご招待でしょ？　そりゃアンタが悪いに決まっとります」

「善意が反故《ほご》にされる相互不信の時代だよまったく!!」

「ほらほらお嬢《じょう》ちゃん」

警戒心マックスで自分の腕を抱いている怒《いか》りの涙目パトリシア＝バードウェイに目線を合わせるように腰を折って、白衣の少女はお上品に歯は見せず、それでいてにこやかな顔になっていた。

そのまま特大の爆弾《ばくだん》を落とす。

「うちはこれでも非正規科学捜査のスペシャリストですよって。そんなに上里《かみさと》はんが信用できずに自分の身体《からだ》が心配なら、妊娠《にんしん》しているかどうか調べてあげましょか。ちょーっと目を瞑《つぶ》って両足を開いてくれればすぐに済ませたりますけどー？」

「っ⁉」

びくっ‼　と身体を震《ふる》わせるパトリシア。

白衣の少女は笑ったままだ。完璧《かんぺき》な笑顔がそのまま固まっている。冗談《じょうだん》や非常識で言っているのではない。理由はどうあれ上里を害したこの少女に、悪意を持って語りかけている。

思わず少年は息を吐《は》いていた。

片手を首に当てて、頭を横に小さく振る。関節を鳴らそうとするが、上手《うま》くいかない。

とにかく言った。

「絵恋《エレン》」

「はいはいどうもはいどうも！　ほな嫌《いや》がらせはこの辺にしておきますえ。ったく、この恩知らずの情報が暮亞《クレア》や獲冴《エルザ》に知られたら冗談抜きで八つに裂《さ》かれていたんと違います？　警護態勢無視して親分が勝手に突出した挙げ句、アンタが傷を負ったなんて話になってごらんなさいなあ。ねえこれどう思いますのん？」

「まずいな……。傷隠《きずかく》しとかしておいた方が良いかな」

「まあ引っかき傷の蚯蚓腫《みみずば》れだし、出血はあらへん。これならファンデーションの厚塗りで何とかなるんと違います？」

その時だった。

部屋の隅《すみ》で震えていたパトリシアの全身から、ざわりとした得体《えたい》の知れない怖気《おぞけ》が放出される。彼女の柔らかい頬《ほお》に鋭《するど》い亀裂《きれつ》のようなものが入り、そこから泡立つように目玉とも吸盤《きゅうばん》とも言えない何かを大量に浮かばせる、タコの脚にも似たものがべろりと顔を出してくる。聞いた事もない毒を持つトカゲやカエルのような極彩色《ごくさいしき》をちらつかせながら。

ねじれ、よじり、一本の鋭い槍《やり》と化して。

ズドンッッッ!!!!!!　と、弾丸のように『それ』が射出された。

狙《ねら》いは絵恋《エレン》。切り揃《そろ》えた前髪の少し下。その顔面の真ん中。

ただし、

「おっと」

横から、何の気なしに、上里が手を伸ばしていた。

掴《つか》んだ途端《とたん》にごっそりと『槍』が抉《えぐ》れる。慌《あわ》てたように『泡立つ塊《かたまり》』がパトリシアの体内へ引っ込んでいく。

めりめりめりめり!!　という嫌な音が響《ひび》いた。

小さな少女の皮膚《ひふ》の下からだ。まるで蛇《へび》がのたくるように、親指大の太さの何かが頬からへッドフォンを引っかけた首筋へ移動していくのが分かる。

反射的に何か言おうとしたぶかぶか白衣の少女の唇《くちびる》に人差し指を当て、それから上里翔流《かみさとかける》は部屋の隅《すみ》のパトリシアに笑いかけた。

「今のはきみの意思……とは違うようだけど？」

「……、」

沈黙《ちんもく》するパトリシアの胸の辺りで、変化があった。

大きく膨《ふく》らんだダウンジャケットの上からでも分かる、明確な鼓動《こどう》。

だがあれはどう考えても人間の心臓のものではない。もっと別の何かが、彼女の胸の中心で蠢《うごめ》いている。

「正直に言って、話す話さないはきみの自由だ。だけど話さないなら、ぼく達は勝手に調べる。こちらは真実を摑《つか》むが、真実の範囲《はんい》は選べない」

上里が話しているそばから、『鼓動』は小さくなっていった。

いいや、なりをひそめているのか。

一ヵ所に集約していた『何か』が四方八方に散らばり、分散して身を潜《ひそ》める。故《ゆえ》に、平時であれば常人との違いはほとんどない。

「だからこれは、きみにとって有利な展開だ。自分から話すのなら、真実の範囲を切り分けて伝える事ができるんだからね」

パトリシアは。

悩み、口を開いて、しかし何も出ず、俯《うつむ》いて、首を振って。

そしてもう一度、今度こそ自分の意思で顔を上げた。

「ごめんなさい」

「何に対する謝罪かにもよるね」

上里を傷つけ、白衣の少女にも危害が加わろうとした事か。

あるいは上里の提案を跳ねのけ、説明そのものを拒《こば》もうとしているのか。

少女の謝罪はもっと違った所にあった。

彼女はこう続けたのだ。

「……話せば巻き込むと分かっていても、でも、話しておかないと不安で潰《つぶ》れそうになる弱い心に流されそうになっている事に、です」

上里は笑って応じた。

「だったら謝る必要はないさ」

「『これ』の正体は私にも分かりません。『極地』の氷の変動に伴《ともな》う太平洋、大西洋、インド洋などの大規模な海流の変移を調べるため、大学側からの客員研究員として私も参加した、あの南極調査活動。その最中に見つけてしまった、新種の寄生生命体。私達のチームでは暫定的《ざんていてき》に『サンプル＝ショゴス』と呼称していましたが」

「ショゴス……ね」

上里《かみさと》はゆっくりと息を吐《は》いて、

「南極から学園都市までの話を聞きたい」

「え、ええ。実質、大きな意味はないのかも。『これ』を何とかするために様々な医療《いりょう》機関をたらい回しにされていく内に、いつしか学園都市まで辿《たど》り着いてしまった、というだけですから」

「で、治療中のきみがどうして表をほっつき歩いているのかな?」

「寄生生命体とは言っても、『これ』は無秩序《むちつじょ》に感染を広げていく訳ではありません。まあ、でも、完全に迷惑をおかけしない……とも断言できないのですが」

「現にさっきもうちを襲《おそ》いはりましたしなあ」

「絵恋《エレン》」

「うちは被害者!!」

ぷんすか怒《おこ》っている白衣の少女の唇《くちびる》にもう一度指を当て、上里はパトリシアに先を促す。

「学園都市の技術でも、やはり安全に『これ』を取り除くのは望み薄《うす》のようでした。とはいえ、それは別に構わない。問題なのは、私のお姉さんなんです」

「お姉さん???」

自分の首に手をやりながら上里が尋ねると、ええ、とパトリシアは頷《うなず》いて、

「赤」

一言だった。

それだけで、大きな意味のある言葉だった。

「お姉さんはお姉さんなりの方法で私を助ける手立てを探してくれているようなんですけど、それに甘える訳にはいかない。絶対に、あんな方法は認められない。だから座して待っているだけじゃダメなんです。お姉さんを止めて、『あんな方法』は今すぐ破棄《はき》しないと」

「どうして？」

分からない事は素直に質問した。

「ダメで元々、宝くじと同じで下手《へた》な鉄砲を数撃《う》っておいた方が奇跡の確率も上がるんじゃないのかい？　もっとも、それが麻酔《ますい》もかけずに錆《さ》びついたメスで体を開けるようなどうしようもない素人療法《しろうと》だったら拒否した方が良いかもしれないけど」

「……そうだったら、どんなに良かった事か」

パトリシアはゆるゆると首を横に振った。

ますます上里は眉《まゆ》をひそめて、

「それ以上の何かがあると？」

「仮に、お姉さんが用意した方法を実行した場合。それでも私が『これ』から逃れられる保証はありません。完全に未知数なんです」

まずパトリシアはそう認めた。

その上で。

核心を、突きつける。

「でもその方法を使った場合、お姉さんは死亡のリスクを負う。それが分かっていて自分の身を差し出そうとしているからこそ、絶対に破棄《はき》しなくちゃいけないんです」

6

むくりと起き上がったバードウェイは改めて室内を見回していた。

「……ここもガラスが割れているのか。道理で一面冷たい訳だ」

「僧正《そうじょう》のせいで今は街中こんな感じだよ。ビニールシートで覆《おお》っているだけ随分《ずいぶん》マシだと思うけど」

「あとコタツはどうした。お前、そこは私の席のはずだろう」

「定位置なんかないよみんなその日の気分だよ。……っおい何だ、無理矢理詰めてくるなって、狭《せま》い!!」

「というかお前が私の席を取っているんだ」

なんか唇《くちびる》を尖《とが》らせている。

どうやら猫と同じで、場所を気にするタチなのかもしれない。

「分かった、一から説明する」

やがて、上条《かみじょう》のすぐ隣《となり》でバードウェイはそんな風に切り出した。

まだ顔色は悪そうだが、下手《へた》に気遣われるのも彼女のプライドに障《さわ》るらしい。背中を支えようとした上条の手を遮《さえぎ》るように片手を突き出されてしまった。

「だがその前に約束しろ。上条当麻《とうま》、お前は絶対に私に触《ふ》れるな。すでにここまで運ばれている以上、おそらく問題はないと踏《ふ》んでいるが、念には念を入れておきたい。お前のワンアクションで全部台無しにされるのは本懐《ほんかい》ではないからな」

「あん？」

「つまり私の胸に触《さわ》るなと言っているんだ」

「バードウェイ、一つ尋ねたいんだけど、お前は俺を何だと思っているんだ？？？」

「逆にこう返そう。お前『だから』超怖いんだよ!!」

ケダモノを見るような目を向けられてしまった。

地味にへこむ上条。

「はっきり言うが、今回のケースは身内の問題だ。お前達が関《かか》わるような事さえなければ、世界の広範囲《こうはんい》が巻き込まれる心配もない。最初に言っておく、これは私の人生だ」

「それは全部聞いてからの相談だ。大体、一から説明するって自分の口で言っただろ」

「チッ」

バードウェイは舌打ちしてから、

「妹の件だ」

「ええと？」

「パトリシア＝バードウェイ。ああ、お前自身はあまり馴染《なじ》みがなかったか。かつて私とお前が関わった事件のちょうど裏側で、イギリス清教の魔術師《まじゅつし》と揉《も》めていたに過ぎなかったんだったな」

彼女自身、ちょっと過去を思い出すように天井《てんじょう》へ目をやった。

頭の中で、自分の知る情報と上条《かみじょう》の持っているであろう情報を仕分けしているのかもしれない。

「バードウェイの名を冠するが、魔術師ではない。魔術に傾倒《けいとう》気味の私とは違って、どちらかと言えば科学寄りの思考を持った人間だ。私の妹、と呼べば大体年代は分かるだろうが、あの歳《とし》で博士号を取って大学主導のプロジェクトを回している。学園都市やその協力機関から委託《いたく》を受けて、研究所や実習船にゲスト研究員として招かれる事もあるな。発表された論文は二〇本以上。彼女が参加するかどうかで論文発表フォーラムのマスコミの喰《く》いつきが変わるから、色んな学閥《がくばつ》が手ぐすね引いているぞ。ま、いわゆる自慢《じまん》の妹ってヤツだ。本人がいない今だから言えるが、一応目に入れても痛くはない部類だな」

「……何となく、鼻につくドSのちびっこが二人並んで阿吽《あうん》の仁王立《におうだ》ちのイメージなんだけど」

「性格は私と正反対だ」

「うわすげえ天使じゃん!!　非の打ちどころがなくて逆に怖いよ!!」

「おい、先ほどから気になる言い回しだな」

　バードウェイはやや不機嫌《ふきげん》そうな調子で、

「当然、パトリシアは結社については何も知らない。そうなるように、私が仕向けたと言った方が正しい。彼女の躍進《やくしん》に『我々』が何か口添えをした事もない。そしてパトリシアは、私があると明確な理解までは及んでいない。おそらく古い貴族時代から続くサロンか何かだと勘違《かんちが》いしているな。ギリギリの線だが、常識人のラインだ」

「それが何なんだ？　どうしてお前が毛皮妖怪《ようかい》になって学園都市をウロチョロ徘徊《はいかい》する事になるっていうんだ」

「けがっ……。まあ良い。私の他に、あそこにもう一人別口がいただろう」

「上里《かみさと》の事か？」

「かみさと？？？」

　バードウェイは怪訝《けげん》な声を出した。

　という事は違うらしい。オティヌスが横から口を挟《はさ》んでくる。

「『黒』の方だろう」

「待てよ……ひょっとしてあっちも『中身』は人間だったたってのか!?」

「だから困っているんだ」

バードウェイは息を吐《は》いて、

「あれが妹のパトリシアだ。とはいえもちろん生まれた時からあんなナリをしていた訳じゃない。南極調査中にトラブルが起きたらしくてな。妙なモノに寄生されてあの状態に変質した、といった方が正しい」

「マジかよ……」

「大マジだ。私も最初は丸めた報告書でマークの頭を引っ叩《ぱた》いたくらいだったが。しかし真面目《まじめ》に考えてみると厄介《やっかい》でな。結社の保有する手札を一枚一枚見比べていったら、いつしか暗黒大陸まで片足を突っ込んでいた。分かるだろう、組織の力を使っても打つ手なしだ」

明日UFOの大軍団が攻め込んでくると言われれば、誰《だれ》もがそんな馬鹿《ばか》なと笑うだろう。だけど現実にレーダーに大量の光点が現れた時、反射望遠鏡で撮影した写真に大量の影を見つけてしまった時……人は、どんな反応をすれば良いんだろうか?

馬鹿馬鹿しいものが、馬鹿馬鹿しいと笑えなくなった時。

まさしく、常識の崩《くず》れ去る瞬《しゅんかん》間だ。

「調査団の後援に学園都市がついていたらしくて、最初は『外』の協力機関に、それでもダメで学園都市の医《い》療《りょう》機関へたらい回しだ。ま、結果はご覧の通り。ベルト付きのベッドから抜け出して、表で自由に暴れている。科学サイドの手であの病を治すのは絶望的って訳だ」

「となると、お前の目的は」

「魔術《まじゅつ》を使った妹の治癒《ちゆ》。少しは構造を理解してもらえたか？」

確かに、少しは。

ただ相変わらず状況は輪郭《りんかく》さえも定まってこない。

「とはいえこれが厄介でな。すでに大方、そこの魔道書図書館《まどうしょ》が構成を暴いているとは思うが、カニバリゼーションは暗黒大陸由来のハイブリッドだ。『黄金』系で組織を束ねている身の上としては、あまりこういうものに頼《たよ》っている所を部下に見られたくはない。ましてそれが自分の命よりも大切なものに関《かか》わる場面で、となると沽券《こけん》に係《かか》わる。ま、厳密に言えば『明け色の陽射《ひざ》し』は生粋《きっすい》の『黄金』系でもなければ正しい意味での魔術結社とも違うんだが……この辺りは形骸化《けいがいか》していて、末端《まったん》まで行き届いていない部分もあってな。何にしてもこの面倒《めんどう》な時期に余計な混乱を拡大させないよう、自分一人で動くしかなかったという訳さ」

「いや、組織の綱《つな》引きの話とかその辺の高校生にされても困るんだけど。悪いが俺はバイトもした事がないんだ」

「……お前は本当に、思いやりの心が足りないよな」

「そもそも何なんだ、あの黒いのは？　南極とか寄生とかって言っていたけど、人から人に感染していくモノなのか？？？」

「さあな。だが高い感染性を持つなら学園都市が内部に招くとは考えづらい……と信じたい所ではある。ひとまずは宿主に定めた妹の身体《からだ》からは出ないだろう。もっとも、パトリシアのバイタルが不安定になれば別の宿主を求める可能性もあるが」

「インフルエンザっていうよりも、ハリガネムシみたいな感じかな」

「何にしても嫌《いや》なたとえだ」

バードウェイは吐《は》き捨ててから、

「『アレ』はパトリシアの全身の脂肪を溶かし、空《あ》いたスペースへ潜《もぐ》り込んで人のシルエットを保持している。脂肪に変わる栄養の蓄積《ちくせき》と分配もまた『アレ』が行っている。つまり何にしたって妹の命は『アレ』に握《にぎ》られているのさ。下手《へた》に摘出しようとすれば暴れ回って体構造はズタズタにされるし、仮に上手《うま》く吸引できたとして、残っているのはガリガリのペラペラになった妹の抜け殻《がら》だけだ。体力が回復する前に衰弱《すいじやくし》死する。つまり、普通の方法では助けられない」

「……えげつないな」

「寄生生物のサガだな、宿主を摑《つか》んで離《はな》さない。向こうも生き残るのに必死なのさ。と、ここまではマークの報告書にあった通り。だが具体的な解決法までは導き出せなかった。だから私自身が組織の軛《くびき》を離れて行動している訳だ」

では、外科手術では助けられないパトリシアを何とかするために努力しているのが、学園都市に潜《もぐ》り込んだバードウェイという事になる。

部下も切り離して。

得意の西洋魔術《まじゅつ》も放《ほう》り投げて。

「じゃあお前の切り札は何なんだ？」

「この身体《からだ》だよ。だから幻想殺し《イマジンブレイカー》でなるべく触《ふ》れるなと言ったんだ」

トン、とバードウェイは自分の薄《うす》い胸の真ん中を軽く叩《たた》いた。

「この毛皮はアフリカに伝わる姫君の伝承に基づいたものだ。美しい姫を誰《だれ》にも邪魔《じゃま》されずに育て上げるのに一役買った、防衛、隠蔽《いんぺい》、成長を一挙に促す培養器《ばいようき》。そいつを応用して、私は『あるもの』を生育させていた」

もちろん、単純にバードウェイが美容と健康のために毛皮を被《かぶ》っていた訳ではないだろう。

でも、だとすると？

「カニバリゼーション、とそこの小娘が言っていただろう？」

バードウェイは観念したように切り出した。

「食物伝承ではたびたびこんな概念《がいねん》が生み出される。目を病んだ者には目を食べさせ、手足を悪くした者には手足を食べさせ、心臓を悪くした者には心臓を食べさせてやれば健康体を取り戻せる、といったものだ。もちろんこれは牛や豚などの哺乳類《ほにゅうるい》の部位を当てはめる事もあるし、場合によっては同じ人間を使った料理が振る舞われる事もある」

「おい、まさか……」

「私には必要だった。妹を救う方法が」

言いながら。

バードウェイは大きなブローチを取り、ブラウスのボタンを外していった。

ブラはつけていなかった。肩紐《かたひも》で吊《つ》るして胸元からへそ下まで覆《おお》う、薄手《うすで》のスリップが顔を出す。

だが、注目すべきはそこではない。

彼女の薄い胸の、中央付近。二つの微笑《ほほえ》ましい膨《ふく》らみとは別に、何か凶悪《きょうあく》な盛り上がりが一つ追加されているのが分かる。

ドクンドクンと生物的に脈動するそれは、しかしバードウェイの命の鼓動《こどう》とは全く別系統の『異物』のようにしか見えない。

「お前よりはある、と言っただろう？」

くすりと、自嘲《じちょう》するようにバードウェイは告げていた。

「この身の中で、新たに作り出した食事用の臓器。こいつを無事に育て上げてパトリシアのヤツに喰《く》わせてやれば、それで一件落着という訳さ」

7

例のボロアパートで、パトリシアは己の胸の真ん中に手を当てていた。

大きく膨らんだダウンジャケットの上からでも分かる、明確な異物感。

彼女がその感触を確かめているのを知られたのか、『それ』がぬるりと皮膚《ひふ》の下で形を変える。分散し、さらに凹凸《おうとつ》の起伏をなくしていく。浮上していた潜水艦《せんすいかん》が潜航に移るように。あるいは、タコの怪物でも巣食っていて、拳大《こぶしだい》の本体から八本の脚へ体積が流れていくような。

壊《こわ》れかけたドアブザーが鳴ったのはその時だった。

上里《かみさと》や絵恋《エレン》は気軽なものだった。

「誰《だれ》だろうね？」

「上里はんのご贔屓《ひいき》は分かっているだけで一〇〇人くらいいるからサッパリ見えませんわ。一度、オトした女の子の名簿《めいぼ》をきちんと作った方がええんと違いますえ。顔認識で照合して、名前とプロフを勝手に検索してくれるような上里アプリとか」

冗談《じょうだん》のような言葉に、上里は一度だけ小さく息を吐《は》いた。

そしてこちらが応対するより先に、勝手に玄関のドアが開いてしまう。

やってきたのは二人の少女だった。

獲牙《エルザ》と暮亞《クレア》。

共に、非公式ではあるがいわゆる『上里勢力《かみさと》』に属している少女達である。

獲牙《エルザ》は茶色のロングヘアをあちこちザクザク乱暴に切り捨てた、どこか不良っぽい雰囲気《ふんいき》の少女。ザク切りのためか、頭の横に伏せたキツネの耳みたいなのがついているように見えなくもない。服装は白いセーターと真っ赤なプリーツスカートの組み合わせだが、スカートが極端《きょくたん》に長いため、古い時代の不良か、あるいは巫女《みこ》さんっぽい印象がある。両極端なイメージを重ねる少女の手には、かなり大きなペットボトルがあった。ラベルが剝《は》がされた透明な容器の中には液体ではなく、古く変色した一〇円玉がジャラジャラと詰め込まれている。ちなみに腰回りにベルト状のベビーキャリーを巻きつけたおかげで、下から持ち上げるように一層強調された胸はかなり大きいが、当人は気にしているらしく下手《へた》に触《ふ》れると怒《おこ》る。

暮亞《クレア》は分厚いメガネを掛け、長い黒髪を二つ縛《しば》りにした少女。服装は背中の大きく開いたエプロンのような白いワンピースで、園芸部所属の大人しい女の子……のはずだった。全体的に地味で目立たない風貌《ふうぼう》なのだが、その印象を全《すべ》て覆《くつがえ》す勢いで、南国にでも生えていそうな巨大な花が左右の側頭部から咲いていて、何だかツインテールが爆発《ばくはつ》したようになっていた。さらに背中一面にも色とりどりの花弁が広がっている。

彼女達はノックもせずに玄関の薄《うす》っぺらい扉を開け放つと、中を見回してこんな風に言い合っていた。

「へえ、これが新しい拠点《きょてん》って訳？　ひでーもんだ、前の部室占拠事件の方がまだしも便利グッズが溢《あふ》れていたんじゃない。ここパソコンも電子レンジもなさそうだし」

「……でも獲牙《エルザ》、四畳一間《よんじょうひとま》って逆にレアでちょっとだけわくわくしません？　ああ、貧しいながらも幸せな二人が、肩を寄せ合って温め合って互いの愛を確認するとか、きゃっ☆」

「なぁ暮亞《クレア》、それ多分コロンビアの刑務所収監ツアーとかタイの軍隊式拷問《ごうもん》体験ツアーとおんなじわくわく感だぜ？　お金を払ってわざわざ不自由を楽しむっつーか」

「やめてくださいよっ！　私の頭の中に広がっていた昭和ソング的理想郷が首輪とか手錠《てじょう》とか梁《はり》から縄《なわ》で吊《つ》るしてギシギシとかとんでもないビジュアルに侵蝕《しんしょく》されていくんですけどっ!!」

「意外と詳細にイメージできるのな。やっぱこの優等生ハラん中はむっつりスケ――――」

「えいっ☆」

　白いストッキングで覆《おお》った足腰からしっかり力を入れたメガネのグーが不良少女の脇《わき》に突き刺さり、少女達の片割れがくの字に折れた。セーターの上からでも分かる大きな胸が無駄《むだ》に暴れる。

　咳《せ》き込むお仲間を無視して暮亞《クレア》は上里の方へ振り返った。

「で、ちょいちょい電話で連絡は受けましたけど、全体的にどうなっているんです？」

　部屋の隅《すみ》ではパトリシアが警戒色を露《あら》わに。

　ぶかぶか白衣を十二単《じゅうにひとえ》みたいに引きずる小柄な絵恋《エレン》は肩をすくめるばかり。

仕方がないので上里《かみさと》が答える事になった。

自分の首に手を当てて頭を小さく横に振るが、上手《うま》く関節が鳴らない。

「いや、驚《おどろ》かないで聞いてほしいんだけど」

「はいはい」

「……今ちょっと軽く脅《おど》されたトコ。私は、と、とんでも、な、ない秘密を、持って、いて、こ、これ以上関わると、あ、あなたも酷い事件に、巻き込まれ、ま、ますって」

「「ああー……」」

メガネと不良少女が同時にこめかみへ人差し指をぐりぐり、そして声までハモっていた。

流れで、足首まである長い黒髪を揺《ゆ》らしながら絵恋《エレン》が口を挟《はさ》んだ。

「セットアップ完了って感じやわあ」

「つか、血気盛んな男の子にそれ言って後ろに下がると思ってんのか？　むしろどうぞどうぞの流れみたいに大将が喰《く》いついてくるのを待ってんじゃねえの？？？」

「そういう自覚がないから上里さんは釣られてしまうんですよ。ほら、ねえ、い、いつもの通りに」

が、
何やら含みを持たせた声だった。

「そうだな、暮亞《クレア》の時なんか酷《ひど》いもんだった。表だぜ、外だぜ？　何だって曲がり角で大将とごっつんこした時にアンタ全裸だった訳？　あざとい、今思い出してもあざといクイーンだわ」

「あっ、あなたに言われたくありません！　今時突然の出会いが空から降ってくるって何次元から飛来してきたんですかあなたはっ‼　ものの見事に上里《かみさと》さんの顔面に着陸していましたけど、はいてなかったのは別次元にショーツ置いてきたからですか⁉」

「防御はしてたよ！　大きめの絆創膏《ばんそうこう》だったけど‼」

「ややわあ、でも世界を揺《ゆ》るがすあの事件については非公式科学捜査を取り扱《あつか》うこの絵恋《エレン》ちゃんのお手柄どすえ。まさか最初になくなったパンツが最後の決め手になるだなんてあのクソ野郎も想像がつかへんかったんと違いますー？　ナイスアシストうち、そして上里はんマジヒーローー」

　何だか知らない内に話が勝手に進んでしまう。

　上里翔流《かける》は軽く頭を掻《か》いてから、一応の反論はしてみた。

「好きでやってる訳じゃないよ」

「「「またまた」」」
　○・五秒もなかった。
　どうやら『上里翔流という人物像』を握《にぎ》っているのは彼ではないらしい。

　絵恋《エレン》はぶかぶか白衣の袖《そで》をぴこぴこ振りながら、

「ちょいと『本線』から流れが逸《そ》れるかもしれないけど、どうせ上里はんの事よって、絶対放《ほう》っておかへん。そうしろって言うても一人で勝手に動いて裏から世界を救ってはりますわ。だったらうちらもサポートに回って迅速《じんそく》にケリつけて『本線』に戻した方が手っ取り早いどすえ。基本方針はオーケー？」

「うぃっす」

「構いませんよ。猫に鈴をつけて放し飼いにするんじゃなくて、犬のリードを引いて一緒《いっしょ》にお散歩しましょうっていう話でしょう？　私としてもそちらの方が不安が少ないというか、好みに合いますし」

「……そのセンス。お前やっぱり相当特殊なムッツ――」

「えいっ!!　えいっえいっ!!」

優等生の猛《もう》ラッシュを受けて獲牙《エルザ》の横隔膜《おうかくまく》が沈黙《ちんもく》した。

ただ置いていかれているのは上里だけではないらしい。勝手に年上の女の子達の会話だけがずんずん進んでしまう中、両手を宙で彷徨《さまよ》わせるパトリシアもおろおろしているようだった。

放置組同士のよしみで、上里は軽く肩をすくめた。

「気にするな。いつもこんな感じなんだ」

「えっ、あー」

何か言おうとしたパトリシアだが、それより先に獲牙《エルザ》達が喰《く》いついてきた。

「一番の異常者が常識人なんか気取ってやがる」

「ていうか私達の目の前でよく他の女の子にコナかけますね!?　まったくいつも通りの平常運

転って感じなんですけど!!」

「こうして上里翔流《かみさとかける》は一〇〇人の女の子をコレクトする俺様帝国を築きはりやがったのでした。ほらほら交通整理したりますわ、やる事リスト化して優先順位決めましょかー」

白衣の絵恋《エレン》がパンパンと手を叩《たた》いてみんなの注目を集める。

何だか知らないがパトリシアという少女は大きな問題を抱えていて、それを解決するためにはいくつかの手順がいる。上里翔流も自分の右手のスペックと居並ぶ少女達の特異性について軽く頭の中で揉《も》んでみたが、

「ほなまずはお風呂《ふろ》になりますえー。でもこのボロアパートトイレ共同でお風呂ナシなんですやろ。他の住人達はどこでどうまかなっているんでしょうなあ」


いきなり。

あまりにも唐突《とうとつ》に。絵恋《エレン》の思考が三千世界の向こうまでぶっ飛んだ。

が、どうやら彼女一人だけが血迷った訳ではないようで、

「ああ、ちょっと話聞いたー。この近くに銭湯があって、そっちを使うのが定番なんだって。なんかチビっこいセンセーが言ってた」

「銭湯っ！　良いですよね、レトロな響《ひび》きで!!　ホットスパとか味気ない横文字と違って風情《ふぜい》

があって!!　愛する二人ならぜひ一度は試してみたいチェックポイントの一つですっ！　ハァハァ、あれ、目の前がボヤッとおかしく、ハァハァ!!」

「無駄《むだ》に咲き乱れやがってこのムッツリ、ついに人力地熱発電でメガネ曇《くも》らせやがったよ……」

いやいやいやいや、と上里はつい声を出していた。

何で誰《だれ》もツッコミを入れないのだ。これじゃ自分がやるしかないじゃないかと呆《あき》れながら。

やっぱり首の関節は鳴ってくれなかった。

「何でいきなりお風呂になってるの？」

「ややわあ、戦闘《せんとう》準備だからに決まっとりますやん」

ケロッとした顔で絵恋《エレン》に言われて、上里は思わず片手で顔を覆《おお》った。何と何がイコールで結ばれているのか、オンナノコ回路が全く見えない。

「……これは、きっと、あれかな？　スゴイとヤバイとカワイイだけで世界を語れるあの回路を実装しないと解読不能な暗号か……???」

「なに神妙な顔してんだ大将、こっちは学園都市に現地入りしてそのまま駆け足で飛び込んできたんだぜ。そっちと違って拠点《きょてん》構築してのんびりくつろいでいた訳じゃねえの。そろそろ制汗スプレーで抑えておける限界値に近づいている。体育の後の部活みてえなもんだ、いいか、ここでシャワーもなしに汗水垂らしてもう一戦やってみろ。地球より大切な乙女《おとめ》の尊厳に関《かか》わるわ!!」

押し切られた。

ノリと勢いにしてやられた。

上里翔流《かみさとかける》の日常は大体こんな感じである。

やれやれと首を振って少女達に合流しようとする上里だったが、ここで最後の待ったがかかった。そう、一人部外者のパトリシアである。彼女は彼女で、最後の常識人上里翔流に手を離《はな》されるのを嫌《いや》がっているようで、

「な、何で、どうしていきなりお風呂《ふろ》なんていう話になるんですかっ⁉　嫌ですよ私、今は別にそういう空気でもないですし‼」

「ああー、やっぱり外国人ってみんなでお風呂って文化がないんですかねえ。露天《ろてん》の温泉なんかも結構拒絶感情が出る人多いみたいですし」

「……そういう問題じゃないと思うけど」

上里は一応やんわりツッコミを入れておいた。

というか、これはどう考えたってパトリシアの方が正しい。街で出会って一〇分、何の面識もない、しかも一対一ではなく一対多の集団の中へいきなり放《ほう》り出された女の子が、そのままの勢いで一緒《いっしょ》にお風呂へ出かけるだなんてカンペキに回路が壊《こわ》れている。

……はずなのだが。

またもやここで『平凡《へいぼん》な高校生』上里翔流には理解不能なオンナノコ回路が発動した。

「いやまあ、うちらは別にアンタの行動までは強制しまへんけど」

「一応親切心から言うけどよ、そっちはそれで良い訳？　だって聞いた話じゃ真っ黒ドログチョのでっかいタコみたいなのからでろっとはみ出てきたんだろ。個人の好き嫌《きら》いの問題じゃない、こうして今『男の子』って枠組みの人間の前へ顔を出せる方がもうおかしい。まして、正体は何だか知らないけどさ、そのドロドロ。そいつが時間の経過と共に臭《にお》ってきたらどうすんの？　耐《た》えられる？　女の子の体からツーンとしたのが出てるって、女の子は実はそういう生き物なんだって、男の子にバ、レ、ち、ゃ、うんだぜ？？？　いやまあ私は別に平気ですって言うならくっさい身体《からだ》両腕で抱いてお留守番でもしてなよ。私だったら衝動的《しょうどうてき》に舌嚙《したか》むレベルだけど。これは相手が大将だから、じゃない。『男の子』って枠組み全般にバレたら終わりな問題なんじゃねえの、普通？？？」

「なっ」

顔色が真っ赤に、そして真っ青に急降下していくジョギングウェアにダウンジャケットのパトリシアを放っておいて、メガネの園芸部員暮亞《クレア》が何の気なしに口を挟《はさ》んできた。頭の花をいじっているせいで、白いワンピースの腋《わき》から胸が覗《のぞ》けそうになっている。

「それがこの子のカラーなら自由にさせて良いんじゃないですかね？　ほら、私達が言う事じゃないですけど、上里さんの周りは女の子だらけですし、何にしたって人にないものを見せて頭一つ分飛び抜けてアピールしたいっていうか。……ニオイ系女子。う、うーん、それにしたってなかなかに勇気ある決断だとは思いますけど……」

「その発想自体がクールジャパン（笑）だわ。アンタほんとどうしようもレベルのムッ——」

「えいっっっ!!!!!!!!」

轟音《ごうおん》と共に獲冴《エルザ》が（胸を揺《ゆ》らして）沈黙《ちんもく》したが、パトリシアとしてはそれどころではない。

勝手に決められても困る。

「ちっ違いますよ!!　そんな変なレールに乗せないでください!!」

必死になって叫ぶパトリシアだが、白衣の鑑識《かんしき》少女絵恋《エレン》は気にも留めない。

「違うも何も、このまま進んだらそうなるよって。アンタの意図は関係あらへん。みんな奇麗《きれい》サッパリお風呂《ふろ》で汗を流している中、アンタ一人だけでムンムンしちゃってるんどすなあ。あ、そりゃ上里《かみさと》はんは優しいから嫌《いや》な顔はしまへん、ひょっとしたら憐《あわ》れんで優しくしてくれるかも。ほら、ここにはアンタの意図はない。介入の余地はない。どうでもええ。ただ獲冴《エルザ》や暮亞《クレア》が示唆《しさ》した通りのレールに乗っかるだけ。お分かりどすえ？」

「なっ、なななななんななな何でそんなおかしなレールに——」

「でも辛《つら》くあらへん？　ややわあ、アンタの正確な歳《とし》なんて知らんどすけど」

と、絵恋《エレン》はくすりと邪悪《じゃあく》に笑って。

突き刺すように告げる。

「その歳にもなって一人でお風呂にも入れへんヤツって生温かい目で見られるの」

あっ、と上里は思わず声を上げそうになった。

なんか見えない切り替えレバーをがっちゃんこと思い切り倒《たお》すビジョンが脳裏に浮かんだ。

そしてカチンときた金髪おでこ少女パトリシアは反射的に叫んでいた。

「できますよ!!　一人でお風呂がジャパニーズセントーが何だって言うんですか⁉　あっ、あんまり私をナメないでいただきたい!!!!!!」

ぎゅう、とパトリシアはダウンジャケットに覆《おお》われた自分の薄《うす》い胸の真ん中辺りに握《にぎ》り拳《こぶし》を当てていた。

先ほどもあった、奇怪な鼓動《こどう》の象徴。

全身各部に行き渡って潜航《せんこう》し、また一ヵ所により集まって浮上する、昏《くら》い海をたゆたう八本脚の化け物を思わせる『何か』。

詳しい事情をまだ聞いていないはずの獲冴《エルザ》も、何故《なぜ》だかこういう所では勘《かん》が働くらしい。

「なに、なんかあんの？」

「え、いえ、別に、これは……じっとしていれば浮かび上がるものでもありませんし……」

歯切れの悪いパトリシアに、ザク切り髪の不良少女はガシガシと自分の頭を掻《か》いた。

面倒見《めんどうみ》は良い方らしい。彼女は親指で傍《かたわ》らの暮亜《クレア》を指し示しながら、

「なに抱えてんだか知らないけどさ、世界は広いよ？　頭の横から南国のお花生やしたメガネがフツーに繁華街《はんかがい》をニコニコ笑顔で歩き回っても問題ないくらい。コンプレックスは信仰の自

由の一部だろうけど、もっぺん考えてみな。その壁は、本当に乗り越えられないものか。そして乗り越えるべきタイミングはいつなのかってさ」

「……獲牙《エルザ》、何か良い事言っている風ですけど、後でちょっと裏に来なさい？　というか錆《さ》びた一〇円玉詰め込んだずっしりペットボトルを年中無休であやしているサイケ女に常識とか語られる筋合いはありませんし」

「お？　何だ暮亞《クレア》。除草剤か、それとも芝刈り機が良いか？？？」

あっちこっちに話題が飛んでいって、台風の目は常に揺《ゆ》れ動く。パトリシアの事なんてどこかに追いやられてしまった。ただ、そのぞんざいな扱《あつか》いこそが『腫《は》れ物』になっていない証明になっているのかもしれないが。

そんなこんなで一同はボロアパートを出る。

銭湯の場所は一足早く現地入りしていた上里《かみさと》が知っていた。一瞬《いっしゅん》、わざと道を間違えてぐるぐる回ってボロアパートに帰ろうかなとも考えたが、暮亞《クレア》や獲牙《エルザ》にとっては死活問題らしいのが窺《うかが》えたので、そんな事やったら冗談《じょうだん》抜きにフルボッコの刑が待っているかもしれない。素直に要求に応《こた》えておくに限る。

夜の街を歩きながら、上里は自分の首の横に手をやっていた。

関節を鳴らそうとしているようだが、上手《うま》くいかないらしい。

パトリシアが不思議そうな顔をしているのに気づき、彼は小さく笑って答える。

「意味なんかないよ」

声色だけは優しかったが、どこか空虚《くうきょ》な口振りだった。

「ただ、何か継続したこだわりがほしかった。ペン回しでも口笛でも内容はどうでも良いんだ。無趣味《むしゅみ》で無個性。そこからスパイス程度にはみ出してみたくて、いつの間にかこいつが癖《くせ》になっていたってだけ」

少し経《た》つと、それっぽい建物が見えてきた。

「ほらあれ。あの煙突」

「……なあ、ここは最先端《さいせんたん》科学の街、学園都市のはずだったよな？　『外』とは技術レベルが二、三〇年開いているとかっていう」

「きっと最先端煙突の最先端ボイラーの最先端銭湯なんどすえ。それよりさっさと入りまひょか。うちらはレトロ風景を探しに来た写真家じゃおまへんのやから」

何故《なぜ》だか手を引っ張られてぐいぐい引き込まれる上里。

不思議だったので、ちょっと待ったをかけてみた。

「あの、ぼくは数日前から現地入りしているからきみ達とは条件が違うんだけど。平たく言うとあんまりお風呂《ふろ》に入る必要性を感じていない」

「はあ。ま、別にええどすけど。『男の子』ならアリかもしれへんかなー？　女の子の群れの中で一人だけ多少汗の匂《にお》いを振り撒《ま》いていたって。ワイルド系っていうか？　あっはっは、似合わへんどすなあ」

えっ？　と上里《かみさと》は思わず自分の二の腕の辺りに鼻を寄せてみた。

白衣のぶかぶか袖《そで》で口元を隠《かく》して笑う絵恋《エレン》とは対照的に、ペットボトルを両手で抱える獲牙《エルザ》はうんざりしたような口振りで、

「私はナシだわ。野球部とか柔道部とか、それが美徳です！　青春の宝石なんです!!　みたいな顔してる連中には近づきたくもねえ。何も汗をかく生き物ってトコまで全否定するつもりはないけど、せめて周りに気を配れよっつか……」

「獲牙《エルザ》ってロマンチストっていうか、なんだかんだで敷居《しきい》の高い方ですよね。ひょっとして理想のタイプは白馬の王子様とかそっち系――」

「ばっ馬鹿《ばか》言ってんじゃねえよ!!　わわわたわた私がそんなそこそこまで夢見がちに見えるってのかええおいコラここここの野郎!!」

「獲牙《エルザ》ー、パニくっているのは分かるけどそれ以上一〇円ぎっしりペットボトルで割れメガネをフルボッコしはりますと鑑識《かんしき》のうちが現場検証に出なくちゃいけない感じになったりますよー？」

ハッ⁉　と我に返った不良少女がメガネの襟首《えりくび》からやっと手を離《はな》す。ちなみに路上へ崩《くず》れ落ちた暮亞《クレア》は何だかぐんにゃりしていて、肩出しワンピースの肩紐《かたひも》はずり落ち、ツインテールじみた巨花の花弁が何枚かはらりと落ちていた。

とりあえず表にいても仕方がないので一同は建物の中へ。

男一人に少女四人という、冷静に考えてみたら奇怪極《きわ》まりない組み合わせに番台のおばあちゃんが首を傾《かし》げていたが、とりあえず客としては迎え入れてもらえた。どんなハイテクな会計方法かと身構えたものだったが、こういう所では普通におばあちゃんに小銭を渡すシステムらしい。高校生の上里からすると、逆に珍《めずら》しく映る。

上里は一人、男湯の方へ向かいながら、

「それじゃあまた後で」

「ええはい。……んふっ、その時は上里さんが思うより意外と早いかもしれませんが」

ぞくっ、と背筋《せすじ》になんか走ったが、上里は気のせいだと思う事にした。口は悪いがなんだかんだで面倒《めんどう》見が良いというか、（上里自身も含めて）超個性派揃《ぞろ》いの『上里勢力』の交通整理役を買って出る事の多い絵恋《エレン》に手を引かれているパトリシアにも手を振ってから、別れる。

脱衣所に入ると、他の男性客はいなかった。曇《くも》りガラスを隔《へだ》てた浴場の方からも話し声のようなものは聞こえてこない。ひょっとすると上里一人だけなのかもしれない。

自販機でシャンプーや石鹸《せっけん》など最低限の身だしなみセットを購入すると、服を脱いで浴場に。

思った通り、広々とした空間には誰《だれ》もおらず、どこか寂《さび》しい印象があった。

とはいえ、彼はどこにでもいる平凡《へいぼん》な高校生なので、誰もいないからと言っていきなり浴槽《よくそう》に飛び込んでクロールを始めたりはしない。

ちゃんと小さな椅子《いす》に腰掛け、真面目《まじめ》に体を洗う。

絵恋《エレン》や暮亞《クレア》達と一緒《いっしょ》だと賑《にぎ》やかで時間の経過を忘れそうになるが、その反動なのか、一人になると色々と思う事がある。

例えば上条当麻《かみじょうとうま》の件。

赤と黒。二人の少女達の件に阻《はば》まれたが、あちらもあちらで放置はできない。上里達《かみさと》としては、むしろ上条の件こそが『本題』なのだから。

泡だらけになった自分の右手へ目をやる。

「新たな天地を望むか？」

呟《つぶや》くと、途端《とたん》に全《すべ》てが消え去った。

べったりと付着していた泡がなくなり、それこそピカピカに磨《みが》かれたような己の右手に目を細めながら、上里は静かに考える。

答えを得る。

必ず。

そして右手から正面の鏡に映った自分自身を眺《なが》めて、わずかに息を吐《は》いた。

（……平凡《へいぼん》どころか貧相だな。ちょっとは筋トレでもしないとまずいのかも……）

具体的に、何がどうまずいのか。

少し考え、上里は胸の中に嫌《いや》なものがわだかまるのを自覚する。

好きでこんな事をやってる訳じゃないよ。

あまりにも多用し過ぎて、もはや口癖《くちぐせ》としても埋もれつつある退色したフレーズが、思わず口の中いっぱいに溢《あふ》れそうになった。

その時だった。

「……うふふ」

「？」

「ああ、鏡の前で神妙な顔をしている、一人になると意外とナルシーな上里さんが……あ、あれ、見えない？　ああっ!!　何故《なぜ》こんな時にメガネが曇《くも》る!?　さっきレンズが割れたから安物のスペアに付け替えたのが敗因ですか……ッッッ!!!???」

「暮亞《クレア》？」

常識外の声に思わず音源の方へ目をやる上里。彼も彼で現代っ子なので銭湯の詳しい構造は分からなかったのだが、どうやら男湯と女湯を仕切る壁は完全に天井《てんじょう》まで連結している訳ではなく、塀《へい》のように上部に隙間《すきま》があるらしい。そこから曇ったメガネのＨＥＮＴＡＩがこちらを覗《のぞ》き込んでいる。

女性というのはお得だ、と上里は遠い目になった。

立場が逆なら問答無用で頭を割られていたっておかしくない。

首の横に手を当てながら少年は質問した。

「何してんの？」

「うふふ、男性、女性共に他にお客さんはいらっしゃらないのは周囲に張り巡らせた私の『根』のケーブルセンサーで確認済みというかたとえ銭湯に近づこうとしてもオートで迎撃するよう設定変更したと言いますかとにもかくにもしばらく安全ですので、男湯女湯の区別はなくても良いのかなーなんて、つまり何が言いたいのかと申しますとお背中流しま――きゃっ⁉」

何か言いかけたメガネが塀《へい》の向こうに引っ込んだ。

まるで何者かに足でも摑《つか》んで引っ張られたように唐突《とうとつ》な消失。

さらに塀の向こうから獲牙《エルザ》の声が飛んできた。

『心配すんな大将！　アンタの貞操はしっかり守って……あれ？　絵恋《エレン》のヤツがいない。どさくさに紛《まぎ》れてあいつどこに消えやがった⁉』

『あっあの、さっきバスタオルも巻かずに女湯から出てドタドタドターって』

嫌《いや》な予感がしたその時、男湯側の曇《くも》りガラスの戸がガラリと開いた。

ヤツは仁王立《におうだ》ちであった。

神様にでも愛されているのか、大事な所は濡《ぬ》れた肌に張り付く長い黒髪で全《すべ》て覆《おお》われていた。

新感覚である。髪の毛は人類の衣服となりえるのか。上里《かみさと》は遠い目をしながら、何故《なぜ》だかバナナはおやつに入りませんという鉄板の語句を思い出していた。目の前の状況に対し反射的にあの果物が頭に浮かんだ事については、やましい暗喩《あんゆ》は特にないと己の心を信じてやりたい。

そして絵恋《エレン》はこんな時でも口元の笑みだけは手の甲で隠《かく》す、間違ったお上品ぶりを存分に発揮していた。

「ふはーっ!!　まどろっこしい事はナシにしますえ！　さあ上里はん、正々堂々正面から親睦《しんぼく》を深めたりますわあーっ!!」

『あいつ……っ!!　ついに最後の一線を越えやがった、かくなる上は私が盾《たて》になるしかねえか。なんつったって私は大将の護衛役だからな！　仕方ない、ああまったく仕方がない!!』

『きっ、汚《きた》ねえーっ!!　それ言ったら私だって護衛役のはずじゃないですか!?　なのに私の足ばっかり引っ張って自分だけーっ!?』

しっちゃかめっちゃかになってきた。

あっちもこっちも振り返って逃げ場を探す上里だが、正規の出入口は仁王立ち絵恋《エレン》が塞《ふさ》ぎ、そして女湯との間を隔《へだ》てる塀を乗り越えて、なんかゾンビ的に獲冴《エルザ》や暮亞《クレア》までずるずるやってくる始末。

割とどうしようもなくなったどん詰まりの状況で、絵恋《エレン》はにじり寄りながら笑って言った。

「あんなあ上里はん」

「はい」

「もううちらのせいにしたって、素直に桃色の状況に乗っかるのが正しい道だと思いますえ？」

直後に何が起こったのかは、少々抽象的な表現を使わせていただく。

――漁師の男、クラーケンの触手を振りほどいて危機一髪の巻（ギリシア彫刻風）。

「……、」

一人ポツンと取り残されたパトリシアは、早々に体を洗って脱衣所の方に戻って着替えを済ませていた。肌を見せる文化がない、というのもそうだが、やはり肌の裏を巣食っているサンプル＝ショゴスの件があったからだ。今は大人しく、暴れ出す気配はない。でも自分の肌を見るたびに、白い肌に透《す》き通る血管を見るたびに、目玉とも吸盤《きゅうばん》とも言えない何かで覆《おお》われた『あれ』を連想してしまうのだ。浮上する握《にぎ》り拳大《こぶしだい》の塊《かたまり》と、八本脚のように枝分かれして潜航《せんこう》していく『あれ』を。

根本的な解決にはならないが、それでも目を逸《そ》らしたい事はある。

手首に巻いた腕時計型の端末《たんまつ》に、自分の心拍や血圧が表示されていた。元々はヘルス管理用のアプリだが、事情を知らない者ならこう思うだろう。壊《こわ》れているから再インストールするべきだ、と。

でもって。

手持ち無沙汰《ぶさた》なパトリシアは、フルーツ牛乳の自販機の前に立っていた。

（……ミルクとフルーツジュースをいくつか混ぜ合わせたもの、か。そういえば、お姉さんもシンデレラとかシャーリーテンプルとか好きでしたっけ……）

ノンアルコールカクテル、などと気取っていたが、ようはミックスジュースだ。こういうのを見ていると、ついつい姉の事を思い出してしまう。

感傷につられて指を伸ばすが、どうやらカードは使えないらしい。そして何千万でも何億円でも引き出せるブラックカードがゴロゴロあるのに、少女は小銭らしい小銭を全く持っていなかった。

ずどーん、と落ち込みながら、パトリシアは思う。

上里翔流《かみさとかける》を中心としたコミュニティのやり取りに、悪意のようなものは見られない。彼らには彼らの善性や正義が存在するのかもしれない。

ただし。

それがパトリシアへ向けられるかどうかは別として、だ。

「……、」

少女はダウンジャケットに覆われた薄《うす》い胸の真ん中に、自分の拳を静かに当てる。

大きく出したおでこに汗が浮かぶ。

この動きが癖《くせ》になりつつある事自体に嫌悪《けんお》があった。

まるで、カタツムリの動きを操って小鳥に喰《く》わせる事で版図《はんと》を広げていく、寄生虫でも巣食っているようだと思うから。

8

とんでもない話だった。

元々、医療《いりょう》行為は思想を無視して行動だけを見ればおぞましい、グロテスクな側面を持つのも事実だろう。患者に麻酔《ますい》を掛けて体を切り開き、内臓を切り取ったり付け替えたりする行為は、『人を救う』という大前提、フィルターを通して見るから『善』なのだ。そういう風に映るのだ。

「う」

ダイレクトに、それだけを眺《なが》めれば。

思わず上条《かみじょう》の胃袋がひっくり返りそうになっても不思議な事ではない。

「うっぷ！」

「おっと、レディの肌は少々刺激が強過ぎたかな」

バードウェイは笑ってブラウスのボタンを留めていく。彼女の顔色にどこか余裕がないのは、単に気絶したからではないようだ。そもそも、気絶の原因は上里翔流《かみさとかける》による外傷ではなく、もっと他にあるのではないか？

「まあ、内臓を喰《く》わせると言っても一応の配慮《はいりょ》はしてあるぞ」

大きなブローチを手に取りつつ、本人はけろりとした顔だった。

「医療用《いりょうよう》素材の一つに、トウモロコシのデンプンを使った糸やシートがある。傷口を縫《ぬ》ったり、患部に張り付けておくと、抜糸する必要もなく人体と癒着《ゆちゃく》、融合《ゆうごう》していって傷を塞《ふさ》いでくれるというものだ。私はこいつをベースに臓器を一つ新規作成している。つまり、モノ自体はコーンポタージュとそう変わったものじゃないのさ」

「……ちなみにアフリカの呪術《じゆじゆつ》の中には、小麦を練った人形を身代わりにして呪《のろ》いを回避《かいひ》したり、トウモロコシで作った人形を犠牲者《ぎせいしゃ》に見立てて呪殺を行うものがあったりするね」

インデックスが言うと、バードウェイも頷《うなず》いた。

「人の形に整えた植物や穀物を身代わりにする話なんぞ世界中にあるさ。そもそも動物質の人形の方が珍《めずら》しいし、何の神秘も感じずに人形なんか作るか。生贄《いけにえ》の儀式《ぎしき》と見栄を張った所で、人体を丸々一つ確保するのは難しい時代になった。だから彼らも彼らで代用品を探すようになったのさ。小麦やトウモロコシを練った人形を食する事で生贄と同じ効果を得られるように。私のはそいつの応用だ」

人形サイズのオティヌスが息を吐《は》く。

「道理で緑のはずの毛皮を赤くしていた訳だ。お前、胸の中で『林檎《りんご》』でも育てているつもりなのか？」

予定通りに臓器を製造し、パトリシアに与える事ができれば、それで問題は解決してしまうだろう。

だが一方で、確かに上条《かみじょう》達に付け入る余地もないくらい、バードウェイは完成している。

見ているだけで気力を奪《うば》われそうになる最適解。

サイケデリックでグロテスク。

最初にバードウェイが言った通りだ。

彼女は協力を求めない。身内の問題を、自《みずか》らの手で解決するために駒《こま》を進めている。

小さな少女は喉元《のどもと》に手をやりながら、

「一気にまくしたてたせいか喉が痛くなってきたな。何か甘いもの……シャーリーテンプルで
も持ってこさせるか、おいマー……ッ!!」

と、いつもの癖《くせ》のように誰《だれ》かを呼び出そうとして、バードウェイの言葉が止まった。

上条、インデックス、オティヌス、ネフテュス。

全員の怪訝《けげん》そうな顔を受けて、バードウェイはこほんと咳払《せきばら》いを一つ。

若干《じやつかん》顔を赤くしたまま、そして矛先《ほこさき》を変えた。

「上条当麻《とうま》、お前には家主として客人をもてなす義務がある。シャーリーテンプルについては
ネットで検索すれば出てくるから心配するな。子供の手伝いレベルだ、二分まで待つ」

「いやはや状況が分かっておらんようだな甘えん坊バードウェイ、今この部屋には水道の蛇口《じやぐち》

だくが!!」

と味噌《みそ》としょうゆしかねえし！　出汁《だし》なし冷たい味噌スープで良ければ今すぐ用意させていた
「予想以上だ！　そんなの人間の生活環境じゃねえ……ッ!!」

「全面的に賛同するがもう一個付け足しておこう。お前達がいきなりケンカ吹っかけてこなけりゃ鍋《なべ》の具材を無駄《むだ》にする事もなかったかもしれねえんだよッッッ!!!!!!」

喧々囂々《けんけんごうごう》の水掛け論だが、一応これでもバードウェイは泣く子も黙《だま》る欧州圏最大規模の『黄金』系近代西洋魔術《まじゅつ》結社『明け色の陽射《ひざ》し』のトップである。そのトップを等身大の一二歳の少女まで引きずり降ろす上条当麻こそがジョーカー……とも受け取れるのか？

小さなオティヌスが息を吐《は》き、褐色《かっしょく》のネフテュスは肩をすくめて、

「では貴女達の内輪の問題は一件落着で、こちらは上里翔流《かみさとかける》の問題へ戻れるのかしら」

「だと良いんだがな……」

腕組みして、一五センチの『魔神《まじん》』が先を促した。

バードウェイは忌々《いまいま》しそうに舌打ちしながら、

「問題は、パトリシアだ」

「うん？」

「言っただろう、彼女は魔術の存在を正しく認識していない。私の頭の中には魔術サイドの粋《すい》を集めた最適解があっても、それを伝える事ができない。いいや、できたとしても、あまりそ

いつを推奨《すいしょう》したくない。必要以上に、こっちに引きずり込みたくはないんだ」

超常現象はあったとしても、それは科学で説明されなければならない。

どんなにこじつけでも構わない。『魔術《まじゅつ》』という世界を見せたくない。

ただし、

「……そうか。魔術の仕組みや解決策が分からないパトリシアからすると」

「カニバリゼーションの合理性なんぞ理解できてたまるか。姉が得体《えたい》の知れない腫瘍《しゅよう》を体内で育てて、そいつを引きずり出して妹の口へねじ込もうとしていると思い込むのが普通だ。立派なホラーだな。どうやって説得すれば良いのか見当もつかん」

おまけにパトリシアの肉体を欲している『黒』は、自分が追い出される展開を嫌《きら》って暴れるだろう。その結果として上条《かみじょう》や上里《かみさと》は『姉妹のいざこざ』に巻き込まれたのだから。何事も万事快調とは行かないようだ。

「妹を救うこの臓器を、私は『果実』と呼んでいる。木の実のように栄養を与えて育てているからではあるんだが、同時に、こいつはあまり長期間の保存には向いていないからでもある。成長期を終えれば腐乱《ふらん》して朽《く》ち果てるだけだ。先に切り取って冷蔵庫に入れても以下略。無駄《むだ》遣いすれば次はない。何としても確実に育て、確実に収穫し、確実に妹の口へ詰め込まなくてはならない。厄介《やっかい》な事にな」

「……、」

「その上で一点、非常に気になる事がある。答えてもらえるとありがたい」

バードウェイは指を一本立てて、

「私が気を失っている間、パトリシアのヤツはどこへ消えた？」

「えっ？」

思わず、上条はオティヌスの方へ目をやった。

彼女も彼女で肩をすくめていた。

「少なくとも、現場には、いなかった……」

上条が答えると、バードウェイは奥歯を虫歯に苛《さいな》まれるような顔になった。

「妹が一人で勝手に徘徊《はいかい》しているなら容易《たやす》い」

そして。

全《すべ》ては一点に集約されていく。

「だがもしもカミサトとやらに回収されているとしたら厄介だぞ。私も断片的にしか覚えていないが、現場にいたもう一人。ヤツの右腕はお前のそれと同ランクのジョーカーのようだったからな」

「結局、上里《かみさと》はんはおっぱいが大きいのか小さいのか、どっちが好きなんどすかって話なんですけども」

9

そして学園都市のどこかではまったく別種のシリアス顔があった。

色々なものを乗り越えて、暮亜《クレア》達の要求通りにお風呂《ふろ》タイムを消化した直後の話だった。

ぶかぶか白衣を引きずる少女に、首の横に手を当てながら上里は言う。

「何の話？」

「何がと言えばさっきの風呂場での事だよ大将！　すんごく淡泊な目つきして、飛びかかる曇《くも》りメガネに足払いを掛け、濡《ぬ》れた床を滑《すべ》らせて絵恋《エレン》にストライク、さらにトドメに私の肩を摑《つか》んでぶん投げやがった!!　どうやったらあの状況であんな冷静沈着でいられるんだ。もっと慌《あわ》てふためいてドキドキしろよう、どこに大将の琴線《きんせん》があるんだよう!!」

「そうですよねえ。あれだけのパラダイスが広がっていたら、どこか一ヵ所くらいはストライクが入るものですよねえ？」

んん？　と上里は首を傾《かし》げた。

首の関節は鳴らない。

どうにも答えなければならない雰囲気《ふんいき》らしいので、

「大きいも小さいも、似合っていればそれで良いんじゃないの」

「うわあ!!　これ照れ隠《かく》しじゃねえっ、根本的に興味がなさそうですよこの人⁉」

「ああ、良いよね。何事であっても熱く語れる人。素直に尊敬しちゃうよ。熱意っていうかさ、そういうの」

「いいか大将、定義の話から始めようか。こいつは似合うか似合わないかで膨《ふく》らんだり萎《しぼ》んだりする話じゃねえんだよ!!」

「そんな事よりも」

そんな事って言った!!　と喚《わめ》くメガネと不良少女を置いて、上里はさっさと話を先に進めてしまった。

「これでそっちの要求は通した。そろそろ本題に入りたいんだけど」

そう、上里も上里でいろんな事が山積みなのだ。

パトリシアの件にしてもそう。

もう一つの右手の件だってある。

何にしてもさっさとスイッチを切り替えて本腰を入れたい構えなのだが、

「そうやわあ、ご飯どうしまひょか？」

「…………………………………………………………………………………………………

もはや片手では済まない。上里翔流《かみさとかける》は両手で顔を覆《おお》って夜の路上でうずくまった。

オンナノコ回路の連結が全く見えない。

激震《げきしん》を放った長い黒髪にぶかぶか白衣の鑑識《かんしき》少女絵恋《エレン》は小首を傾《かし》げて、

「あれ？　うち、そんなに変な事言うたん？」

「いえ別に。いけません、立ちくらみでしょうか」

「せっかく新しい街までやってきたってのにご当地限定に手も付けず仕事に取り掛かるなんてまともな神経じゃねえぜ。そもそもさ、これからどう動くにしても作戦会議は必要だろうが。この一二月の寒空の下で立ち話か？　やだよ、何のために風呂《ふろ》入ったんだよ」

しまいには、唯一《ゆいいつ》の常識人なのか一〇歳前後のパトリシアに思わずそっと肩を叩《たた》かれるほどの有り様だった。

上里翔流に涙は似合わない。

ぐっと堪《こら》えて、彼は戦線復帰を果たす。

「何なの？　パトリシアの件自体が『本線』から逸《そ》れているっていうのに、いつになったらサブクエストが始まるの？　お次は何だ、各地の結界を守護する四天王を倒《たお》して、七つの水晶球でも集めろっていうのかな。ああお安い御用だ、そのためにはまず一〇万プラチナ溜《た》めて自前の船を買って、世界の果てにある小島を目指し、宇宙樹のてっぺんに上って女神様の意見を聞きに行こうじゃないか」

「上里はん」

「大将……」

「何に追い詰められているか知りませんけど、異世界転生とかガチで頭に浮かぶようになったら黄色信号が点滅《てんめつ》しちゃっていますからね？　相談なら乗りますよ？？？」

どこにでもいる平凡《へいぼん》な高校生は思わず遠い目になった。

何故《なぜ》か猫の飼い方の本にあった文言が脳裏をよぎる。

……彼らに何かをしてもらう、またはやめてもらうという発想は諦《あきら》めましょう。やりたいようにやってもらい、それを笑える人になるか、あるいは興味を引くアクションでやってほしくない事から意識を遠ざけるくらいが関の山です……。

総括《そうかつ》して、何かがこぼれた。

首の横に手をやり、口から人魂《ひとだま》でも溢《あふ》れたような調子で彼は呟《つぶや》く。

「ぼくにはどうにもならないかもなあ……」

ばしばしっ、と上里の肩を何度も叩く手があった。

パトリシアだ。

「ダメですよ、ここは何かが狂ってる。あなたまで折れてしまったら一体誰《だれ》がまともな事を口に出すというんですか？　ぶっちゃけ私はもういっぱいいっぱいです」

その通りであった。

どこにでもいる平凡《へいぼん》な高校生はこんな異常事態を黙《だま》って享受《きょうじゅ》する生き物ではない。

ボケ倒《たお》しなんて高度な技を使う必要はない。ちゃんとツッコめ。

勇気を奮《ふる》い立たせ、上里《かみさと》はもう一度発言してみた。

「無理だと思うけどもっかい繰《く》り返すよ。諦《あきら》めの悪い男上里翔流《かける》は何度でも言うよ。目の前にでっかい秘密を抱えて事件に巻き込まれている女の子がいるんだ。もう行けよ、助けようよ。何で頭のスイッチを切り替えないの。最短最速の道がそこにあるのに、わざわざ迂回《うかい》していく理由が見えてこないんだけど」

だが少女達には通用しなかった。

まずザク切り茶髪のせいでキツネ耳みたいになっている不良少女の獲牙《エルザ》が肩をすくめて、

「んな事言ったって、世の常だろ。新天地に来たらまずはご当地グルメだよ、これを済まさなきゃモチベが出ない」

「むしろ目の前にお風呂《ふろ》があるのに入らない方が理解できないんですけどねえ……？」

なんか『ルール』が違うようだ。

何でもカッコイイで済ませようとする男の子と何でもカワイイで済ませようとする女の子の違いというか、思考の根本ですでにズレがあると見た方が良い。『ルール』を知らない上里からするとだらっとしているような、薄《うす》っぺらい無主義無趣味《むしゅみ》な匂《にお》いが漂《ただよ》うが、彼女達にとっては必要なイグニッションであるらしい。

「ゆとりが生んだ恐るべしモンスターだよ……」

「おい同い年、一人だけ達観《たっかん》したような口振りしてんじゃねえよ」

「そもそもゆとりの範囲《はんい》って何年から何年までなんですかね？　中国四〇〇〇年の歴史みたいにざっくりした数字がそのままスライドしてきていません？？？」

もう論理的に説き伏せるのは不可能だ、と上里は試合放棄《ほうき》した。彼女達に理論がないのではない。上里の理論と彼女達の理論が嚙《か》み合わなさ過ぎるのだ。そして上里の理論を一から全員にインストールするくらいなら、素直に流れに乗っかってしまった方が早そうだ、と結論付ける。

「で、料理って何なの？」

「えぇーっ⁉　そういうのは先に現地入りしていた大将の領分だろお‼　なんか、こう、なんか、ないのか？　学園都市名物っていうか、これ食っただけでブログのネタが一日分確保できます的なものとか‼」

「そんな事言われてもな……。見て分かる通り、学園都市は鉄とコンクリートの街だし」

「いやいや、ちゃんと探そうぜ大将。その土地土地の名物ってそういうの関係ねえって！　ほら博多《はかた》だったらトンコツとかさ、大阪だったらタコ焼きとかさ、名古屋《なごや》は何だっけ？　味噌《みそ》カツとか……小倉《おぐら》トーストとか……とにかくあるじゃん！　絶対もう見てるよ、見てるだけでスルーしてるんだよ‼　ほら記憶《きおく》の底をひっくり返して‼」

「残念ながら、ここって北は塩バターラーメンから南はソーキ蕎麦《そば》まで何でも揃《そろ》っている街なんだ」

「つっまんねーなーもおーっ‼　多様過ぎて無個性！　東京とか大阪の駅にあるお土産《みやげ》コーナーみてえじゃねえか‼」

「とりあえず駅員さんに謝ろうか」

両手で頭を掻《か》き毟《むし》って（無駄《むだ》に胸を揺《ゆ》らして）いる獲冴《エルザ》の横では、メガネの園芸部員暮亞《クレア》が小首を傾《かし》げていた。

「ほんとに何にもないんですか？　どこを覗《のぞ》いても全国チェーンのコンビニ風？？？」

「第四学区辺りに行くと世界一九〇ヵ国以上の料理が食べられるって話だけど、学園都市オリジナルはあんまり聞かないかなあ？　普通にモーニングで目玉焼きとトーストが出てくるよ」

「あらら」

「ただ基本的にお肉は全部クローン食肉で、野菜の方は農業ビルで自動生産されていたかな。一部のセレブ達は事情が違うみたいだけどね」

ぴょこんと獲冴《エルザ》が跳ねた。

「サラッとした顔でとんでもねえのが出てるじゃん‼　それだよ大将！　何その一億総ミミズ

バーガーみたいなトンデモ感、よその街じゃ絶対体感できねえ!!」

「……ご当地やったらミミズバーガーでも行くんどすなあ、獲牙《エルザ》の場合」

ぶかぶか白衣の絵恋《エレン》が呆《あき》れたように言ったが、不良少女は要領を得ない顔で、

「え、何で？　中国行ったら屋台でサソリの串焼《くしや》きトライするし、オーストラリア行ったら蛾《が》の幼虫アイス試してみるし、メキシコ行ったらサボテンステーキ頼《たの》んでみるだろ。逆に地球の裏側まで出かけて和食の店に入り浸《びた》る方が分かんねえんだけど？？？」

そんなこんなで結局今夜のメニューは『食べ物なら何でも良い』というすげーざっくりした所に落ち着く。

別に近場のコンビニでお弁当を買ったり、ファミレスに入るだけでも『クローン食肉ってどんな味？』はお試しできるのだが、

「この時間だとまだスーパーが開いているんじゃありません？」

「おっ、ええチョイスやわあ。下手《へた》なレトルトを電子レンジで温めてフライパンで軽く炙《あぶ》った程度のもの出されるくらいやったら、食の達人獲牙《エルザ》お姉ちゃんに任せた方が美味《おい》しいものが出てくるっぽいどすし」

「お、おいよせって!!　べ、別に料理が得意とかそういうのじゃないぞ！　必要に迫《せま》られて手を動かしているだけだって!!」

何やら硬貨がぎっしり詰まったペットボトルを両手で抱えて顔を真っ赤にしている獲牙《エルザ》。不

良少女のイメージと合わないのが苦手らしい。

そういえば、あのツンツン頭もレジ袋を提《さ》げていたな、と上里《かみさと》はぼやっと思い出しながら、

「でも暮亞《クレア》も獲冴《エルザ》もバタバタしていて疲れているだろう？　別に今日は無理をしなくても、その辺の適当な牛丼屋にでも入れば――」

ガッ!!!!!! と、マッハで襟首《えりくび》を摑《つか》まれた。

誰《だれ》に？　絵恋《エレン》、暮亞《クレア》、獲冴《エルザ》の三人同時にだ。

笑顔で肩出しワンピースのメガネが言った。

「……花の女子高生が男の子の前で手料理の話をしているんです。適当なーじゃねえだろ、牛丼屋なんかと比べちゃまずいだろ。分かりますよね？　意図に気づけよコラ☆」

オーラが違った。

カミサトカケルは『いあつ』でうごけない!!

一方、少女達はさっさと襟首から手を離《はな》すと、

「それじゃどこかお店に入って食材探しをしましょう。メインは獲冴《エルザ》、私はサポート。そんな感じでよろしいでしょうか？」

「か、勝手に決めるなよな!!　もう仕方がねえなあ、やるしかねえのか!!」

「ええっ？　ちょっとちょっと、うちの枠はどうなるんどすえ？？？」

「絵恋《エレン》は炊飯器のボタンを押す係です。超重要」

そんなこんなで近場のスーパーへ。

タイムセールがすでに終わり、本格的に傷《いた》んだ余り物しかなくなった歯抜けの生鮮食品コーナーを見て回りながら、絵恋《エレン》や獲牙《エルザ》がこんな風に言い合っている。

「そもそも和洋中どれで攻める訳？」

「つーかそれ以前にオイルショックみてえなこのガラガラインナップで作れるものを探す方が重要だ。くそっ。ただでさえ閉店間際《まぎわ》なのに、誰か主婦スキル持ったヤツが比較的まともな残り物まで持っていきやがったな。ああ、あのオンボロアパートもガス台小っちゃくて火力なさそうだったからなあ。簡単に作れて、それでいて味に飽《あ》きない、そこそこ意外性のある……肉と野菜のコンビネーションが良いな……ロールキャベツとか、ピーマンの肉詰めとか」

その時だった。

うっ、という呻《うめ》きのようなものが聞こえた。

全員が振り返る。相変わらず輪の中に入っていけず一人沈黙《ちんもく》を守っていた、ぴっちりしたジョギングウェアにダウンジャケットのパトリシアの方からだった。

失態だったと気づいたのか、注目を集めたパトリシアは全員から目を逸《そ》らすと、わずかに顔を赤くして、

「こほん」

「あらどうしました。ひょっとしてぇ……ピーマンが食べられない人とか？」

「ちっ、違いますよ！　この歳《とし》になって好き嫌《きら》いがあるとかそんな話は全然していないじゃないですか‼」

　別に大人になっても好き嫌いは普通にあるのだが、どうやらパトリシアの中では違うらしい。意外と大人という単語に対して完全主義というか、夢を見ているのかもしれない。

「大丈夫《だいじょうぶ》ですよ。ここにおわします食の達人獲冴《エルザ》サマにかかれば、対好き嫌い戦なんぞ地平線の彼方《かなた》にひしめく雑魚《ざこ》の群れをビーム兵器一発で薙《な》ぎ払ってくれますから」

「おっ、おい！　だから私は別に家事が好きって訳じゃないんだぞ‼　あと所々でたとえが不《ふ》穏《おん》というかえらくマッシブになってねえか⁉」

「獲冴《エルザ》はどっち推《お》しなんどすえ？　乙女《おとめ》に見られたくないのマッチョに見られたくないのどっちが好みか分からへんわあ？？？」

　また会話のログが流されそうになっている。

　変な既成事実が固着する前に金髪おでこ少女パトリシアは割り込む事にした。

「だから違いますってば‼　私に好き嫌いなんてありません‼」

「へえ、じゃあ素のままのピーマンでも大丈夫そうだな。適当に洗ってサラダの真ん中に突っ込もう、丸々一つ」

「むぐっ」

「健康のためを思えば、五個一〇個とジューサーに詰めてピーマンスムージーにしてしまえばよろしいのでは？　純度一〇〇％！　まずいー、でももうワンチャン‼」

「ううっ⁉」

追い詰められて半分涙目でビクビクしているパトリシアを見て不憫《ふびん》に思えてきたのか、獲冴《エルザ》がゆっくりと息を吐《は》いた。

「……仕方がねえな」

「？」

「良いかお嬢《じょう》ちゃん、一つだけ予言してやろう。アンタは今日、苦手を一つ克服する。この獲冴《エルザ》さんがそうしてやる。ピーマンってものの定義を塗り替えてやろう」

「い、いや、何やら格好良く決めちゃっていますけどね、そもそも私には好き嫌《きら》いなんて――」

わたわたと手を振るパトリシアだが、そこでふと気づく。

いつの間にか、輪の中に入っている。

会話のログが流れているのを見るだけではない。その中にパトリシアの言葉が差し込まれている。

「……、あれ？」

言ったパトリシア自身が、首を傾《かし》げていた。

どう定義して良いのかは、自分でも分からなかった。

10

レイヴィニア＝バードウェイは学生寮《りょう》のベランダに出ていた。

図書館の本棚や学校の下駄箱《げたばこ》のように居並ぶ、似たような棟の集合体。その隙間《すきま》に切り取られたような夜空に浮かぶ月を眺《なが》めていたのだ。

そしてブルーシートをめくって上条《かみじょう》が顔を出してきた。

彼は肌寒そうに自分の体を両手で抱き、白い息を吐《は》きながら、

「バードウェイ、何やっているんだ」

「月光浴くらい静かに楽しませろよ」

「鍋《なべ》が食べられなくて不貞腐《ふてくさ》れているのは分かったからそろそろ中に入れって。見ているこっちが凍《ここ》えそうだ」

「お前は本当に……ッ！　まあ良い。今さらいちいち口に出してどうこうなるものではないか」

「？」

ともあれ、上条とバードウェイは部屋の中へ戻っていく。結局窓は割れっ放しなので寒いは寒いのだが、やはり剝《む》き出しのベランダに比べればいくらかマシではあった。

一方、部屋の中では全身包帯のネフテュスが肉感的なチョコレート色の肢体《したい》を投げ出し、床に這《は》いずったまま、テレビのリモコンをいじくり回していた。インデックスとオティヌスは静観の構え。

だが待ったをかけたのは上条《かみじょう》だった。

「よせやめろネフテュス！　平日夜のバラエティと言えば大体……ッ！」

「ええと？」

「……食レポだのお料理争奪《そうだつ》クイズだので奥様方の注意を引く番組作りばかりなんだっっ!!」

時すでに遅し。

薄型《うすがた》画面いっぱいに鶏《とり》が丸々一羽。揚がっていた。完全に揚がっちゃっていた。黄金色の衣がパリッパリとジューシーな音を立て、ぷつぷつと小さな油の粒が弾《はじ》け飛び、黒い背景に緩《ゆる》やかな湯気が立ち上り、カメラワークを駆使してゆっくりと回転するように映し出されていた。

『クリスマスシーズンという事もあって、鳥さんの売れ行きが好調なようです！　ええ、こちらは第一五学区一等地、まさに食の激戦地にあります丸ごと一羽でお馴染《なじ》み「まるいち」さん。クリスマスと言えば七面鳥《しちめんちょう》のイメージですが、実際には他にも鶏、鳩《はと》料理もかなりシェアを伸ばしているらしく、殺到する予約注文のため急遽《きゅうきょ》回線を増設したという話も……』

真っ先に泣き崩《くず》れたのはインデックスだった。

口元を押さえ、正座を横に崩したような格好で彼女は嘆く。

「ふぐうもォォォおおお!!」

「インデックス、気持ちは分かるが会話能力は維持しよう!!」

押さえにかかる上条を放《ほう》って、一五センチのオティヌスも自分のこめかみを人差し指でぐりぐりしていた。

「目の毒とはこういうものを指すのだな。日本特有の恥《はじ》の文化にまつわる思考だと考えていたのだが、北欧育ちの私でもがっつり分かるぞ……」

「そうねえ。曲がりなりにも一応神としては、供物《くもつ》に不足するという状況はあまり面白《おもしろ》いものではないわ」

「もー、そろそろきちんとご飯の心配した方がよくね？　いやほらバードウェイとか大変なのも承知だけどさ！　だからこそ最高のパフォーマンスで事に臨みたい的なの分かるよね!?　……っ、────」

一方で、呆《あき》れたような息を吐《は》いているのはバードウェイだ。

「おい、素人《しろうと》の高校生ならともかく、ここには魔道書図書館《まどうしょ》に儀式《ぎしき》のためなら自死すら厭《いと》わない『魔神《まじん》』どもが詰めているんだろう。自律神経の自己制御、つまり消化器官のコントロールくらい訳はないと思うんだがな」

「……、」

「どうした？　いきなり思い詰めたような顔をして」

バードウェイが怪訝《けげん》な顔で上条《かみじょう》の方を見ていた。

彼は黙《だま》って下を見ていた。

より正確には、ズボンのポケットの上へ手を当てたまま。

「これは……まずい、救いを与えるつもりが新たな火種を投じる事になるかもしれない。だがしかし、この状況を打破できるにも拘《かかわ》らずだんまりを決め込んでいるというのも俺の流儀《りゅうぎ》に反する……」

「要点を言え」

「もしも、もしもの話だバードウェイ」

重い重い声で上条当麻《とうま》は切り出した。

すすすす、とその手をズボンのポケットに入れながら、

「もしもここに、早弁のおかず交換会でゲットした真空パックの魚肉ソーセージが一本だけ入っていたと言ったらお前達はどうす

最後まで言わせてもらえなかった。

ガァッッッ!!!!!!　と少女達が一斉に上条当麻の魚肉ソーセージに襲《おそ》いかかってきた。

11

さあ食事だ料理だ!!

でもって。結局何がどうなったかと言えば、大言壮語を吐《は》いた獲牙《エルザ》は赤っ恥《ぱじ》だった。

ボロアパートの台所で手慣れた感じで（でもそうだとバレたくない）エプロンを装着した巨乳の（これもバレたくない）不良少女だったが、実際には一品も料理は完成しなかった。

何故《なぜ》ならば、

「だーれーだー人がちょっと目を離《はな》した隙《すき》に『隠《かく》し味』をたらふくぶち込みやがったのはァアあああああああああああああああああああああああああ!?」

両目から赤光を放ち、ぴょこんとキツネ耳のような髪を逆立てる大魔王獲牙《だいまおうエルザ》に対し、真っ先に目を逸《そ》らしたのはぶかぶか白衣の鑑識《かんしき》少女絵恋《エレン》。顔から汗をだらだら流しながら彼女は震《ふる》える声で語る。

「な、何の事だか分からんどすなあ」

「嘘《うそ》つけよ!!　アンタ以外にいねえだろ！　見ろ、ロールキャベツの鍋《なべ》から噴き出すモザイク必至の塊《かたまり》を！　どんだけケミカルに味付けすりゃあんな風になるんだ⁉　都会で鍛《きた》えられた耐性ゴキブリ専用の新兵器か‼」

「ややわあ、そんなはずはあらへん！　きちんと論理的に考えて、化学式を組み立てて、方程式に当てはめれば絶対美味《おい》しくなるはずに決まっとりましたのに……ッ‼」

「そもそも料理に六角形の化学式なんか持ち込んでんじゃねェェえええええええええええええええええええええ‼　私達は鍋《なべ》をかき回してイペリット作っている訳じゃねえんだよォォおおおおおおおおおおおおおおおおおおおおおおおおおおおお‼」

そして狭《せま》い室内ではメガネの少女暮亞《クレア》が壁に寄りかかってぐったりしていた。エプロンに似た白いワンピースの肩紐《かたひも》は片方ずり落ち、頭から生えた南国の巨花が心なしかしんなりしている。

「あっ、アメリカ辺りのドギツい除草剤を原液のまま頭から被《かぶ》った気分です……。とにかく目一杯換気して、しばらくどこかへ退避《たいひ》しませんか……？　戸締《とじ》まりしないで離《はな》れるのは物騒《ぶっそう》ですが、どうせ元から窓が割れているような有り様ですし」

「泥棒が鍋に手をつけたらお手柄民間人で表彰されるかもな。まさにホイホイだぜ」

「だーかーらーっ‼　量子論と同じですでに理屈《りくつ》は出来上がっているんどすえ。今回はたまたま装置の中で再現実験に失敗したっていうだけでうちが味オンチとは違いますう‼」

「観測するしないで結果がブレブレになる量子論を鍋の中に持ち込む所から改めろ‼」

そんなこんなで緊急《きんきゅう》退避開始。

突然の異臭騒《さわ》ぎにざわつくボロアパートの住人達へ、上里翔流《かみさとかける》は頭を下げて事情を説明する事に。途中、やたらと小柄な女教師が苦笑しながら世話を焼いてくれたのもあって、どうにかこうにかお騒《さわ》がせニュースとして情報サイトの大注目ワードにランクインする事態だけは避《さ》けられたようだった。

ようやっと説明責任から解放された謝罪会見男上里翔流は重たい息を吐《は》いて、

「概算《がいさん》で二時間くらい部屋を空けておけば問題は収束するらしい。残念だけど今夜は外食になりそうだね」

「つかあのセンセーすごかったな。絵恋《エレン》の鍋を見て一目で弱点属性のサーチに入ってやがったぜ、まさか天ぷら油を固めるアレで封じ込めができたとは……。あのモザイク必至の塊から逃げずに立ち向かっただけでも只者《ただもの》じゃねえぞ」

「あれー？　ひょっとするとしなくても、今後二、三日はこれでずっとイジられる流れになっとりますうー？？？」

「それよりどうしましょうかね。外食って言っても色々ありますし」

何となくの長考。

そして小さな手を挙げておずおずと口を開いたのは、パトリシアだった。

「あ、あの」

「？」

「何でも良いなら、日本のラーメンっていうの行ってみたいです。その、前に来た時はそれどころじゃありませんでしたし……」

日本のラーメンってまたすごい響《ひび》きだな、と上里《かみさと》は心の中だけで思った。勝手なイメージというか、欧米人からすればそんなものかもしれない。寿司《すし》、天ぷら、すき焼きの三種の神器《じんぎ》に最近ラーメンが食い込んできている、とかいうネットニュースなら見覚えがあった。まあ日本にあるのは全部日本人向けに徹底的《てっていてき》にローカライズされたものであり、例えばカレーライスの横に福神漬けを添える的な、本家本元のオリジナルには絶対存在しないラインナップばかりなのは事実なのだが、何というか、その、色々とモヤッとする言い回しだ。

そして同時に、

（……例のオンナノコ回路が許すのか、夜ラーメン？）

上里としては別に今からラーメン屋を冷やかすのもやぶさかではないのだが、さて絵恋《エレン》や暮亞《クレア》的には許容範囲《はんい》なのか。正直に言ってかなり疑問だ。こいつらなら夜八時以降は食を口にせず通販で売ってる変な色のスムージーしか許さないとか普通に言いそうだし。

……だったのだが、

「へえ、悪くない誘《さそ》いじゃねえの」

「ええ、状況を良く見た選択だと思います」

んんっ？　と上里の頭の中で『？』がいっぱい躍《おど》っていた。

ちょっと聞いてみる。

「いや、ええと、大丈夫《だいじょうぶ》な訳？　ラーメンって炭水化物の塊《かたまり》だよ？　スープは油ばっかりだよ？　ほら、年中無休でダイエット中の看板を下ろそうとしないオンナノコ的な話でさ……」

「良いんだよ、今なら」

獲冴《エルザ》は大きな胸を張ってあっさりとそう答えた。

ひらひらと手を振り、そして人差し指で上里の方を指差しながら、

「何しろ今なら大将がいるからな」

「？」

状況が把握《はあく》できないまま、皆と一緒《いっしょ》に再度外出する上里。

男女合わせて五人だと大所帯になってしまうため、とりあえず屋台は避《さ》けた。大通りからちょっと外れた場所にある、中の様子が全く見えないラーメン屋を冷やかす事に。ちなみに入り組んだ場所にあったせいか、昼間に起きた彗星《すいせい》の空中分解のあおりはこちらにまで入り込んでいないらしい。珍《めずら》しく出入口も窓も無事だった。暖房の効いた温かい空気が贅沢《ぜいたく》に思える。

アンドロイドの女性店員が席まで案内してくれる訳でも空中に立体映像で商品見本が浮かび上がる訳でもなく、誰《だれ》もが思い浮かべるちゃんとしたラーメン屋だった。

案内されたテーブル席で落ち着くと、キツネ耳のようなザク切り髪を指先でいじくりながら獲冴《エルザ》はこんな風に答え合わせをしてきた。

「ラーメン好きな女子って結構多いんだよ。でも私達だけだと、こういう露出《ろしゅつ》をきちんとしていないっていうか、情報の拡散を怠《おこた》っているっていうか……ま、平たく言うとさ、『頑固《がんこ》オヤジのラーメン屋』って女の子だけだとなかなか入りにくい訳」

「へえ」

「今回はほら、そこに大将が混ざっているだろ？　普段《ふだん》はなかなかトライしにくいお店でも、男の子の大将を盾《たて》にしちまえばこっちのもんだ。興味津々《きょうみしんしん》だった敷居《しきい》の高いお店に堂々と立ち向かえる」

……中年の厳《いか》ついオッサンが一人でパフェを食べられないから女の子にご同行をお願いする、アレの逆パターンだろうか、と上里《かみさと》は適当に当たりをつけた。

これは店主が観《み》ているテレビをたまたまお客さんがチラ見しているだけだよ、決して店内放送じゃないよ、という絶妙な位置に置かれた一五インチの安物は、今は夜のドラマの二時間拡大版を映しているようだった。趣味《しゅみ》も特技もない大学生の周りには何故《なぜ》かハイスペックな女の子が何人も侍《はべ》っていて、彼女達の力を七つ道具みたいに使って悪徳就活係のおっさん相手に逆転劇の下拵《したごしら》えをしている。主人公を演じるのは一一《ひとついはじめ》。突飛な設定や時事ネタを考えると、きっと何かの漫画の原作があって、芸能事務所側が知名度を上げたい役者を一枚噛《か》ませようとしたのだろう。

わずかに目を細め、小さく息を吐《は》いて。

上里翔流《かける》はこう呟《つぶや》いていた。

「……、みんな分かりやすいの好きだよね」

「「「お前が言うな」」」

割と総ツッコミな状況に、もう一度だけ息を吐く。

でもって平和な時間は長く続かない。

メニュー表を取り合っている絵恋《エレン》や暮亞《クレア》の方から、早くも次の火種が撒《ま》き散らされつつある。

「何してるの？」

「こいつっ、この野郎が言ったんです、『じゃあとりあえず全員塩ラーメンで良いよね、頼《たの》んじゃうよー』って。ふざけんなっ‼　私は魚介醤油《ぎょかいしょうゆ》系しか認めない人なんですよ‼」

「ええー？　誰《だれ》がどう考えたって塩の方が幸せになれますよって。暮亞《クレア》は間違ったチョイスで人生棒に振ってるんと違いますう？」

「ア＊ホール絵恋《エレン》‼　ちょっと表に出なさい‼」

ぶばふうーっ‼⁉⁇　とまず欧米人のパトリシアが口に含んだお冷を思い切り噴き出していた。

いつまでも咳《せ》き込むパトリシアの背中をさすってやりながら、上里はとりあえず食べ物扱《あつか》うお店でア＊ホールはやめろとヒートアップしたメガネを窘《たしな》める事に。

そして上里は別口に話を振った。

何か気づけばテーブルに肘《ひじ》をつき、大きな胸を天板に乗っけちゃってる不良少女に。

「ちなみに獲牙《エルザ》は？」

「ええっ？　何ラーメンが最強か列伝って宗教論争じゃん、答えなんか出る訳がねえ。まあぁくまで個人の感想なら？　私は絶対に味噌《みそ》なんですけども？」

「『ぷっ、馬鹿《ばか》じゃねえの？』」

絵恋《エレン》と暮亞《クレア》の二人から左右ステレオで吐《は》き捨てられ、獲牙《エルザ》も獲牙《エルザ》で摑《つか》み合いに加わってしまった。……というか改めて上里《かみさと》はメニュー一覧を眺《なが》めて、ちょっと苦い顔になる。バリエーションがえらい豊富というか、逆に言うとあまりこだわりを感じられない。うちはこのスープ一筋で二〇年頑張ってきました感がないのだ。スープカレーラーメンとかトマトチーズラーメンとかも普通にあって、何だか浮気性というか迷走の歴史みたいなものが滲《にじ》み出ていた。

とりあえずジョギングウェアにダウンジャケットのパトリシアにメニューを回して、しばし待つ。

頃合《ころあ》いを見計らって、上里はこう語りかけた。

「じゃあ注文頼《たの》もうか。みんな好きなの言ってー」

頭にバンダナ巻いた男の店員さんがやってくると、直後に少女達の声が雪崩《なだれ》込んだ。

「塩どす塩‼」

「醤油《しょうゆ》でお願いします！　こっちの魚介《ぎょかい》の方で!!」

「味噌《みそ》ラーメン一つ。チャーシュー抜き、代わりにネギだらけにしちまってくれ」

「あ、じゃあトンコツで」


ん？　と上里は目を点にした。

パトリシアの方を見ると、彼女も彼女でキョトンとしている。

どうやら趣味《しゅみ》が合ったのはこの二人だけのようだった。

だがそんな所で話は終わらない。

何かを巻き返すべく、暮亞《クレア》や獲冴《エルザ》がざわつき始める。

「上里さんと趣味が……ブレた!?　いっ、いけません、彼氏彼女の基本はどっちかがどっちかの胃袋を摑んでおく事、食べ物の好みのズレはパッと見あんまり目立たないけど毒ダメージみたいに毎ターン蓄積《ちくせき》する馬鹿《ばか》にできない項目です。で、ですがまだ巻き返せる。血液型占いほどハードなトピックスでもなかったはずですよね、上里さん!!」

「いや血液型占いまるで根拠《こんきょ》ナシっつーか、地球人類六〇億なり七〇億なりを四つの分類で全部収められるって思想は下手《へた》な人種差別よりあぶねーけどな。それはそれとしてまだワンチャンあるぜ！　違う味のヤツ注文したからこそ食べ比べができるっ、ほら見ろはいアーンをしたり小皿に混ぜてミックスしたりとやりたい放題だっ!!」

「はいはい仕切るよ仕切るようちが上里《かみさと》はんの小皿は仕切ったりますよって。彼とイチャイチャするなら整理券はこちらになりますわ、まずはうちの許可を取り付けてもらいまひょかー」

「テメェ絵恋《エレン》‼」

「オーケー上里さんへにこやかスマイルを送りつつテーブル下で女のバトルの時間ですね？　ていうか私の足踏《ふ》んでるの誰《だれ》だっ⁉　サノバビッチ獲冴《エルザ》、早速《さっそく》裏切りましたね！　悪魔《あくま》の尻《しり》でも舐《な》めてろ魔女め‼」

「まあまあ暮亞《クレア》落ち着いて。ほらお冷でも飲んでクールダウンどすえ」

「ありが……って危ねえ！　ニンニクの小瓶《こびん》じゃないですか絵恋《エレン》⁉」

「ぷっくく。その花にやるためによ、頭の上からかけてやった方が良いんじゃねえのか？」

わいわいぎゃあぎゃあ騒《さわ》いでいる女の子達を見て、パトリシアはふと、何か言いようのない違和感のようなものを感じ取っていた。

譬《たと》えるなら、みんなが騒いでいる心霊《しんれい》写真のどこが心霊ポイントなのか、まだ答え合わせができていないモヤモヤ感に近いアレ。

一歩引くように意識を調整して、改めてテーブルの騒ぎを観察するパトリシア。

そして、

「？」

やっと気づいた。

多くの少女達に取り囲まれて、楽しそうに笑っている上里翔流《かける》。

だがパトリシアの目には、彼の笑みがどこか苦痛に歪んでいるように見えたのだ。

12

そのゴールデンレトリバーはロマンの分かる男であった。

故《ゆえ》に、木原脳幹《きはらのうかん》の行動はその全《すべ》てが合理や効率で語られるものでもなかった。

こうしてふらりと夜の街を歩き、とある小学校の近くにあるコンビニへ足を差し向けたのもその一環か。

コンビニはあちこちガラスが割れて、急遽《きゅうきょ》青いビニールシートで覆《おお》った酷《ひど》い有り様だった。

とはいえ、これは嫌《いや》がらせを受けているとかいう話ではないだろう。昼間にあったアローヘッド彗星《すいせい》の空中爆発《ばくはつ》の煽《あお》りを受けて、学園都市中のガラスが砕《くだ》け散るといった弊害《へいがい》が生じたのだ。

（……やはり、もう少しスマートにやるべきだったか）

わずかに苦いものがよぎる。だが対照的に、出入口近辺の落ち葉をホウキとチリトリで集めていた中年の店主は飼い主も見当たらない大型犬を見ると、一目で相好《そうごう》を崩《くず》した。

「おや先生、煙草《タバコ》が切れたのかい？」

『ネット通販で頼《たの》んでおいた、キューバ産のものを』

「ペースが早いね、ちょっと吸い過ぎかもしれないよ」

『犬の基準値なんて知らないだろう。誰《だれ》も統計を取っていない』

「体重換算なら、少なくとも人間よりは許容は少ないと思うけどね」

犬と会話しているというおかしな現象に、しかしコンビニ店主が気に留めている様子もない。

『それで、おかしな動きはなかったかね?』

「いや別に。衣服を使って必要以上に地肌を隠《かく》そうとする子とか、長期にわたって虫歯を放置されている子とか、同じ服を洗濯《せんたく》もしないで一週間以上着回している子とか、そういうのは見当たらない。子供達のウワサ話の中にはちょいと刺激が強いのもちらほらあったが、あの年代なら無邪気《むじゃき》な悪意は付き物だよ。それに特定の個人を攻撃《こうげき》している風でもなかった。問題ナシってヤツさ」

……元々、これはゴールデンレトリバーの習慣ではなかった。

学校の近くのコンビニ、デパート、ディスカウントストア。とにかく少額の小遣いでも楽しめて、子供達が集まり、そうした世間話を何気なく耳にできる大人達に協力を仰《あお》いで、いち早くSOSのシグナルを感知しようとネットワークを築いていたのは、彼とは異なる『木原《きはら》』だった。

木原加群《かぐん》。

人の命や魂《たましい》の分野に手を染めた、最悪の『木原』。

殺した数だけなら『木原』の中でも最大値。しかし同時に、その全員に一〇〇・〇%の精度で心肺蘇生《しんぱいそせい》を施《ほどこ》したため、最終的なレコードはゼロ人という規格外。

厳密には分野が異なるとはいえ、脳幹《のうかん》にも得られなかった『答え』を一人導き出し、そして何かを見て、全《すべ》てを封印した。

その後の彼の足取りは不明だが、最終的にはあの小学校の職員という形で収まった。

そこまでに何があったのか。おそらく合理や効率では語れまい。

彼もまた、感傷を知る稀有《けう》な『木原』であった。

「先生も変わったね」

『そうかね』

「ああ、なんていうか、丸くなった」

『ロマンを解する者はね、他者の胸に秘めるものを知る機会に恵まれるのさ。そして互いに影《えい》響《きょう》を及ぼす。だが正直に言うと、もっと彼の事を知っておきたかったというのが本音かな』

「加群先生か。すごい人だったよね」

『ああ。彼はすごい人だった』

犬に表情を作る機能があれば、きっとゴールデンレトリバーは小さく笑っていただろう。

嬉《うれ》しそうに、それでいて、どこか寂《さび》しそうに。

すごい、と。言葉にすれば陳腐《ちんぷ》だが、その中に無限の行間が含まれている事を、木原脳幹《きはらのうかん》はもちろん理解していた。『木原』を『木原』と知りながら、しかし目の前の子供達を守るために協力してほしいと頼《たの》み込んだ一人の教師に二つ返事で頷《うなず》いたコンビニ店主もまた、伊達《だて》ではないのだ。

戦えるかどうかなんて、関係ない。

本当の強さはきっと、別の所にある。

『ただ難儀《なんぎ》もしたがね。彼の周りにはいつも子供達が走り回っていた。二人で話したい事もあったのに邪魔《じゃま》ばかりされてな。尻尾《しっぽ》は踏《ふ》まれるわ、耳や舌は引っ張られるわ、上からまたがられるわ、散々な目に遭《あ》った。特に、何だったかな、雲川《くもかわ》……そう、鞠亜《まりあ》君。彼女は私の天敵だ。今思い出しても尻尾が丸まって後ろ脚の間にすっぽり収まってしまう』

「そんな事言って、毛皮を引っ張られようがお腹《なか》をわしゃわしゃやられようが、一声も出さずに我慢《がまん》していたじゃないか」

『彼らは警戒心がなさ過ぎる。私が紳士でなければ噛《か》み付いていたかもしれない』

その雲川鞠亜も、もうあの小学校にはいない。

それどころか、成長した彼女は木原加群の最期《さいご》を看取《みと》り、前へ進むほどに大きくなったらしい。

だから本当は、こんな夜回りには意味はない。

人間達は誰《だれ》も彼もが舞台を去り、ただゴールデンレトリバーだけがいつまでもタスクを続けているだけ。

しかしそれでも、終わりにできないのも事実だった。

『もう行くよ』

「そうかい。……なあ先生」

通販の小さな段ボールを背負って立ち去ろうとする大型犬に、しかし店主はそっと呼び止めた。振り返り、ゴールデンレトリバーは人工音声で語る。

『何かね』

「先生には先生の道があるんだろうけどさ、でも、間違っちゃあいけないよ。本当に大事なものは、『木原』とか何とか、そういう枠組みの話じゃない。先生の胸の中にあるものなんだ。その熱い流れ、こうしたいと願う方向性にだけは、絶対に嘘《うそ》はついちゃあいけない」

『……、』

「それがどれだけ強い力を生み出すのかは、加群先生が見せてくれた。そうだろう、先生？　彼は『木原』をかなぐり捨てて、多くの子供達の笑顔を守って、聞いた話じゃあバゲージシティであの木原病理《びょうり》との因縁《いんねん》に決着をつけたそうじゃないか。大切なのはそこなんだ。生まれとか所属とかじゃあないんだ。だからね、先生。あなたはそんなに悪ぶる必要はないんだよ」

反論はしなかった。

意味のある言葉だと認識した。

彼はロマンの分かる男であり、たかが犬畜生《ちくしょう》にそんな感性を与えてくれた始祖の七人がいた。

「『木原《きはら》』としての役割に疲れてきたら、いつでも私の所へおいで。たかがコンビニの雇われ店主が何を偉そうにと思うかもしれないが、私は常にみんなの生活に寄り添う存在だ。加群《かぐん》先生もそうだった。誰《だれ》だって悩みは抱えているものだし、自分は悩んでいると認めてしまうのは恥《は》ずかしい事じゃないんだ。人はね、最初からパーフェクトな答えを出せるほど高性能な生き物ではないんだ。それは先生だって同じはずだよ。だから先生はさ、先生だからって、先生であり続ける事にこだわり過ぎる必要はないんだ。本当に辛《つら》くなったら、たまには荷物を下ろしてみても良いんだよ」

『肝《きも》に銘《めい》じておこう』

敬意をもって礼節を尽くし、今度こそゴールデンレトリバーはコンビニから立ち去った。

ふと夜空を見上げる。

膨大《ぼうだい》な街の明かりに照らされて、ほとんど星らしい星もない暗い天蓋《てんがい》。そんな中でも煌々《こうこう》と輝《かがや》く丸い月。

重ねて言うが、彼はロマンの分かる男であった。

だから合理や効率ではなく、ただ感性に従って吐《は》き捨てた。

『……嫌《いや》な輝きだ。不吉《ふきつ》を覚える』

13

風呂《ふろ》に入り、ご飯も食べて、いよいよ夜も更けてきた。

RPGで言うなら、世界の端《はし》から端まで歩いて絶対行けない陸地が残っているのを確認し、船を手に入れて、飛行船に乗り換え、四天王を倒《たお》して裏側の異世界へ飛び込み、七つの水晶球を集めて魔王城《まおうじょう》の結界を全《すべ》て解除したのだ。

さてどうするか。

そして安全性の確認を終えたボロアパートに戻ってくるなり、キツネ耳のようなザク切り髪の不良少女、獲冴《エルザ》が言った。

「あー、なんか疲れちまったなあ。もう今日はお休みで良くね？」

その瞬間《しゅんかん》。

上里翔流《かみさとかける》の頭の中にいる小さな人が、全ての皮を脱ぎ去ってムキムキの悪鬼《あっき》と化した。

首の横に手を当てるのも忘れ、一律の低いトーンで彼は言う。

「てんめ――よお……？」

「やだっ、上里《かみさと》さんがいつの間にか嬉《うれ》し恥《は》ずかしお仕置きモードに。獲牙《エルザ》は一体どんな地雷を踏《ふ》んだのか。だが羨《うらや》ましいと思う自分も禁じ得なブギャア!?　かみさっ、ちょ、毟《むし》らないで！　頭の花引っこ抜かないでくださいーー!!」

余計な割り込みをかけた暮亞《クレア》が涙目になる。両手で頭を押さえるあまりワンピースの腋《わき》や、ともすれば胸まで無防備な事実には至らないようだ。

改めて上里は先を続けた。

「一つ聞きたいんだけど、これ何時空？　女の子特有の明日からダイエット始めます時空にでも放《ほう》り込まれたっていうのか……？」

だが獲牙《エルザ》は獲牙《エルザ》で動じない！

「良いじゃん。別に上条当麻《かみじょうとうま》っていうのは今日明日にでも学園都市から脱走して雲隠《くもがく》れしちまう訳じゃねえんだろ？　つかパトリシアだっけ？？？　そっちが抱えている問題も日付変更前に解決しなくちゃ地球が爆発《ばくはつ》するって訳じゃねえんだろ？　明日できる事は明日に回そうぜ。お風呂《ふろ》で体温めてご飯食べちゃったせいか、何だかさっきから眠たくて仕方がねえんだ」

この『良いじゃん』だ。

現代っ子の言い放つ、すごく雑な感じ。

口をパクパクさせる上里は思わず絵恋《エレン》や暮亞《クレア》の方へ振り返った。無言のアイコンタクト。頼《たよ》れる仲間に救援を求めた……はずだったのだが、

「そ、そうですねえ、何だか私も旅疲れな感じです。急に疲れがドッと出てきたっていうか……主にたった今上里さんに耄られたのが原因な気もしますけど……」

「どっちみち、うちとしては基本的にコンテナラボでの解析結果待ちなんどすえ。直接戦闘《せんとう》やるようなタマでもあらへんし―、やるなら勝手にやっておくれやす。お留守番なら任せときー」

多数決とはかくも恐ろしい。

どんだけ正解から外れた結果であっても、何となくそれが世の常識っぽく見えてしまう。そして少女達だけで三票キープしている状況では、上里やパトリシアがどれだけ挑《いど》んだってどうにもならないのだ。

そんな訳で、

「ほら順番に歯を磨《みが》いたら布団《ふとんし》敷くぞー。窓割れてるから気をつけないと風邪《かぜ》引きそうだ。……っていうか、うわ⁉　どうすんだよこれ！　この四畳半《よじょうはん》に五組の布団を敷くってどうやってだ⁉」

「ああ、一人につき畳《たたみ》一枚分ありませんねえ」

「どう考えても誰《だれ》かの体が誰かの布団に突っ込む構成になりますよって」

ああでもないこうでもないと色々試し、最終的には風車や手裏剣《しゅりけん》のように四組の布団《ふとん》を外周に沿って布陣してみる事に。

当然ながら、これだと五組目の布団が完全に余るはずなのだが、

「知っていました？　四畳半《よじょうはん》って銀閣寺《ぎんかくじ》の茶室が起源らしいですね。当初は貧乏部屋とかじゃなくて、こぢんまりしたスペースに贅沢《ぜいたく》なこだわりを凝縮《ぎょうしゅく》した、セレブの遊び心だったとか」

「うん」

「でもって、四枚の畳を手裏剣みたいに配置して、真ん中の余った半畳、正方形のスペースに茶器を置いたみたいにしたようなんですよ。ほら、ちょうどお湯の入った茶器を囲んで、みんなでお茶を楽しめるように」

「それは分かったんだけど」

青い顔をしたまま、上里《かみさと》は待ったをかけてみた。

「何でぼくがその中央スペース？　体を丸めて胎児《たいじ》スタイルになるしかないポジションなんだけども」

「ええと、ジャンケンに負けたから、でしょうか？」

そう言われちゃうと何も反論できないので、両手で顔を覆《おお》ってめそめそするしかなかった。

ぶかぶか白衣の絵恋《エレン》が袖《そで》で口元を覆いつつ、低く笑う。

「くっくっくっ。どうしても窮屈《きゅうくつ》で辛《つら》いのならば、うちの布団に入って来ても良いんどす

え？　いつでもスペースは空けて待っていますからなあ……ッ!!」

「そういうのズケズケ言うのもどうかと思うぜ。大将、反応に困ってるじゃん」

「ああ、寝相の悪い獲牙《エルザ》がゴロゴロ転がりはって急襲《きゅうしゅう》してきた時にもうちの布団に避難《ひなん》したりや。あらかじめシェルター決めておかへんととんでもない事になりますよって」

「しっ、しねーよ!!　寝相なんか悪くねえよ!!」

顔を真っ赤にして反論する獲牙《エルザ》だが、周りは聞いていない。うんざりムードが漂《ただよ》っているのを見ると、どちらが真実を語っているのかは明白なようだった。

そんなこんなで消灯時間になってしまった。

パトリシアの抱える案件はそのままだ。上条当麻《かみじょうとうま》との再接触も済ませていない。問題は山積みなのだが、少女達が動かないと言ったら割とどうにもならない。上里翔流《かける》としてもひとまずは流れに乗ってみる。

……。

……。

……。

そして。

小一時間ほど経《た》った頃《ころ》か、真っ暗になった四畳半の中で、むくりと小さな影が起き上がった。

結局、一睡《いっすい》もしていないパトリシアだった。

この短い間に多少なりとも言葉を交わすようになって、分かってきた事がある。

彼らは特段悪い人ではない。

だからと言って誰《だれ》とも争わないとは限らないが、少なくとも、最初から害意を持ってパトリシアに接触してきた訳ではないのだろう。彼らには彼らの目的が別にあって、パトリシアを拾う事はその目的と合致しないのに、わざわざちょっかいをかけているようなニュアンスがあった。つまり、平たく言えばお人好《ひとよ》しなのだ。

ただし、

（……それだと間に合わない）

獲冴《エルザ》は言っていた。別に日付変更前に解決できなかったら地球が爆発《ばくはつ》するなんていう話じゃないんだろう、と。

だが、パトリシアにとっては同じようなものだ。

時間はロスできない。人の命は小分けにできない。一時間、一分、いや一秒。ほんのわずかでも間に合わなかったら、それだけで全《すべ》て失われてしまう。

そんな事態になれば、パトリシアにとって地球が爆発するのと同じ事だ。

彼女の人生の柱。絶対に折れてはならないもの。

誰かのためにとか恩着せがましい事は言わない。これは、パトリシアが自分の人生を守るために始めた事。

だから。

音を立てないようにゆっくりと体を動かして立ち上がると、あちこちで複雑に絡《から》まっているような少年少女達を踏《ふ》んづけないよう気をつけて、慎重《しんちょう》に暗い部屋の中を歩いた。

靴を履《は》く。

施錠《せじょう》された玄関の扉と向かい合う。

何故《なぜ》だか彼女は、一度だけ後ろを振り返った。

名残《なご》りを惜《お》しむような『何か』を、彼らとのやり取りから得ていたのか。

……答えはイエスと、パトリシアは結論付けた。

何もかも唐突《とうとつ》で、デリカシーも足りなかった言動の数々。でも、彼らは悪い人ではなかった。少女達とは一緒《いっしょ》にセントーなる共同浴場に入って、なかなか入りにくいお店のラーメンだって食べさせてもらった。一番最初に覚えた警戒の先入観を取り払ってみれば、どれもこれもイギリスではお目にかかれない貴重な思い出となっていた事だろう。

そんな彼らと迎合しなかったのは、損得抜きに心配してもらい、善意や好意によって保護してもらっていた立場を袖《そで》にしたのは、手を振り切ったのは……結局の所、全てパトリシア側のわがままなのだ。

だって、信用できないから。

緊張《きんちょう》をほぐして互いの距離《きょり》を少しでも縮めようとした相手の努力を全部無視して、そんな言葉で正当化して、自分が弱い方に立ち、被害者のふりでもしていれば無限の免罪符を振りかざせると驕《おご》っただけの話。

自覚し、それでも振り切って、パトリシアは小さな手でゆっくりと玄関の鍵《かぎ》を開けた。

するりと抜け出す。

孤独な世界に、彼女は立つ。

おんぼろのアパートを抜け出して、夜の街へと繰《く》り出す。泡立つ奇怪な黒い塊《かたまり》のような『それ』に冒《おか》されたパトリシアにとって、一番大切な人。絶対に守りたいもの。そして今は、理解不能な理論を下地にした『もう一つの怪物』と化しているあの少女。

どこにいるかは分からない。

おびき出すような方法にも心当たりはない。

そもそもパトリシアは逃げる側の人間だった。姉が訳の分からない、気味の悪い解決策『と信じているもの』から全力で遠ざかるために。

だけど、今日、ここで激突してみて分かった事がある。

逃げているだけじゃ終わらない。間に合わない。

姉のリミットは思ったよりも近い。あれは、黙《だま》って逃げていれば向こうが勝手に諦《あきら》めて、萎《しぼ》んで、取り除かれるようなものではない。どこからどんな異端の科学の論文を持ち出してきたかは知らないが、姉の中で巣食っている腫瘍《しゅよう》のようなものは、ほんの一日でその内臓を圧迫し、最悪、死に追いやる。わざわざ超音波エコーで随時《ずいじ》正確に検査しなくても、成長速度を外から観察しただけで骨格の軋《きし》みが分かってしまう。

だから、捜さなくてはならない。行動しなくてはならない。姉の骨格と異物の膨張《ぼうちょう》を踏《ふ》まえるに、『地球が爆発《ばくはつ》するリミット』まで、おそらくもう数時間しか残っていないのだから。

「お、お、お姉さん……」

知らず、彼女は呟《つぶや》いていた。

当てなんてない。段取りを踏んで正解へ近づくための、最初のヒントも分からない。それでもパトリシアは草の根をかき分けるように、とにかく目についた全《すべ》てを見て回ろうとする。

足で探す。

暗い海に投げた指輪を探すように。

「お姉さんっ‼」

そこはどこまでも広がるオープンワールド。

目に見えない一本道なんてどこにも用意されていない、いくらでもショートカットできればいくらでも迷走する事もある、無限の可能性を内包した巨大な箱庭。当然、努力の仕方を間違えれば、最初に方向性を誤れば、一〇〇万年の積み重ねだって徒労に終わる。

どうにもならない。

そして聡明《そうめい》な彼女は、心のどこかでどうにもならないという最悪の予想に気づき始めている。

自覚し、嫌悪《けんお》し、封じ込めてから、仮初《かりそめ》の希望にすがって再び足を動かす。

その内に、ズキズキという鈍《にぶ》い痛みが足の裏から伝わってきた。

息は上がり、胸が苦しい。

頭の中が焦燥《しょうそう》と苦痛でぐるぐると回る。

腕時計型の端末《たんまつ》が警告の光を発していた。

心拍に血圧。どうせヘルス管理なんて元からメチャクチャだ。

……だけど、心の片隅《かたすみ》で、こんな邪《よこしま》が自分が囁《ささや》いているのだ。ハードルが増えていくたびに喜んでいる自分もいるのだ。もう良いだろう、頑張っただろう、無力な自分が努力しているサマは街のみんなに見てもらっただろう。だから諦《あきら》めろ、と。傷跡や爪痕《つめあと》は残したんだから、さっさとギブアップしてしまえよ。そうすれば、大切なものを守りたくて全力で頑張ったけど結果が伴《ともな》わなかった『かわいそうなひと』っていう甘い枠組みが待っているぞ、みんながみんな無条件でお菓子を与えてくれて労《いた》わってくれて最優先で取り扱《あつか》ってくれる、腫れ物の特等席が手に入るぞ、と。

それは弱者の愉悦《ゆえつ》だ。

最弱の特権。

首をぶんぶんと横に振る。

改めて前を見て、思いつく限りの場所へ足を運び、覗《のぞ》き込んでみる。

疲労が溜《た》まるたびに、痛みが増すたびに、ここだと思った場所がハズレだったたびに、再び誰《だれ》かが囁く。本当に、本当の本当に、大切な人を助ける気があるのかと。その程度の努力で本気なのかと。お前はただポーズで誰かを助けたいと息巻いているだけで、そんなヒロイックな自分を誰かに褒《ほ》めて欲しいだけなのではないかと。

「違う……」

歯を食いしばって、荒い息を吐《は》いて、パトリシアは風力発電の柱に体を預けた。

両足はボロボロに疲弊《ひへい》していて、もう走るどころか歩くのさえ大変だった。

そして、そこまでやっても、第七学区の四分の一だって探索は進んでいなかった。考えてみれば当たり前だ、この学園都市には二三〇万人もの住人がひしめいている。旅行者や出張なんかを含めればもっと数は増える。草の根を分けて探すと言ったって、個人の力で何をどこまでできる？　小さな商店街で落とした携帯電話一つだって見つけられない程度の、おぼつかない力しかないくせに。

だから。

最初から分かっていただろう？

そうやって疲れてボロボロになって項垂《うなだ》れて歯を食いしばって柱に寄りかかっているのだって、そういう美しいポーズなんだろう？

本当は。

大切な人の事なんかどうでも良いんだろう。

言えよ。

肉親を切り捨てるなんて加害者枠は怖い。だから自責に潰《つぶ》された被害者の枠に入りたいって。

「違う！　違う!!　違うッッッ!!!!!!」

自分の心の弱さと向き合って、パトリシアはずるずると柱の根元に崩《くず》れ落ちた。それが本当に精根尽き果てたのか、キリの良い所でヒロイックなポーズを決めてリタイヤへ流れようとしているのか、もう自分の心が自分で分からなくなってきた。

どうにもならない。

参加賞か努力賞くらいしかチャンスがない。

大体、あの姉ともう一度何かの奇跡で再会できたとして、自分に何ができる？

胸に埋まった爆弾《ばくだん》。

それを、正確に取り除く術《すべ》なんてあるのか。

「う」

立ち上がる事もできなかった。

うずくまったまま、パトリシアは一人で嗚咽《おえつ》をこぼしていた。

「うう……ッ！」

もしも彼女がもう少し馬鹿《ばか》だったら、余計な雑念なんて生まれないで無駄《むだ》な努力を延々と続けているだけで満足していたかもしれない。

もしも彼女がもう少し天才だったら、それこそ一瞬《いっしゅん》で姉の居場所を見つけて世界の誰《だれ》も考え付かなかった方法で『爆弾』を摘出していたかもしれない。

でも、パトリシアには足りなかった。

だから。


「何だ、もう足掻《あが》くのを諦《あきら》めるのか？」


その声に、パトリシアはへたり込んだまま、思わず顔を上げていた。

足りないものを補うための、誰かがやってきた。

どこにでもいる平凡《へいぼん》な高校生。

風景に埋没《まいぼつ》してしまいそうな、無個性な誰か。

上里翔流《かみさとかける》。

「いつ、から……？」

「さあ、いつからだろうな」

「どこ、まで。知っているんですか」

「さあ、どこまでだろうな」

あるいは。

全《すべ》ては彼の掌《てのひら》の上だったのかもしれない。みんなでお風呂《ふろ》に入ったのも、食事を取ったのも、リミットに焦《あせ》るパトリシアを焚《た》きつけるための方策。四畳半《よじょうはん》に無理矢理五つの布団《ふとん》を敷《し》いたのも、パトリシアが動けばメンバーの誰《だれ》かが必ず気づけるように配慮《はいりょ》されたものだった。そして普通の方法では抱えた問題を話そうとはしないパトリシアが自分からボロを出すように仕向けて、観察を続けていたのか。

あるいは。

彼は何一つ考えていなかったのかもしれない。みんなでお風呂に入ったのも、食事を取ったのも、普通にデリカシーのない行動だった。四畳半に無理矢理五つの布団を敷いたのだってただの偶然で、徹頭徹尾《てっとうてつび》ただ周りの女の子の尻《しり》に敷かれているだけの、情けない男。ここに来たのだって何かの偶然、たまたまだったのか。

どちらとも言えないし、どちらでも構わない。

とにかく重要なのは。

上里翔流が、ここに来た。その事実だけだ。

「前に言っただろう、きみが言わなければ、ぼく達は調べるって。きみが話す段なら真実の範《はん》囲《い》を切り分けて必要な情報だけ出せば良いけど、調べる段になったら開示される真実は選べなくなるって。だから、見えてきた。何事も受動的で流されやすいきみが、自分の足で既定のレールを外れて行動を始めた。その焦りが」

「……、」

「どうする？　このまま続けるかい。『話す』か『調べる』か、シンプルなコマンドだ。絵恋《エレン》のヤツは個人でラボを持っている。きみの体から出た黒いアレ、すでに解析は進んでいる。この短い時間に、さらにいくつか真実とやらが表に出るだろう。それで良いかい？　さっきも言ったが、『調べる』では真実の範囲を切り分けられない。きみが隠《かく》すのならば、きみが恐れている以上のものが目の前に出てくる。それでも良いのかな？」

パトリシアは、言われた意味を少し考えた。

やはり、彼女は聡明《そうめい》だった。

「ずるい、です……」

「だろうね。この短い間だけで、良く言われた」

「だって、それ、もう私の意思とか関係ないじゃないですか。イエスかノーかなんてどうでも良くて、あなたが助けると言ったら、それで全部助ける流れじゃないですか。私がお節介だの余計なお世話だの喚《わめ》き散らしたって、もうレールに乗っかってしまっているじゃないですか──」

「だよ」

助けると言ってから、何かを悩むような男ではない。

助けると言った時には、もう周りの囲いを済ませている。今さらどこへ逃げようが、斜に構えようが、突っぱねようが、何をしようが、黙って救われるという以外の道を封殺している。

きっと。

ここでパトリシアが説明を拒否して、夜の街へ逃げ去ったとしても、上里翔流《かみさとかける》は勝手にやってしまうのだろう。パトリシアからは別口のコースをなぞって事件の核心に迫《せま》り、最終決着の場へ何食わぬ顔で横槍《よこやり》を入れてくるのだろう。

そして当たり前のような顔をして、平凡《へいぼん》な高校生はこう続けた。

「でも、何か問題が？」

人を助けるという行為に、言い訳なんていらない。

ずらずらと建前を並べれば並べるほど、きっとそいつは本物ではない。

そして人を助けるという行為は、どこまでも貪欲《どんよく》になる事が許される。どんなに卑怯《ひきょう》でも、下劣《げれつ》でも、反則でも、あらゆる過程は結果によって許される。

誰《だれ》に？

それこそ聞くまでもない。

自分で自分を許せる、そんな胸を張れる人間になれるのだ。

「……私の身体《からだ》には、『これ』があります」

観念したように、へたり込んだまま、パトリシアが呟《つぶや》いた。

ぐじゅり、と。

幼いながらも端整《たんせい》な顔立ちの、その柔らかい頬《ほお》。その内側を『何か』が蠢《うごめ》くように、皮膚《ひふ》が引きつっていた。潜航《せんこう》状態から浮上への転換。のたくる蛇《へび》、あるいは軟体生物の触腕。泡立つように喰《く》い合い、ぬめった夜光塗料のように輝《かがや》くのは目玉か吸盤《きゅうばん》か、とにかく大量の突起でびっしりと覆《おお》われたそれ。首や鎖骨《さこつ》から、さらに衣服の奥まで『何か』は浸透しているようだった。

分厚いダウンジャケットの上からでも、その薄《うす》い胸の中心が不気味《ぶきみ》に脈動しているのが分かる。

「南極由来の寄生生物。人体の脂肪を溶かして空きスペースを確保し、そこへ身を潜《もぐ》らせる未知のタイプです。感染性は低いのですが、致死率は非常に高い。無理に引き剝《は》がそうとすれば、私は間違いなく死亡します」

「……、へえ」

「姉は、私のお姉さんは、そんな状況を何とかしようとしている。駆除剤か、移殖のつもりなのか。詳しい理屈《りくつ》は分かりません、本当にお姉さんの信じている方法で解決できるのか、その信憑性《しんぴょうせい》も含めて。ですがお姉さんの方法に頼《たよ》る事は、どうしてもできない」

「失敗すれば、自分の命が危ういから？」

上里の声に、パトリシアは首を横に振った。

「順当に進めば、解決法の完成と共にお姉さんは死亡するからです。以前リスクの存在についてはお話ししましたが……実際にはほぼ一〇〇%、確実に」

「……、」

「姉は自分の体内に『爆弾《ばくだん》』を抱えている。何か、腫瘍《しゆよう》……とは違うようですが。でも超音波測定で遠距離《えんきょより》から調べてみる限り、この成長率がとても異常なんです。あのままでは心臓や肺を圧迫《あつぱく》し、いいえ、破裂《はれつ》させてしまいかねないほどに。リミットは……きっと、明日の朝までありません。そしてお姉さんは、それでも構わないと考えている」

「なるほど……」

上里《かみさと》は顎《あご》に手をやって、

「つまりきみが助かるとお姉さんが死んで、お姉さんを助けるときみの治療法《ちりようほう》がなくなる。そういう図式か」

「信じるんですか。こんな話を」

「きみの話が真実かどうかは、正直、どうでも良い。ここでの話が嘘《うそ》だろうが本当だろうが、いずれ必ずぼく達は真実とやらを掴《つか》む。そして勝手に結末へ辿《たど》り着く。だから信憑性《しんぴようせい》の担保は良いよ、今はきみのレールに乗っかろう」

いっそぞんざいな調子で上里は言ってのけた。

当人の心情を完全に無視した言葉。だがそれは、同時にどんな失敗があってもパトリシアに責任を押し付けない、という無条件の信頼《しんらい》の裏返しでもある。例えば、『あの時パトリシアが真実を話さなかったから、その出し惜《お》しみのせいで最後の瞬《しゅん》間《かん》に間に合わなかった。お前が殺したようなものだ』などという言葉を吐《は》き出さないための配《はい》慮《りょ》だ。

「そして今重要なのは、この前提を元に、きみが何をどうしようと考えていたのか、だ。どこかにいるお姉さんを助けたい。闇《やみ》雲《くも》に街の中を探していた所を見ると、どうやら学園都市の中にいるらしい。で？　仮に遭《そう》遇《ぐう》できたとして、そこからどうする。どうやって助ける？」

「それは……」

「ビジョンはあったはずだ、どんなに荒《こう》唐《とう》無《む》稽《けい》でも。でなければ、ぼく達を『見限る』事はできなかった。あの時、部屋を出て行ったきみの頭の中には天《てん》秤《びん》があったはずだ。AとB、ぼく達に従うか自分で動くか。どっちが効果的かって絶対に考えたはずなんだから」

「……、」

「お姉さんの胸の中にある『爆弾』を取り外すのがきみの第一の目的。たとえ結果として、自分が生き残る術《すべ》がなくなるとしても」

　上里翔《かける》流はそう断言した。

「でも実際、きみには方法がない。外科手術的に取り除く術を持っている人間の方が少ない。南極由来とやらの『それ』に頼《たよ》った所で厳しいだろう。だとすると、きみがすがってきたのはそこじゃない。さて、胸の『爆弾』を取り除く以外に、お姉さんを助ける算段はどこにあるんだろうね？」

パトリシアは、答えられない。

話さない限り、勝手に調べる。そして調べて得た真実には、区切りを設けられない。

上里《かみさと》が言った通りになった。

「……だとすると話は簡単だ。きみは、お姉さんから『理由』を奪《うば》おうとした。もっと手っ取り早く言えば、救われるべき自分が消滅《しょうめつ》する事で、お姉さんがこれ以上『爆弾《ばくだん》』を抱え続けるモチベーションを奪おうとした。元からきみは自分を犠牲《ぎせい》にするつもりだった。そして自分には『爆弾』を取り除く方法はなくても、それを自《みず》ら埋め込んだお姉さんの方はその限りでもなかった。だから、姉を動かすためにきみは命を投げ出そうとした。これでチェックメイト、かな？」

「う」

「そう考えると、さっきまでの動きもイメージしやすいんだ。どこかヒロイックで、それでいて自分を傷つけて苦痛に喜んでいるような素振《そぶ》り。自殺を決行するための踏《ふ》ん切りっていうか、役に酔《よ》いしれる事で現実的な恐怖を薄《うす》らげようとしているっていうか。きみはお姉さんを見つけたかったんじゃない。どう頑張っても見つけられない、自分はその程度の存在でしかない。そんな矮小《わいしょう》な自分を見直して、生きるだけの価値もないと昏《くら》く笑って、最後の一歩を踏み出すための準備をずっとずっと進めてきた。タイムリミットっていうのも、お姉さんを見つけて助け出すためのものじゃない。自分が死ななきゃならない、そこまでに心の整理をつけておかなくちゃならない……そういう意味での制限時間だったはずだ」

「ううううっ!!」

唇《くちびる》を噛《か》み締《し》め、そしてパトリシアは嗚咽《おえつ》を洩《も》らした。

彼女の側に立ってみよう。結局、『上里勢力』の手で流されて、お風呂《ふろ》だのラーメンだの付き合わされて、どこか緊張感《きんちょうかん》のない流れに乗っかっていたのも、そうした一環だったのだ。最後の最後のその時に備えて目一杯贅沢《ぜいたく》するとか、そっと思い出を作るとか、そんな流れだったのだ。『次はない』からこそ、後先考えず見ず知らずの他人と自殺旅行に出かけてしまうような危うさ。だから、ギリギリまでパトリシアは付き合ってきた。望む望まないに拘《かかわ》らず、あの賑《にぎ》やかな空気を『最後の一日』と定めて。

前提がひっくり返れば、見えてくるものも変わってくる。どれだけ残酷《ざんこく》であっても、『調べて』出てきた真実には蓋《ふた》はできない。ただ全《すべ》てを曝《さら》け出す。

「でも、できなかっただろう?」

上里は、そっと息を吐《は》いた。

「どれだけ気分を盛り上げても、ロマンチックに、センチメンタルに、ヒロイックに自分を祀《まつ》り上げても、命を投げ出すなんて選択はできなかっただろう?」

姉を生かせ。

家族のために命を捨てろ。

建前としてはどれだけ美しくても、実際のアクションに移せるかどうかは話が違う。そしてパトリシアには選べなかった。首を吊《つ》るのか、手首を切るのか、列車に飛び込むのか。想定していた最後がどんなものかは知らないが、とにかく彼女はどうしてもできなかった。

そして。

そんな自分がどこまでも惨《みじ》めだった。

姉は家族を助けるために命を張った。体内で異様な速度で腫瘍《しゅよう》（?）が膨《ふく》らみ、やがては体が内側から破裂《はれつ》すると分かって、その恐怖と戦い続けた。だけどパトリシアには答えられなかった。一瞬《いっしゅん》で命を投げ出すというショートカットさえ、手が震《ふる》えてどうにもならなかった。

だから。

「なあ、一つ教えてほしいんだ。きみにとっての『救い』の定義を」

「?」

「ここには、『理想送り《ワールドリジェクター》』というチカラがある」

言って。

上里翔流《かみさとかける》は本当に何の気もない調子で、緩《ゆる》く開いていた右手の五指を、閉じた。

直後の出来事だった。

ゴバリッッッ!!!!!!　と。

パトリシアが体を預けていた風力発電のプロペラが、途中から勢い良く『喰《く》われた』。

何が起きたのか、パトリシアには理解できなかった。

あらぬ方向に倒《たお》れていく『残骸《ざんがい》』を見ても、恐怖心を得られないほどに。

凄絶《せいぜつ》なる『何か』を、ビリビリと肌で感じ取っていた。

上里は表情を変えずに続けた。

「威力《いりょく》はご覧の通り。ま、ちょっと扱う条件が複雑なんだけど、そいつさえ整えれば『魔神《まじん》』だろうが何だろうが問答無用でこの世界から消し飛ばす。……厳密には殺しているのとは違うんだけど、結果としては似たようなものかな。彼岸《ひがん》と此岸《しがん》、人と人とがもう二度と出会えなくする状態を死別と呼ぶのであれば、『理想送り《ワールドリジェクター》』はあらゆる存在に死を与えるようなものなんだから」

「あ」

「これは保証する。『理想送り《ワールドリジェクター》』には痛みはない。自分で自分に試した事はないけど、活《い》け造りみたいな経験者が語るには、まだ見ぬ新天地への希望が胸いっぱいに広がるものらしい。失敗もしない、こいつは条件さえ揃《そろ》えば太陽だろうがブラックホールだろうが容赦《ようしゃ》なく一撃《いちげき》で消し飛ばす。それから、無残な死体も残らない。誰《だれ》も第一発見者にはならない。極《きわ》め付けに、『向こう』がどんな所かは知らないが、少なくとも……ある。死が全《すべ》てを奪《うば》い、きみの痕跡《こんせき》を残らず消してしまう訳ではない」

「あぁっ!!」

「さあ、どうするね？」

上里翔流《かみさとかける》は、少女の前でひらひらと右手を振った。

パトリシアは先ほどから、催眠術《さいみんじゅつ》の振り子でも見るように釘《くぎ》づけだった。

「全《すべ》ては一瞬《いっしゅん》だ。自殺の道具としてはまさに『理想』だね。いくらでも消し飛ばしてきたから、ぼくには分かる。きみが条件に合致する限り、ぼくが失敗する事はありえない。だからきみの定義を知りたい。きみにとって、救いとは何だ？　もしもそれが、姉のために自殺するのが最適なのに一歩を踏《ふ》み出せない自分の弱さからの解放というのであれば、ぼくがもっと効率的な方法を提供する。一撃《いちげき》できみという存在を消し飛ばし、お姉さんが『爆弾《ばくだん》』を抱える理由を奪《うば》ってあげよう。さて、どうかな？　これがきみにとっての救いの答えで良いのかな？」

上里翔流はその右手を揺《ゆ》らしたまま、無造作にへたり込む少女へ一歩近づいた。

ゴォ!!　と。

凄《すさ》まじい威圧でもって、全てを消去する右手がゆっくりとパトリシアの頭の上へかざされる。

自由な星空が封殺される。見上げる少女には何もできない。ほんのわずかに上里が手を動かせば、パトリシアは風力発電のプロペラのように世界から抉《えぐ》り取られるのだろう。

「新たな天地を望むか？」

それが正しい。

大切な人を守るには一番の方法だ。

痛みも苦しみもない。全ては一瞬で終わる。

もしもそんな夢みたいな方法を授けてくれるのなら、やはり上里は救いの主なんだろう。

そうだ。

そうだ。

そうだ。

その通りだ。

だ、い、
だけど。


「……やだ」


気がつけば、ポツリとパトリシアは呟《つぶや》いていた。

弱い自分がまた顔を出した。それを自分以外の誰《だれ》かに知られた。猛烈《もうれつ》な羞恥《しゅうち》と嫌悪《けんお》に身を焼かれるが、それでも彼女の言葉は止まらない。

「そんなのやだ。ここで死ぬなんて嫌《いや》だ!!　身勝手でも良い、無駄《むだ》な事だって構わない。だけどこんなの丸投げじゃないですか！　私が勝手に死んで、その先を見たくないって蓋《ふた》をしているだけ！　きっと、そんなのは、お姉さんを助けた事にならない。私は胸を張れない!!」

最後の最後の土壇場《どたんば》で、上里翔流《かみさとかける》はそんな言葉を耳にしていた。
身も世もない、恥《はじ》も外聞もない、ボロボロに涙をこぼして鼻水を垂らす女の子を。

「それなら私はお姉さんを助けなくちゃいけないんだ。だってお姉さんの目論見《もくろみ》通りに進めて体の中で膨《ふく》らむ腫瘍《しゅよう》のせいで死なせてしまう訳にはいかないし、かと言って私が先に死んで『理由』を奪《うば》ってしまえばお姉さんはこの先ずっと家族を切り捨てて生き延びた人ってレッテルを架《か》して生き続けなくちゃならなくなるんだから！　そんなのどっちも救いじゃない!!　私が死ぬかお姉さんが死ぬかじゃダメなんだ!!　どれだけ足掻《あが》いて、どれだけみっともなくて、どれだけ反則でも!!　私は第三の道を見つけて提示しなくちゃお姉さんを助けた事にならないんだ!!」

きっ、と。
へたり込んだままでも、足腰に力が入らなくても。それでももう一度パトリシアは顔を上げ、絶対の力を持つ上里翔流の目を見て、こう叫ぶ。

「だから‼　あなたの救いなんか私はいらない。安易な逃げ道なんか必要ない、新天地なんか真っ平だ！　私は最後まで何も捨て置かない、この世界で足掻いてみせる。お姉さんが私のために全《すべ》てを投げ出そうっていうなら、そうしなくても良いんだよって道をきちんと提示してみせる‼　選択肢《せんたくし》のあるなしが問題なんじゃない、なかったら自分で作る！　用意する‼　そのために必要なのは、辛《つら》い現実から目を背けて逃げ出すような『力』じゃない！　打ち破って、前に出て！　立ち向かうための『力』なんだッッ‼‼‼」

聞いた。

聞き届けた。

上里翔流はパトリシアの魂《たましい》の叫びを受け止めた。

その上で。

ぽんっ、と。

本当に簡単に、あっけなく、パトリシアの頭の上に右手の掌《てのひら》を置いていた。

苦痛はなかった。

恐怖もなかった。

それも当然。『理想送り《ワールドリジェクター》』という壮絶な力を備えた右手に触《ふ》れられて、しかし、パトリシアは五体満足で傷一つなかったからだ。

「こいつにはいくつか発動条件があるんだが」

上里《かみさと》は語る。

そっと、笑いながら。

「その内一番大きなものが、どうやら『願望の重複』ってヤツらしい。例えば閉鎖《へいさ》環境から脱出したいと言いながら実は女の子に囲まれた生活を捨てたくなかったり、自分の武器に脅《おび》えながら周りと違う切れ味に喜びを覚えていたり、恋人と幸せになりたいと囁《ささや》きながら自前のハーレムを崩《くず》す気がなかったり、まぁ色々。あとはそんな連中が作ったモノとかね。何に対しても相反する願望を同時に持てる連中は今ある世界にしがみつきながら破滅《はめつ》願望も抱えてるだろうから、取っ掛かりを見つけやすいのかな。……逆に言えば、常に目的が一本化されて絶対ブレない人間ってのは、どうにも相性が悪い。何をやっても『追放』の力が働かないんだ」

「あ」

その意味を。

聡明《そうめい》なパトリシアは、じんわりと理解した。

腕時計型の端末《たんまつ》の数値が、跳ねる。

とくん、と。優しい鼓動《こどう》を捉《とら》えたように。

だがそれとは別に、上里翔流《かみさとかける》は答え合わせを進めてしまう。話しても話さなくても、真実でも嘘《うそ》でも構わない。勝手に進んで勝手に結末に辿《たど》り着く。そんな言葉の通りに。

「もしもこの右手がうんともすんとも言わなかったとしたら、それは間違いなくきみがこのくそったれな世界で一本の道を見出《みいだ》した、その強さによるものだ、パトリシア。ぼくはその強さに憧《あこが》れる。素直にすごいとそう思える。……良くやったな。きみは今、人類ってものが抱える負の想念に勝ったんだ」

ぽんぽんと優しく頭を撫《な》でられた。

その手が離《はな》れた時、パトリシアは名残惜《なごりお》しさを覚えていた。

だが、これも必要な儀式《ぎしき》。

続けて上里は、小さな少女へその右手を差し出していた。

真正面から、対等以上と認めた相手に向けて。

「だから改めて握手《あくしゅ》をしよう、この手を摑《つか》めるきみと。どうか、きみが今抱えている仕事を、ぼくにも手伝わせてはもらえないだろうか。ぼくがきみを助けるんじゃない。きみの伝説の一部に、ぼくも組み込ませてほしいんだ」

握手。それは誰《だれ》でも出来る簡単なアクション。

だが同時に、『理想送り《ワールドリジエクター》』の発動条件を乗り越えた、口先だけの、イエスともノーとも言えない願望の重複状態を自《みずか》ら乗り越えて一本の道を見出した、真なる資格者にしか許されない究極のシグナル。

　パトリシアは、恐る恐るといった調子で小さな手を伸ばしていった。

　上里はただ待っていた。

　そして幼い少女が、究極の武器の柄《つか》を手に取った。

「お願い、します」

「ここまで焚《た》き付けておいて何だけど、辛《つら》い道だよ」

「私は、どうしても、どうあっても、お姉さんを助けたい。私のために命を投げ出すと迷わず決めたお姉さんに報《むく》いたい。解決方法なんてなくても、自分の命綱《いのちづな》を切る事になっても、それでも最期《さいご》の最期の瞬間《しゅんかん》まで胸を張って生きていきたい!!」

「その道を最後まで突き進んでも、きみの安息はやってこないよ」

「だから、あなたの力を貸してください。お姉さんの胸からどうやって『爆弾《ばくだん》』を取り外せば良いのかは見当もつかない。だからこそ、使えるものは一つでも多い方が良い。あなたが役に立つかどうかなんて関係ない。私を、いいえ、私のお姉さんを助けるために、私の一部になってください!!」

「ああ、それでも良いのなら。たとえどれだけ揺《ゆ》さぶられても、安易にいくつもの願望を並べ立てず、自分の道をただ一本貫《つらぬ》き続ける孤高《ここう》の心を備えているのなら」

強く。

本当に強く。

上里翔流《かみさとかける》は、少女の手を取って笑いかけた。

「ぼくはきみを尊敬する。だから尊敬する人のために出し惜《お》しみはナシだ。ぼくの持っている全《すべ》てを使って、きみのために世界と戦おう」

14

少し離《はな》れたビルの屋上では、数人の少女達が固まっていた。

絵恋《エレン》、暮亞《クレア》、獲牙《エルザ》。

「ほら見てみい、やっぱりこうなるんどすえ」

「まあ、いつもの通りの流れですからねえ。正直、個人的には結構業腹《ごうはら》なんですけど、やめろと言っても聞きゃしないで一人で勝手に突っ走るだけでしょうし」

「……つか、『他の連中』も来てやがるな。あっちもこっちも屋上は場所取りで大忙しだぜ」

大量の一〇円玉を詰めたペットボトルを赤ちゃんを抱くように両手で抱えながら、伏せたキツネ耳のようなザク切り髪の不良少女はあちこちに目をやっていた。

複数、いやいっそ膨大《ぼうだい》とでも呼ぶべきか。

とにかく無数の気配が闇《やみ》の中でザワリと威圧《いあつ》を放っていた。

「『上里勢力』、ここに結集……という感じですか」

『それが当然』と考えている彼女達に自覚はないが、その全員がある種『魔神《まじん》』よりも強い光を秘めていた。

彼女達には世界を守りたいと言いながら破壊《はかい》に躊躇《ちゅうちょ》がないといったブレはない。幻想殺し《イマジンブレイカー》の持ち主が危ういから別口も用意しようなんて願望の重複もない。

「あのー、うちは後方支援っていうか情報要員だから基本的にお留守番なんどすけど、アンタ達ってどっちも直衛《ちょくえい》やん？　上里はん本来の目的も忘れて最前線ぶっちぎる気まんまんっぽいけど、これからどうしはりますのん？」

足元まである長い黒髪とぶかぶか白衣の裾《すそ》を垂らしながら少女が呆《あき》れたように尋ねると、メガネと不良少女はそれぞれ肩をすくめた。

口々に語る。

「そりゃあまあ、いつもの通りに」

「だな。邪魔《じゃま》するものは全部ぶっ壊《こわ》せ。それで良いんじゃやね？」

本日の鍋パーティ、具材一覧その三

しょうゆ、味噌《みそ》

~~鶏のむね肉、大根、白菜、キャベツ、もやし、しらたき、豆腐~~

~~ブイヨンスープの素、塩、砂糖、胡椒、ちゃんぽん麺~~

~~お徳用箱詰めバニラアイス、黄桃・パイナップル・みかんの缶詰（デザート枠）~~

~~魚肉ソーセージ~~

カニバリゼーション『果実』（レイヴィニア＝バードウェイ産、限定稀少《きしょう》部位）

（一口メモ）

オティヌス「うおおおおおおおおおおおおおおおおおおおおおおおおおい!!」

インデックス「誰《だれ》がっ、どうしてこんな事に!?」

上条当麻《かみじょうとうま》「サイケ過ぎるわ!!　もうこれ全体的にナニ鍋《なべ》なんだよおーっ!?」

バードウェイ「ガタガタぬかすな、ただのもつ鍋だ。そもそも原料はトウモロコシだと言っただろう。魔術《まじゅつ》構造的に意味はないが、形状、材質を測るため外で育てた予行練習用のモック、、、があるんだ。さて食わず嫌《ぎら》いのパトリシアの口へ運ぶには、どんな調理方法が良いのやら」

ネフテュス「大きな鍋に拳大《こぶしだい》の塊《かたまり》がぷかり……か。世界遺産の和食って分からないわねえ」

行間　二

かつての王国は滅《ほろ》び、文明は風化しても、儀式《ぎしき》は残る。

なまじ表の世界で保護されないからこそ、より秘密主義に、より尖《とが》った、よりエスカレートしたものへと解釈が変わっていく。

例えば、凄《すさ》まじい日照りや干《かん》ばつで一杯の水さえ手に入らなくなった時。

例えば、疫病《えきびょう》の蔓延《まんえん》で人間の尊厳なんてものが紙屑《かみくず》のように吹き飛んだ時。

例えば、せっかく蓄《たくわ》えた穀物を一夜にして大量の虫に喰《く》い尽くされた時。

あるいは。

そんな恐怖が染《し》み渡るあまり、もうあんな想いはしたくないという予防策によって。

古今東西の宗教や神話は、その伝承だけを紐解《ひもと》けば残酷《ざんこく》な描写も多い。首を斬《き》る話、心臓を取り出す話、全身を炎で包む話、まあ色々ある。世界最大の十字教においても根幹にあるのは処刑の話だ。その後に続いた初期弾圧の時代、あるいは中世の魔女《まじょが》狩りの時代。『それだけ』を取り出せば、自《みず》らの両目を抉《えぐ》ったシスターの話や頭を割られて飛び出した聖者の脳みそをかき集める話なども普通にある。

行為『それだけ』を見ては本質は測れない。

そこには何故《なぜ》そうなったのかという理由や、そして思想というものが存在する。

だけど、尖りに尖ってしまった儀式の中からは、しばしばそうした真髄《しんずい》が失われる事も多い。

ただセンセーショナルでグロテスクで、『他の誰《だれ》もやっていない事だから特別な意味がある』とみなされてしまうものだって。

「あ、ああ」

いつかどこかで、ある男のすすり泣きがあった。

「ああああ。あああああああ!!」

天国の証明という実験だった。エジプト神話は生まれ変わり、復活、輪廻《りんね》転生《てんせい》を肯定《こうてい》する宗教だ。そもそもミイラとは一時的に冥界《めいかい》へ向かった死者の魂《たましい》が再び帰ってこられるように元の肉体を保存しておく、という発想からきている。

つまり肉体と魂魄《こんぱく》は管理できる。

それを具体的に証明しようという一派があった。ある年若い乙女《おとめ》を温室育ちで純粋培養《じゅんすいばいよう》し、穢《けが》れを知らないまま一定年齢まで成長させる。手順に則《のっと》った儀式に基づいて彼女を殺害し、心臓以外の内臓を取り出して別の容器に保存し、オガクズを詰めて体形を整え、薬剤で浸した亜《あ》麻布《まぬの》で包む。死出《しで》の道で襲《おそ》われないよう股間《こかん》を糸で縫《ぬ》い合わせる。エジプト神話では当人の善悪を計測するため心臓を取り出して重さを計量するとあるが、この心臓に手を加える事で、肉体から抜け出した『何か』がどこをどう通るのか、信号を放つようにする実験だ。

神は邪《よこしま》な考えを察知して天の門を閉ざすのか。

しかし犠牲《ぎせい》となる乙女《おとめ》自身に罪はない、であれば天の門は開くのか。

「うううううううううううううううううううううううううううううううううう!!」

少女は罪人の系譜《けいふ》と呼ばれていた。

一派の価値観で言えば罪があり、命を差し出すのが当然かもしれなかった。

少女もそれを望んでいた。

今日この日、肩の荷を降ろせると信じて。

どこにも不満なんてなくて。

ただ悲劇だけが蔓延《まんえん》していたのかもしれなかった。

「……もう誰《だれ》も止めないのかもしれない、もう誰も疑問に思わないのかもしれない、そもそもこんな不幸は世界の多くの人は気づいてさえいないのかもしれない、地球の裏側で起きている事なんて気づいていてもどうでも良いのかもしれない……」

呪《のろ》うように。

すがるように。

ぐずぐずと崩《くず》れ落ちているその男は、ただ口の中で呟《つぶや》いている。

彼は知っていた。

その少女が、誰とでも笑って挨拶《あいさつ》ができて、好き嫌《きら》いなく出てきた料理を笑顔で平らげて、自分の知らない事を知る先人を敬う心を持っているのを。書類上の記載だけではない、きちんと笑ってきちんと泣ける、一人の人間であるのを知っていた。

それは、プロジェクトのために入力された歪《いびつ》なくらい真っ白な善性でしかなかったかもしれないけれど。

だけど、訳知り顔の『本陣《ほんじん》』こそ本当に理解していたか。

少女が、そこから一歩だけ先に進んでいた事を。

建物の裏手に咲いていた小さな花を育てていた事。

この時ばかりは好き嫌いが素直に表に出て、咲きようによっては唇《くちびる》を尖《とが》らせ、必要なら周りの草花を抜いたりした事。

それは、あらかじめ記された計画書にはなかった兆《きざ》し。

彼女が作られた人形に留《とど》まらず、紛《まぎ》れもない自分を構築していた証左。

なのに。

踏《ふ》み潰《つぶ》すしかなかった。

「でもおかしいんだ、そう言ったって良かったはずなんだ！　だから、誰か、一緒《いっしょ》に泣いてください。こんなのは間違っていると叫ぶ側に立ってください!!」

間もなく『作業』が始まる。

少女の全身は機械的なプロセスで加工が施《ほどこ》される。

旅路が始まる。

……おそらくは、これまで多くの魔術師《まじゅつし》が挫折《ざせつ》してきた通り、魂《たましい》『そのもの』の安定制御や観測には届かず、ただ一つの命を無為に散らす格好で。

まさに。

その一瞬《いっしゅん》手前の出来事だった。


『ええ、確かに聞き届けたわ』


何かが、あった。

奇跡を目《ま》の当たりにした男でさえ、それがいつから始まった奇跡なのかは判断がつかなかった。ただ包帯を巻いた褐色《かっしょく》の女神は目の前に立ち、そしてその涙腺《るいせん》を緩《ゆる》めていた。

『私はネフテュス』

彼女は語る。

『神話の中で予定調和とみなされた、必要な犠牲《ぎせい》として扱《あつか》われた死の伝承に異を唱える女神なり。だから涙を流しましょう、どれだけ惨《みじ》めにすがりついても。完璧《かんぺき》を謳《うた》いながら死を否定できなかった全《すべ》てを糾弾《きゆうだん》するために』

直後。

その金切《かなき》り声の絶叫はあらゆる物質を超速振動させ、一瞬にして一派の全てを灰燼《かいじん》に帰した。

第三章　少女願望、その交差　Winner's_"APPLE".

1

一度神様の目線で状況を俯瞰《ふかん》してみよう。
レイヴィニアは自分を犠牲《ぎせい》にしてでも妹のパトリシアを助けたい。
パトリシアは自分の身を諦《あきら》めてでも姉のレイヴィニアを助けたい。
上条当麻《かみじょうとうま》はレイヴィニアに肩入れしていて。
上里翔流《かみさとかける》はパトリシアに手を貸そうとしている。

言ってみれば、これが今回の事件の骨格である。
世界の秘密も、『魔神《まじん》』の行方も知った事ではない。だが確実に、全《すべ》ての状況は最奥《さいおう》に潜《ひそ》む二つの右手の激突へと繋《つな》がっていく。

2

「ヤバいわー、もう一〇時過ぎちゃうわーっ！　そろそろスーパーどころか外食関係も気の早い所はラストオーダーが迫《せま》っている頃《ころ》だよ。何とかしないとコンビニと牛丼屋ばっかりになっちゃうよ。今日の晩飯どうすんだーっ⁉」

上条は切実な問題を提起したはずだったが、開口一番バードウェイはこんな風に言ってきた。

「異常者」

「違いますわ！　むしろ食欲がない方が変だわ‼　そもそもお前達は上条さんの魚肉ソーセージにむしゃぶりついてきたじゃない‼　こう、なんていうか、涎《よだれ》を垂らし、両目をハートマークでいっぱいにして、一斉に、野獣《やじゅう》のように飛びかかって！　怖いよ欲望でいっぱいになった女の人の顔‼　がくがくっ‼」

「い、一応忠告はしておくが、口の利き方には気をつけろ人間。神は不敬に寛容ではないぞ」

何やらオティヌスが咳払《せきばら》いしていたが、上条の耳《ほう》には入っていないらしい。

「くそっ、必要な事だったとはいえレジ袋を放り出してきて逃げたのが痛い。いいや、あれもきっと何かの役に立ったはず。厳しい都会で生きるお母さん猫と赤ちゃん子猫の糧《かて》にはなったのだから……ッ‼」

ビニールシートで塞《ふさ》いでいるとはいえ、割れた窓から一二月の冷気が容赦《ようしゃ》なく忍び込んでくるのもまたきつい。これに空腹が重なると衣食住の二つを持っていかれる形になる。そろそろ雪山でお馴染《なじ》み寝たら死ぬぞコールが脳裏に浮かんできかねない。

コタツがあるとはいえ、この状況では無理に暖房をつけても焼け石に水。というか窓全開でエアコン頼《だの》みとか地球環境と月々の光熱費について真面目《まじめ》に考えるオカン上条《かみじょう》が許さない。ここは体の内側からポカポカする必要があるのだった。つくづく鍋《なべ》の具材を失ったのは大きいと悔《く》やむ。

「あっ、おい、またテレビか人間⁉」

「大丈夫《だいじょうぶ》だオティヌス、時報またぎのこのタイミングなら五分ニュースとかが多いはず。いきなりのグルメ爆弾《ばくだん》にぶち当たる心配は少ない」

天気予報で今の気温とかやってないかなとテレビを点《つ》けてみると、夜のドラマの二時間拡大版が流れていた。突出した点のない大学生が何故《なぜ》かハイスペックな女の子達に囲まれて悪徳就活係のおっさんをとっちめる内容らしい。

画面の中で湯気も眩《まばゆ》いスープカレーが大映しにされて、床に座っていた上条はオティヌスから焼き鳥用竹串スピアで尻《しり》を刺された。

「こいつっ！」

「痛い‼　読みが外れてすんませんでしたっっっ‼　ちくしょーい……。何でもかんでもグルメ系と絡《から》める番組作りってどうなのよー……？」

「私も失念していた……。この時間帯だと、端《はし》っこに映ってる提供欄《らん》に食品会社の名前があるだろう。冬カレーとか何とかキャンペーンを打ってるトコだ」

「ドラマ自体は普通に面白《おもしろ》そうなのにな。今の俺達には胃袋的にきつすぎる」

呑気《のんき》に言っている上条の横で、しかしインデックスとオティヌスは改めて画面を眺《なが》めてこんな風に洩《も》らしていた。

「ひどい」

「ああひでえ」

えっ？　と上条が彼女達の方を見ると、ほとんど目が死んでいる。

「何をどうしたら追っ手を撒《ま》くために女子更衣室のロッカーの中に入る事になっちゃうんだよ。ここに至るまでに施錠《せじょう》された扉が二つ三つあるはずだし、たった一人の追っ手を撒くために三〇人くらいの視野を潜《くぐ》り抜ける羽目《はめ》になってるし。大体廊下に掃除用具入れがあったんだよ」

「羞恥心《しゅうちしん》の定義がまるで分からん。間接キスするしないでビンタまでかました女が、真正面から堂々とパンツを見られるのは気にしないのか」

「ええっ？　そんなに？　気にならないけどな、ええー？」

「ひどい」

「何がひどいってこれに違和感を覚えないお前の日常も込みでだよ」

「ええー？」

と、平行線のまま床に投げ出していたリモコンを上条《かみじょう》が再び手に取ろうとした時だった。

ふと視界の端《はし》に何かが入った。

だばあ‼　と顔中涙と鼻水だらけになってる褐色《かっしょく》の『魔神《まじん》』ネフテュスだった。

「えっ、ちょ、なああ⁉　一体どうなってんのネフテュス‼」

「ばっ、ばぶあ、へぐぶぐ……」

「良く分かんねえけどとにかくティッシュ‼　洟《はな》をかめ‼　なんだっ、そんなにスープカレーが食べたくて仕方がなかったのか⁉」

小さな子供にしてやるように何枚かまとめたティッシュで小麦色の美人の鼻を押さえてしばし。ひっくひっくと肩を震《ふる》わせているネフテュスは、ようやく人語を話せるレベルに回復してきた。

『魔神』は語る。

「ええ、ええ、ちょっとごめんなさい。私こういうのに弱いというか……ああ、もらい泣きが存在の本質に絡《から》み付いているというか、とにかく、もうダメだっ、もっかいきた！　ふええっ‼」

「また滝みたいになってるよっ！　何をどうしたらチャンネル替えて三〇秒で号泣できるんだ⁉」

「ああ、そいつのルーツは金をもらって葬儀《そうぎ》の場で泣き喚《わめ》く『泣き女』にあるからな。やたら涙もろいのはそういう所にあるんだろう」

　オティヌスがうんざりしたように補足する。

「だが安っぽいメロドラマで号泣しようが大人も楽しめる絵本でほっこりしようが、それはそれとして世界を滅《ほろ》ぼせる真正の『魔神』だぞ。下手《へた》に感動して安易に流されやすい分、システム的な神格よりもずっと凶暴《きょうぼう》で恐ろしいはずだ」

「……ぐすっ、ひっく、オティヌスたんたらひどいわ」

「つーか幼児退行みたいになってる⁉　何か変なスイッチあるぞこの人！　神様なのにチョロ過ぎて逆に怖いっ‼」

　あまり楽しくない発見に上条が全力で叫ぶ。

　一五センチのオティヌスはリモコンのボタンを足で踏《ふ》んでテレビを消しつつ、自分のこめかみを指でぐりぐりしながら、

「……感動バカは放《ほう》っておいて、話を本題に戻そうか。今から外に出るって、ついさっきその食材探しの旅とやらをやっている最中に上里《かみさと》とやらとかち合ったのを忘れているのか？」

「いや二回も三回も立て続けにたまたま出会う事はないと思うよ？　縦横《じゅうおう》無尽《むじん》に駆け回る食パン装備の美少女相手じゃあるまいし」

「ひっく、でも上里翔流《かける》も上里翔流で台所事情がある訳よね」

「マジかよ……。あいつが同じように晩飯求めて徘徊《はいかい》し続ける限り、おちおち安心してご飯も食べられないってのか……」

「とうま」

そしてインデックスがキリッとしていた。

「やっちまおう」

「シスターさんとは思えぬ発言が飛び出したぞ⁉」

ちなみにこの場で唯一《ゆいいつ》満腹状態になっている三毛猫《みけねこ》は、相変わらず床の上で腹を出して眠りこけている。

「とはいえここには味噌《みそ》としょうゆしかない」

前提を確認するように上条《かみじょう》は言う。

「でもって夜の学園都市を歩き回るとまた上里とエンカウントして面倒臭《めんどうくさ》い事になりかねない」

「その心は？」

インデックスからの問いかけ。

でもってオティヌス、ネフテュス、バードウェイもこっちを見ている。

なんのかんのでみんな不満はあるらしい。下手《へた》に口出しすると茶化《ちゃか》されるが、かと言って放《ほう》ってもおけない。具体的な解決策が出てこないと総ツッコミのフルボッコが待っていそうな空気が漂《ただよ》ってきた。

「……なら学生寮《りょう》の外に出なけりゃ良い。もっと言うと同じ寮のヤツから肉や野菜を借りてくれば良いんだ」

そんな訳でひとまずお隣《となり》さんに向かってみる事に。

土御門元春《つちみかどもとはる》自身の料理スキルはほとんど絶望的と言って良いが、ヤツには義妹でメイドマスターの舞夏《まいか》がついている。つまり定期的に食材なり料理なりを冷蔵庫に詰めている訳で、土御門本人が料理をやらないからこそ、冷蔵庫の中には掘り出し物がしこたま余っている可能性が高いのだ。

貸し借りの件についても問題はないはず。以前、ヤツが急な義妹の訪問に慌《あわ》てて『見つかってはまずいもの』を根こそぎこっちの部屋へ放り込み、散歩から帰ってきたインデックスが発見、あらぬ誤解を受けて以下略した事があったはず。あれを持ち出して強気の姿勢で交渉に臨もうと上条は考えていた。

「うおーい馬鹿《ばか》野郎、ちょっと話があるから出てこーい」

チャイムを二回押して玄関のドアをドンドコノックするが、応答がない。外出中かとも思ったが電気メーターはくるくる回っている。

そしてギィ……とノックの勢いに負けてドアが内側へゆっくりと開いていった。昼間の騒動《そうどう》でこっちの部屋のガラスも割れているのか、奥から冷気が這《は》い寄ってくる。

「……、？」

嫌《いや》な予感がする。

何か看過できない事が起きているような。変なレールに乗せられつつあるような。

壁を一枚挟《はさ》んで、隣《となり》の部屋では何が起きていた？

ゾクリと背筋《せすじ》を走る怖気《おぞけ》に上条《かみじょう》は逆らわなかった。元の部屋には大勢味方がいるのだ。わざわざ一人で踏《ふ》み込まなくてはならないなんて制限はどこにもない。

「おい、ちょっとインデッ────」

そう思い、元の部屋へいったん引き返そうとした、その時だった。

がくんっ！ と足が縫《ぬ》い止められる。

視線を下げれば、ドアの隙間《すきま》から伸びた『何か』が上条の右足首に巻きついて、絡《から》まっていた。親指くらいの縄？ いいや、植物の蔦《つた》のような『何か』が。

「な、あっ⁉」

もう遅かった。

足首が狙《ねら》われたため、右手を使うにしても『身を屈《かが》める』ワンアクションを挟む必要があったのもまずい方向に作用した。

ぐんっ‼ と勢い良く引かれる。

転ばされ、そのまま得体《えたい》の知れない室内へと引きずり込まれていく。

「ああああああああああああああああああああああああっ⁉」

　あちこちぶつけて鈍《にぶ》い痛みに苛《さいな》まれながらも、上条は部屋の真ん中まで滑《すべ》っていく。

　そして見慣れた隣人《りんじん》はどこにもなく、代わりに理想送り《ワールドリジエクター》の少年が壁に背中を預ける形で突っ立っていた。

　上里翔流《かみさとかける》。

「やあ幻想殺し《イマジンブレイカー》。前は余計な横槍《よこやり》を入れられて尻切《しりき》れトンボだったし、改めて話をしようじゃないか。赤の他人の黒だのお互い忙しそうだし、派手に動く前に憂《うれ》いも取り除いておきたいだろう？」

　薄《うす》ら笑いのこの男が今ここにいる事には、複数の意味があった。

　その中で最も強いものを頭に浮かべ、ほとんど反射的に上条は噛《か》み付く。

「土《つち》御門《みかど》は……どうした⁉　まさかお前の右手で……ッ⁉」

「人の心配をしている場合かね、いやはや」

　パチンと上里は指を鳴らした。

　上条の足首にはまだ植物の蔦が絡まったままだった。そして逆端を上里が握《にぎ》っている訳でもなかった。ビニールシートでおざなりに塞《ふさ》がれたベランダから、外へ。どこへどう伸びているかも分からない蔦へ、もう一度凶悪《きようあく》な力が加わる。

「あ、ああ、あああ、ああああ、あああああ、わああ‼」

そのまんま外まで放《ほう》り出された。

下手《へた》に幻想殺し《イマジンブレイカー》を使って蔦《つた》を千切《ちぎ》らなかったのは正解だったかもしれない。それでは見えないジェットコースターのレールを破壊《はかい》して大空へ投げ出されるのと同じだっただろう。

建物と建物の隙間《すきま》。

都合七階分の高さからダイブを強制され、上条《かみじょう》の体が宙を舞う。

下ではやはり植物の蔦《つた》のようなものを縦に横と組み合わせた、巨大な網《あみ》のようなものが待っていた。そこへ勢い良く沈み込み、衝撃《しょうげき》がある程度吸収され、しかし下手に手足を振り回した事で幻想殺し《イマジンブレイカー》が反応したのか、ネットが千切れて結局アスファルトの上へ落下した。

「うぎゃあ‼」

路上でのた打ち回る上条など露《つゆ》知らず、上里翔流《かみさとかける》もまた躊躇《ちゅうちょ》なく身を投げたようだった。

別口で新しい網が作られ、その体がすっぽりと受け止められる。

「土御門《つちみかど》とやらはまだ消してはいないさ。少々黙《だま》らせてはもらったけどね」

「……ッ‼」

痛む体を引きずって反射的に距離《きょり》を取ろうとする上条。

だが暗がりの中に、別の気配がある事にようやく気づかされる。しかも一つではない。上里も含め、三角形の各頂点に配置する格好で、上条は包囲されている。

「――――紹介するよ、彼女は暮亞《クレア》」

「どうもです」

一二月にしては肌寒そうな、背中の出るワンピースを着た少女だった。黒い髪を二つ縛《しば》りにして、目元には野暮《やぼ》ったい大きな丸眼鏡。両足はガーターベルト付きの白いストッキングで覆《おお》われている。全体的に大人しそうな雰囲気《ふんいき》ではあったが、その印象を一撃《いちげき》で覆《くつがえ》すものがあった。左右両側頭部からハイビスカスを巨大化したような、南国の花が生えていたのだ。よくよく見れば、背中一面にも色とりどりの花がある。

「『原石』の一種でね、肉体は、つまり細胞の性質は動物というよりほとんど植物に近いそうだ。一応は科学サイドかな。何でも、藻類《そうるい》とか菌類の『接合』を凶悪《きょうあく》に拡大して、金属だろうがプラスチックだろうが取り込んで、その性質を利用できるのだとか。平たく言えば、現代兵器を喰《く》って草花だけでミサイルやチェーンソーを構築できるという事さ。暴発の危険は高まるが、組み合わせ次第では彼女のイメージで新しいモノにも昇華できる。遠隔誘導《えんかくゆうどう》チェーンソーとかね。硬いというより再生力が高い印象だけど、とにかく盾《たて》役にはぴったりだ」

上里翔流はさらに片割れを指差した。

「───そして彼女は獲冴《エルザ》」

「つか、こんなのが大将の『対《つい》』ってマジか？」

赤のロングスカートに白いセーターを組み合わせた、どこか巫女装束《みこしょうぞく》っぽい配色の胸の大きな少女だった。長い茶髪はザク切りで、頭の横にキツネ耳のような房がついている。両手で何かを抱えているようだが、あれは二リットルサイズのペットボトルか。まるで赤ちゃんをあやすような仕草がかえって不気味《ぶきみ》で、そのたびにザラザラという音が鳴っている。ペットボトルの中身は赤銅色をした……一〇円玉がぎっしりと……？

「こっちはこっくりさん『のようなもの』を作って自在に憑依《ひょうい》させる魔術《まじゅつ》サイドの人間だね。取りつかせるのは硬貨でも人間でも、自分自身でも良いらしい。将棋《しょうぎ》みたいに敵の戦力を取り込めるから、これがなかなか重宝するんだよ」

上里翔流《かみさとかける》一人だけでも厄介《やっかい》なのだ。

その説明が本当だとしたら、一度にまとめて激突するのはまずい。それにそもそも、馬鹿《ばか》正直に本当の事を言っているとも限らない。

（……別に隣《となり》の部屋で待ち伏せしなくちゃいけない理由なんてなかったはずだ。こいつはその気になればいつでも俺の部屋を襲《おそ》う事ができた。単に俺の部屋を知っているかどうかが問題なんじゃない。ほとんどノーヒントのあの状況から、居場所を調べ上げる『別の技術』をまだ隠《かく》している。ここを振り切って隠れ家を変えるくらいじゃ逃げられないぞ！）

「話をしよう」

いっそおどけるように上里は提案してきた。

「応じてくれれば『彼女達』は下がらせるよ。それとも、話をしないでおっ始める方がお好みかな？」

「……、」

上条《かみじょう》は自分の部屋を思い浮かべる。

全長一五センチのオティヌスに、立って歩くのもままならないネフテュス、バードウェイも胸の『果実』のせいで万全とは言い難《がた》い。唯一《ゆいいつ》自由に動けるインデックスも、三人も庇《かば》ったままでは拘束《こうそく》されているのと同じだ。部屋があるのは学生寮《りよう》の七階。階段とエレベーターを封殺されたらどうしようもない。上里側があとどれくらいえげつない戦力を近隣《きんりん》に配備しているかも分からない。挙げ句、実際に逃走に移っても向こうには確実な追跡手段が備わっている。

八方塞《ふさ》がりだ。

行き当たりばったりに見えて、実に周到。完全にチェックメイトを決めてから上条の前に顔を出している。

「何を話そうって言うんだ……？」

「慌《あわ》てるな、嫌《いや》でも分かるさ。赤だ、黒だ、面倒《めんどう》な事になってきたけど、まあ仕方がないだろう。ぼく達みたいなのはああいうトラブルを呼び込んで抱え込む人種なんだから」

上里翔流は楽しそうな調子で片目を瞑《つぶ》って、

「でもって、こっちもこっちで自分の目的を済ませてしまいたいというのも本音なんだ。つまりは理想送り《ワールドリジェクター》と幻想殺し《イマジンブレイカー》について。色々と意見を交わしたい所ではあったんだ」

3

木原脳幹《きはらのうかん》は第七学区にあるハンガーの一つに立ち寄っていた。

対魔術式駆動鎧《アンチアートアタッチメント》のハンガーは二三の学区に一つずつ備わっているが、ここにあるのは業務用の冷凍倉庫に偽装《ぎそう》したものだった。

どこにあってもおかしくなくて、でも、わざわざ中を覗《のぞ》いてみたいとは思わない程度の距離感《きょりかん》。それでいて、膨大《ぼうだい》な電力が使われていても誰《だれ》も違和感を覚えないブラックボックス。

居並ぶ兵器の群れを睥睨《へいげい》しながら、彼はどこかと通信を取る。

『この短時間に良く仕上げたものだ。あれだけ無茶《むちゃ》なスケジュールでオーバーホールをきっちり済ませたという点を見るだけでも、お前の問題意識の大きさが窺《うかが》えるな、アレイスター』

『率直に言って、そちらはどう見ている』

『お前の監視網《もう》に引っかからない時点でよほどの変種だ。サイバー攻撃《こうげき》程度で抜かれるようなやわなものではないとなると、純粋《じゅんすい》なステルスか、あるいはお前から生じたモノ・影響を無条件で一斉削除、完全否定するような変わり種だな。だが理論については想像もつかない』

ゴールデンレトリバーは冷凍機能を完全に切られ、常温となった室内を歩きながら続ける。

『そしてこんな間抜けな質問をもらった時点でレベルが振り切っている。どうした、お得意の

「計画《プラン》」とやらは？　たとえ状況が無数の枝葉に分かれたとしても、最終的には同じ地点に束ね直されるんじゃなかったのか』

『何とかするさ』

投げやりな調子ではなかった。

その平淡な言葉の奥にわずかな苦悩を垣間見《かいま》て、何となく、木原脳幹は掴《つか》んだ。

今日一日で感じ続けてきた、居心地の悪い『もの』の尻尾《しっぽ》を。

『相変わらず無駄《むだ》を捨てきれない男だ』

『何の話をしている』

『だが言っておこう、私は好きだったよ、お前のそういう所が。善悪で言えば悪に近いが、好《こう》悪《お》で言えば好ましい。そういう意味で言っているんだ』

『……、』

アレイスター側からの返答がわずかに遅れた。

やがて彼はこう言った。

『すまない』

『気にするな。こちらはこちらで勝手に抗《あらが》う。どこまでがお前の予測の範囲《はんい》なのか、楽しみにさせてもらおう』

対魔術式駆動鎧《アンチアートアタッチメント》。この短期間で徹底的《てっていてき》に磨《みが》き上げてきたのは、学園都市統括《とうかつ》理事長からのせめてもの手向《たむ》けという訳か。全《すべ》ては掌《てのひら》の上、だが打ち破ってみせろと。この所の立て続けのイレギュラーに見切りをつけ、ようやく復旧の目途《めど》がついて、なおそれをご破算にするような『可能性』を残してしまう、この甘さ。

まさしく、善悪であれば悪で、好悪《こうお》で言えば好だった。

こうまでされては、怒《おこ》るに怒れない。

『これが最後になるかもしれない。だから語れる内に語っておこう』

『何だ?』

『アレイスター、お前が人間を極《きわ》める事を私は止めない。好きなようにやれば良い。だが人間を捨てるなよ。お前のその人間性に惹《ひ》かれて共に歩いた者だって、確かにいるのだからな』

『……、』

数秒。わずかな沈黙《ちんもく》ののち、通信は切れた。

だからその沈黙を伝えてしまう所が迂闊《うかつ》で、甘くて、好みなんだと、ゴールデンレトリバーは嘆息した。

4

上里《かみさと》が目線で合図を送ると、暮亞《クレア》や獲冴《エルザ》と呼ばれた少女達は本当に闇《やみ》の奥へと消えてしまった。ただし上条《かみじょう》の側に安心材料は何もない。闇の中に溶け、位置も人数も分からなくなってしまった方がかえって不安を煽《あお》る。

残った上条と上里はさくさくと歩き、学生寮《りょう》の敷地《しきち》からいったん離《はな》れる。

暗い夜道を歩きながら、理想送り《ワールドリジエクター》は告げる。

「唐突《とうとつ》だと思っただろう？」

「……、」

「これは赤だの黒だのの話じゃないよ。何もそんな今日一日の展開の話じゃあない。もっと根本的な、定義の問題だ。理想送り《ワールドリジエクター》？　何それ？　そんな便利なものがあったなら、世界の歴史ってヤツももっと大きく変わっていたんじゃないかって」

上条は迂闊に答えなかった。

感想が浮かばなかったのではない。何を期待されているのかを読みあぐねていたからだ。そして今こいつの気分を害する事がどんな結果に繋《つな》がるのかも。

あの憎正《そうじょう》とだって、最初は会話から始まった。

あんな街全体を巻き込んでの乱痴《らんち》気《き》騒《さわ》ぎなど、一日二回も繰《く》り返したいとは思わない。

「無理もない」

くつくつと上里は笑いながら言った。

そこだけ切り取ると、本当にありふれた学校の一幕にしか見えないのだが。

「ぼくが理想送り《ワールドリジエクター》なんてものを手に入れたのはさ、ほんのつい先日の事なんだ」

「何だって……？」

「大袈裟《おおげさ》に言っているんじゃないよ。妙な違和感を覚えるようになったのは一一月の初め辺り。でもって明確にそれが『身に宿る力』だと分かったのはつい二、三日前の事だ。『魔神《まじん》』連中を軒並み狩り出したのだって、実際にはあれが初陣《ういじん》みたいなものだったのさ」

初陣で、世界の『魔神』達をまとめて殲滅《せんめつ》。

経験の浅さなんて指摘するまでもない。そんなものは理想送り《ワールドリジエクター》の性能がまとめて埋め合わせてしまっている。逆に恐ろしい報告だった。なら場数を踏《ふ》んで経験を積んだら、この怪物はどこまで飛躍《ひやく》するというのだ……？

「だから唐突《とうとつ》っていう印象は間違っていないんだ。その第一印象は正しいんだ。おめでとう上《かみ》条《じょう》君、きみは世界の真実なんて胡散《うさん》臭《くさ》いモノを一つ手に入れたみたいだよ」

「……、」

一一月の初めと言えば、第三次世界大戦が終結し、オティヌス率いる『グレムリン』の動きが表面化してきた頃《ころ》だ。

そして二、三日前と言えば、そのオティヌスの問題が一段落し、サンジェルマンなどが出てきた辺り。

……僧正《そうじょう》やネフテュスを中心とした、真なる『グレムリン』がその間に何を考え、どんな事に失望していったのか。そう考えてみると、上里翔流《かみさとかける》に理想送り《ワールドリジェクター》が宿った経緯が少しずつ露《あら》わになっていく。

そう。

上条が『魔神』全体ではなく、オティヌスという一個人に意識を集中していく事。それが決定的になっていくほどに、彼らの心は上条から離《はな》れていったのだ。

そして、いつしか『代わり』を求める動きへ変わっていく。

元々『魔神』達が上条に、幻想殺し《イマジンブレイカー》に、どんな夢を抱《いだ》いていたかは知らないが、それとは別パターンの解決策を追い求めるように。

まるで滑《すべ》り止め。

とりあえずゲット。

もしもそんな感覚で『特別な力』を一方的に押し付けられ、これまで歩んできた道を踏み外す羽目《はめ》になったとしたら……？

「ぼ、ぼ、ぼくが見えてきたかい、い、い、い？」

くすりと、隣《となり》を歩く上里は笑っていた。

「不気味《ぶきみ》に思ってくれて構わない。得体《えたい》の知れないヤツだと唾棄《だき》してくれても。けどさ、これだけは覚えておいてほしいんだ。上里翔流はね、ついこの間までどこにでもいる平凡《へいぼん》な高校生だったんだよ。赤だの、か、か、黒だのかヘンテコな事件に関《かか》わるとしたら、一発で殺されてゴミ捨て場にでも投げ込まれるような、哀《あわ》れな第一の被害者って枠しかもらえなかっただろう。何も好きでこんな風になった訳じゃないんだ」

右手を、握《にぎ》って開く。

全力全開の『魔神《まじん》』をも瞬殺《しゅんさつ》する力。異世界への永遠の追放を可能とする最悪の凶器《きょうき》。

そんなものを、持て余しながら。

「どこにでも、いる……？」

「ああ」

上里《かみさと》は即答で首肯《しゅこう》した。

「意外に思うかもしれないが、ぼく自身は学園都市の人間じゃない。イギリスだのローマだのの結社に参加している訳でもない。本当にさ、『外』の生まれなんだ。ありふれた街、つまらない地方都市、どこにでもあって、誰《だれ》だって思い浮かべられる故郷。そんな場所で生活していた、勉強もスポーツも平均点の高校生だったんだ」

「だって、じゃあ、さっきの連中は⁉　『原石』だの憑依《ひょうい》の魔術《まじゅつ》だの、明らかにおかしな力を使っているじゃ……ッ‼」

「だから」

刹那《せつな》。上里翔流《かける》の瞳《ひとみ》が、どろりとした粘質な闇《やみ》で埋まった。

あらゆる光を返さずに呑《の》み込む、どうしようもない目で彼は続ける。

「それも含めてぼく『達』は平凡《へいぼん》な学生のはずだったんだ」

「……、」

「暮亞《クレア》は目立たない、クラスの大人しい園芸部員だったよ。教室に入っても軽く挨拶《あいさつ》する程度で、一緒《いっしょ》にお昼ご飯を食べるような仲でさえなかった。でもあの子が人にするのと同じように植物へ愛情を注いでいるのを見るのは好きだった。心が和《なご》んだ」

ズレた言葉があった。

いいや、ズレているように聞こえてしまう『今』の方がおかしいのか？

「獲冴《エルザ》はちょっと不良気味だったけど、ぼくの家のお隣《となり》さんで幼馴染《おさななじ》みだったよ。今となっては話をする事もなくなったけど、でも、それも当然だと考えていた。社会に抗《あらが》ってでも自己主張したい、埋没《まいぼつ》したくないって思える心には素直に尊敬の念があった」

何がどうしてこうなった。

その引き金となったものは？

ギヂリッ!!　と。食い込んだ爪《つめ》から血でも滲《にじ》みそうな勢いで、上里翔流は自分の右手を握《にぎ》り締《し》めていた。

「みんなこいつが、ダメにした」

「……、」

「救いっていうのは恐ろしいよね。容易《たやす》く人を依存させる。ダメにさせるんだ。おかげでいつでもベタベタゴロゴロ。なあ、上条君《かみじょう》。当たり前の感性で考えてみよう。例えば銭湯に入っている時に、いきなり周りの女の子達が背中を流すとか何とか言って男湯の方に入ってくる事なんてあると思うかい？　無条件で女の子が手料理を振る舞ってくれて、しかもそいつがなんやかんやでモザイク必至の塊《かたまり》に化けてしまうなんて事は？　四畳半《よじょうはん》に布団《ふとん》を五つも並べて男女区別なく雑魚寝《ざこね》なんてのは？　……ありえないんだよ、論理的に。彼女達の心が正常値なら、自分の考えできちんと行動しているなら、そもそもアクシデントが起こるような位置に彼女達が立っているはずがないんだ。ああ、パトリシアも結構怖かった。彼女は彼女できっともっと、い、い、い、い、い、大切な人や思い出があっただろうに、気がつけば上書きされそうになっていたしね。正直に言って、彼女はちょっとブレ始めていた。なんていうか、何だろうね。たまたまぼくと出会ってしまった事がもう間違いだった、というか。ああいう困った事件に巻き込まれたら、ぼくよりもっとあてになる人がいるはずだったのに、それが見えなくなっているとでも言うべきか。いや、ぼくが見えなくさせてしまった、の方が正しいのか」

「……んな、……ない」

「一度でも救われた人間は、その時点で依存が始まる。鋼《はがね》の意志も一〇〇年の絆《きずな》も脆《もろ》いものだ。次も彼に頼《たよ》ろう、いいや困った事が起きるのを待つ必要なんかない、常に一緒《いっしょ》にいれば良いじゃないか。彼と一緒にいれば何も困らないんだから。そんな考えが、あたかもぼくの周りにたくさんの女の子が侍《はべ》っているように見せかける。……彼はこんなにすごいんだから、私だってちょっとくらい冒険をしたって良いんじゃないか。彼の役に立てるなら、彼と共にいる権利を得るのなら、『普通』の枠からはみ出てみたって良いんじゃないか。こんな考えが、次々にまともな人間を異形化させていく」

「そんな事ない!!」

「なあ上条君」

疲れたように笑って、上里《かみさと》は無視して言った。

「きみの周りはどうだった？　突然変異みたいな個性派集団の女の子達が無条件で集まってくれるような、そんな夢の世界が広がってはいなかったか？」

「……、」

「そしてなんだかんだと言いながら、異形化したそれらのテクノロジーがあると便利で、窮地《きゆうち》を打開するのに利用だってしてきた。手札の一つになっていた。……ああ、そういう意味ではやはりパトリシアも危なかった。もう少し毒されていたら、深海のタコなんだか脂肪の塊をかき集めたんだか分かりもしないあの『黒』を取り外して自由に操る、誘導《ゆうどう》する術《すべ》でも探し始めていたかもしれないからさ。例えば標的を選んで取りつかせ、内側から破滅《はめつ》に導くエキスパートとかね」

落ち着け、と上条は言い聞かせる。

こんな問答は全力全開のオティヌスと戦った時に嫌《いや》というほどやってきた。上条が女の子を助けなくても、別の人物が女の子を助けていれば、彼女はそいつになびいていた。お前に向けられた善意や好意などその程度だと、散々罵倒《ばとう》されてきた。

それでも乗り越えられたんだ。

この程度の鏡合わせに呑《の》み込まれるな。

こいつは、上里翔流《かみさとかける》は、上条当麻《かみじょうとうま》『自身』ではないのだ。

「自分が救ってもらったから女の子達は好意を抱《いだ》くようになった。こんな言い回しをすると反射的に言い返したくもなるだろう。まるで人の心をスイッチで操るように言うんだなって。でも、だったら別の言い回しに変えてみれば良い」

上里はくだらなさそうに付け足した。

「なあ上条君。もしもきみが人生で一度も人を助けなかったとしたら。誰《だれ》かがきみに振り返ってくれたと思うかい？　きみという人間は、その内面と外面は、素のままで突っ立っているだけで万人に認めてもらえるほどのパーフェクトなモデル枠だとでも自惚《うぬぼ》れているのか？？？」

「……、」

「違うよな、そうじゃないよな。上条当麻という一個人が皆に注目されているのは、きみが掛け値なしに誰かを救ったからだ。その行為を通してきみという人格や体格、運動神経や思考能力、あるいは博愛や度胸が評価されているからだ。つまり、きみは救いから逃れられない。きみという人間は救いという言葉とべったり接合していて、もはや引き剝《は》がす事はできない。そういう話だろ。だって」

そこで上里は一度言葉を切った。

鏡合わせの誰かさんは、確信をもってこう切り込んできた。

「上条当麻それ自体は、どこにでもいる平凡な高校生に過ぎないんだからさ」

認識が揺《ゆ》さぶられる。

否定をできない自分が腹立たしくなってくる。

逆に考えれば良いのだ。

上条当麻のこれまでの歩みに疑問を持たれているのではない。

平凡《へいぼん》な高校生がそんな歩みを続けてこられた事が不思議なのだと言われている。平凡な高校生ならどこかでくたばっているはずなのに、続けてこられたのは彼を特別にしている何かがあったからだ。

それは右手に宿るモノで。

一度目の前で取り上げられてしまえば、上条当麻を本当の意味で『平凡な高校生』に引きずり下ろしてしまうモノ。

そして重要なのは、右手に力があるか否《いな》かではない。

上里《かみさと》の言いたい、本当の本音。

そう、

「ぼく達の力は、ぼく達が選んで手に入れたものじゃない」

「……、」

「あらゆる魔術師《まじゅつし》達の夢、さらに言えばパーセンテージの大部分を個人で占めてしまう『魔神《まじん》』達の群れ。あいつらの身勝手な願望が得体《えたい》の知れない力を生み出し、右手に埋め込んだ。その力が周りの子達の言動まで歪《ゆが》めて、今じゃ胡散臭《うさんくさ》いハーレム軍団御一行様を形成するに至っている。パトリシアみたいに、元々別の大切なものを持っていた人まで無理矢理に引きずり込んで巻き込んで、それを一本の道みたいにブレずに整えて、……ああくそったれ‼」

ガコン‼　と上里は近くにあったゴミ箱を蹴飛《けと》ばしていた。

らしくない動作をさせているのは、彼の苛立《いらだ》ちか？　それとも『右手』の存在が気を大きくしているのか？

「なあ許せるか？　こんな一人視点で世界が回る、誰《だれ》も彼もの事情を考えやしない、上書き上塗りのご都合主義が許せるのか上条当麻《かみじょうとうま》‼　ぼくは別に女の子に注目されたい訳じゃなかった。幼馴染《おさななじ》みとは会話がなくなったって、クラスの引っ込み思案の園芸部員と糸口がなくたって、それで良かった。いつもの風景が当たり前に広がっていて、そこでは普通の人が普通の心で自由に動き回っている。そんな中に没入できれば満足だったんだ‼　それを！　あの『魔神』どもがっ!!　どうせニヤニヤ笑いで語り合っていたんだろうさ。ちょいと複雑な役を与えるから、見返りにモテモテにしてやろう。なあに些細《ささい》なお礼だよ、言ってくれれば褒美《ほうび》は増やしてやっても構わない。そんな風にな。そんな風にか？　そんな風に人の情を想いを好き放題捻《ね》じ曲げたってのか⁉　人に信仰されなければ歴史から忘れ去られる程度の神様風情《ふぜい》が人間様の心の中まで土足で踏《ふ》み込みやがってッッッ!!!!!!」

何となく、分かってきた。

上里翔流《かける》には『魔神』をダース単位で刈り取る力がある。でもそれは『手段』でしかない。極論に突っ走る『理由』にはならなかったはずだ。こいつが実際に『魔神』の殲滅《せんめつ》に走った以上、そこには『手段』を使うに足る相応の『理由』がなければならないのだ。

憎悪《ぞうお》の核は、ここにあった。

世界の運命なんてどうでも良い。神話クラスの戦いにも興味はない。

身近な誰かを弄《もてあそ》ばれた。

接点はなくとも各々《おのおの》自由意志で気高く生きてきた『尊敬できる人達』を、甘ったるく媚《こ》びを売る『分かりやすい役者』に作り替えられた。頑《かたく》なな意志を持つ者の心がお湯を掛けたフリーズドライのパックみたいにふやけていくのを、何度も何度も目撃《もくげき》してきた。付き合いの長さに関係なく、例えば一〇年来で距離《きょり》を測ってきた幼馴染みでも、今日たまたま道で出会った女の子にしても、何もかもが均等に、平等に、無個性に、無差別に。

歪《ゆが》んだ夢を描く『魔神《まじん》』を全《すべ》て撃滅《げきめつ》すれば、その手に宿る力も霧散《むさん》すると思ったのか。

あるいはそんな事は関係なく、ただ踏《ふ》みにじられたものに対する復讐《ふくしゅう》を遂《と》げたいのか。

だけど。

「なあ上里《かみさと》」

「何か？」

「俺にはｉｆの歴史なんか見えないからさ、正直、本来はこうだったとかこんな風に歪んでしまったとか言われたってちょっとピンと来ない。ただの高校生相手にみんな妙に期待してくる時があるなって感じる事もあったけど、でも、そいつが右手の力とか『魔神』の思惑とか、そんなのがどこまで関《かか》わっているかは証明のしようがない。だって、人生にデバッグ機能はないんだ。一つ一つの条件を付け加えたり取っ払ったりして確かめていく訳にもいかないんだから」

「それを自惚《うぬぼ》れって言うんだよ上条当麻《かみじょうとうま》。きみに、いいやぼく達に、右手以外の何があるって言うんだ」

「ならさ」

言われた所で、もう上条は怯《ひる》まなかった。

今のやり取りで、何かぼんやりとした輪郭《りんかく》を摑《つか》んだような気がしていた。

「そ、い、う、お前は、み、ん、な、に、な、ん、て、言、っ、て、ほ、し、い、ん、だ、よ？」

…………………………………………………………………………

…………………………………………………………………………。

「あ？」

「だからさ、お前は何だか小難しい事を言っているけど、要約するとこんなもんだろ。みんなが自分の期待した通りの事を言ってくれなくなったから困っている。自分の期待していた展開を捻《ね》じ曲げてしまった『魔神』達が許せない。計画を台無しにしやがって、ちょっとぶん殴《なぐ》ってくるわ。……なあ、だとしたら一番最初にお前は世界に何を期待していたんだ？」

「……なに、を……」

「人の心の奥底なんか俺達に分かるもんか。読心能力《サイコメトリー》なんかない、魔術《まじゅつ》を使って残留思念を読み取れる訳じゃない。結局、お前が掲《かか》げた前提条件だって、お前から見た『予測』でしかないだろ。幼馴染《おさななじ》みと会話がなくなった？　本当は向こうは昔のように話したかったかもしれないのに。園芸部員を眺《なが》めているだけで幸せだった？　本当は一緒《いっしょ》に花を育ててみたかったのかもしれないのに。なあ上里、どうしてお前はプラスに考えられないんだ。『魔神』達は何かを捻じ曲げたかもしれない。だけどそれは、彼女達の背中をちょっと後押ししてあげただけだったかもしれなかったんだぞ。信頼《しんらい》に付き合いの長さなんて関係ない。今日たまたま道で会った女の子だって、見ず知らずの人間に骨を折って世話を焼いてくれたアンタに感謝していただけだったかもしれないのに」

「何を言っているんだ、この大馬鹿野郎《おおばか》が!!」

信じられないようなものを見る目で、上里翔流《かみさとかける》は叫んでいた。

首の横に手を当てながら。

「自惚《うぬぼ》れているのか、ぼく達はどこにでもいる平凡《へいぼん》な高校生だぞ。何事も平均値かそれ以下しか叩《たた》き出せない凡人だぞ。それが人に好かれるのが当然だった？　馬鹿馬鹿しいハーレム状態であるのが当然で、『魔神《まじん》』達が女の子を後押ししてくれた？　どこまで都合の良いお花畑が広がっているんだ。あるいはそこまで毒されて懐柔《かいじゅう》されているのか？」

「だから」

逆に。

上条《かみじょう》の方こそが、断ち切るように言った。

「どうしてお前の周りにいる女の子達が、どこにでもいる平凡な高校生を尊敬しちゃあいけないんだ？」

「……、」

「そんなルールはないだろう、そんな制限はお前が勝手に作ったものだろう。どうせ自分には何もなくて、どうせ周りも自分に感謝なんかしてくれなくて、どうせ自分の世界なんてその程度のものだろうって決めつけたのはお前だろう!!　別にアイドル歌手だのスポーツ選手だのじゃなくても良いだろ。そいつにとってはすごいと思った人が世界の全《すべ》てだろ。俺の周りがどうだかなんて知らない、俺とアンタは違うからな。だけど少なくともアンタの周りにゃアンタを好きだって言ってくれる人が、言いたかった人が、それだけ集まってくれていたってだけなんじゃないのか!?」

どうしようもない意見だった。

物証もなければ裏付けもない。

でもそんなの当たり前だ。何しろこれは人の心の話なんだから。

誰《だれ》かが誰かを尊敬する、すごいと思う、好きになるという話の中には、指紋を採取したり髪の毛からDNA情報を検出したりする必要なんかないのだから。

「なあ、本当に答え合わせをやったのか？　暮亜《クレア》、獲冴《エルザ》、他に何人いるかは知らない。だけどその一人一人に聞いて回ったのか？　あなたは元々ぼくが嫌《きら》いでしたよね、今の協力関係はおかしいですよね、その善意や好意は作り物ですよね、全部『魔神』に与えられたこの右手のせいですよね。そんな風に。ハッ！　この命を賭《か》けても良い、返す刀で平手打ちだったら可愛《かわい》い方だと思うけどな。まあ、それでもアンタは、一回誰かに本気で殴ってもらわなくちゃならねえような気もするけど」

バギリッッツ!!!!!!　という、枯れ枝を折るような音が響《ひび》き渡った。

上里翔流《かみさとかける》の首からだった。

これまで全く鳴らなかった、その関節。無理矢理にでも首を振って、マニュアル車のシフトレバーを切り替えるようなゴリゴリ感を掌《てのひら》全体で感じ取る。

「……、へっ」

理想送り《ワールドリジエクター》は、唇《くちびる》の端《はし》を歪《ゆが》めて笑っていた。

気味の悪い傷の舐《な》め合いのような馴《な》れ馴《な》れしさは、もうない。

互いに似ていて、だけど決定的に違う。

そんな同族嫌悪《けんお》の忌々《いまいま》しさが顔いっぱいに広がっている。

「同じ境遇のヤツと話をできれば、少しは重荷が取り除けると思っていた……」

「悪いけど、俺とアンタは全く違う。『同じ』人間なんか一人もいないんだよ。そんな風に上《うわ》っ面《つら》だけで決めつけられるのだって、お前が『人』を見ていない証拠《しょうこ》だろ。アンタが見ていたのは、この『右手』だけだ。手前勝手な異物感や共通項だけで世界を見渡して、そこから自分がそうだと思いたい像を、役を、周りに押し付けてきただけだろ」

「だけど違ったんだな。根本から間違えていた。きみは『魔神《まじん》』からのプレゼントに毒されているんだ。与えられるのが当然で、そこに疑問を抱《いだ》かない。頭の中から湯気を出してのぼせ上がって、周りがみんな都合の良い女の子で囲まれていればそれで満足できる。そんなゲス野郎でしかなかった」

「アンタの歪みをまとめてやろう。お前に人間の何が分かる？　誰《だれ》にも分からないんだよ、そんなもん。こればっかりは、『魔神』にだって分からないんだ。自惚れるんじゃねえぞ、上里翔流」

「煩悩《ぼんのう》丸出しでモノ語って偉そうに上から目線決めてんじゃねえよハーレム肯定《こうてい》野郎。どっちが他人の気持ちを自分の都合で決定しているかも分からねえってのか？」

バヂッ!!　と、明確に二人の少年の視線がかち合った。

今すぐにでも噛《か》み付きかねないその顔。

「……忘れているんじゃないのか」

重苦しい呪《のろ》いでも吐《は》き出すような調子で、上里は言う。

「ぼくがこの力を得た元凶《げんきょう》は『魔神』にある。ヤツらが上条当麻《かみじょうとうま》に失望したから力の一端《いったん》がよそへ洩《も》れたんだって。その始まりさえなければ、ぼくはこんな力を持たなかったし、ぼくの周りは歪まなかったし、パトリシアみたいに本当に大切なものを持っているはずの人達の中身が上書きされる事もなかった。つまりアウトブレイクの場所にはきみも立っているんだぞ」

「だから俺も殺すのか？　確かに俺も原因の一つかもしれない。俺の不甲斐《ふがい》なさが『理想送り《ワールドリジェクター》』を形作るきっかけになったのかもしれない。だけど俺はアンタにだけは謝らねえぞ。上里翔流、きっとアンタはその力を持つべきだったんだ。自分で気づかなかった事に気づかせてもらえる機会を与えてくれた、あと一歩を踏《ふ》み出す勇気のなかった女の子達の背中を優しく押した『魔神《まじん》』達に、感謝するべきだったんだ」

「殺すぞ」

「それで格好つけているつもりなのか、恩知らず」

腐《くさ》っても、相手は神様。

荒ぶれば人を害する事もあるかもしれない。だけど『それだけ』なんていうのもおかしい。

その本質が『神』であるならば、こんな展開だって不思議ではないのだ。

神は、人を幸せにする。

特別な事情なんてなくたって、当たり前のように幸せを届ける。

その絶大な力でもって神と人の格の違いを知らしめる。

全力全開のオティヌスとやり合った時だって、一番怖かったのは『しあわせな世界』だった。

僧正《そうじよう》の語る採点者の話の中でも、見返りに運命論を支配する権利を与えるなんてとんでもない条件が出てきた。理由はどうあれ、彼ら『魔神』が幸せを振り撒《ま》く存在なのは事実なのだ。

だから。

確かに、『魔神』達は上里翔流《かみさとかける》を利用しようと、心のどこかで思ったかもしれない。それも滑《すべ》り止めとかとりあえずゲットとか、どうしようもない考えで。

でも、同時に。

ちょっとは申し訳ないとも考えていたのだ。傲岸不遜《ごうがんふそん》な『魔神』達は意識の表面まで浮かばなかったかもしれないけど、きっと心のどこかに棘《とげ》はあったのだ。だから、届けた。代わりに、小さな幸せを後押しした。上里翔流を中心とした変化の正体は、そんなものだった。

どうしてそんな優しい可能性を考えられない。

まるでピアノやバイオリンの優《すぐ》れた才能がありながら、これさえなければみんなと一緒《いっしょ》に遊べるのに、と唇《くちびる》を尖《とが》らせるような幼稚さ。

それは『魔神』のせいか？　世界のせいか？　上里の周りにいる女の子達のせいか？　色々な問題を抱えてボロボロになって、さまよっている内にたまたま上里と遭遇《そうぐう》してしまった『相談者』達のせいなのか？？？

違う。


そんな訳ない。

上条当麻《かみじょうとうま》は真正面から、己の敵を静かに見据える。

睨《にら》んで、思う。


そんなもの。

こいつの心の弱さのせいに決まっているじゃないか、と。


他人を信じる事ができなかったから、疑念を払えなかった。

自分を信じる事ができなかったから、卑屈《ひくつ》に定義づけた。

心の中で予防線を張って、そんなはずはないと言い張って、目の前の幸せを取り上げられるのを恐れた。ぷぷー、何本気になってんの？　全部『魔神《まじん》』のお膳立《ぜんだ》てだってのにマジになりやがって。そう言われてショックを受けたくなかったから、彼女達は自分の事なんか好きじゃないという事にしたかった。

本当は、誰《だれ》よりもそれを求めていたくせに。

下駄箱《げたばこ》の中に入っていたラブレターが、悪質なイタズラだったら舞い上がった自分が馬鹿《ばか》みたいだ。

それだけで脅《おび》えて手紙を破り捨て、全《すべ》てを疑った自分を必死に正当化した。

ひょっとしたら相手は知らない所で泣いているかもしれない。でもそんな可能性を考えるのが怖くて、頭の中で相手をひたすら悪者として書き換えていった。

思って。

総じて、上条当麻《かみじょうとうま》はこう呟《つぶや》いていた。

「馬鹿なヤツ」

直後。

世界が着火した。

ドガッッッ!!!!!!　と。

凄《すさ》まじい炸裂音《さくれつおん》が夜の学園都市に響《ひび》き渡る。

実際には、上里翔流《かみさとかける》は右腕を振るいもしなかった。

暗がりの奥からゾウでも丸呑《まるの》みできそうなくらい巨大な食虫植物の捕食嚢《のう》が壁のように殺到してきたのだ。

特大サイズの大顎《おおあご》のようなそれを、上条は右手一本で消し飛ばす。

痛みの感覚はないのか、それとも無表情の奥で呑み込んでいるのか。

「……、」

少し離《はな》れた街灯の下で、ギラリとメガネのレンズに無機質な輝《かがや》きを乗せた植物少女が佇《たたず》んでいた。真っ白なワンピースが夜風でぶわりと浮かび上がる。

上里は首の横に手を当てながら告げる。

「匿《かくま》っている『魔神』を引き渡せば見逃してやる……と提案するつもりだったけど、その分だとどうせ応じるつもりはないだろう？」

「ふざけるな」

「なら戦争だ、きみのホームだろうがどこだろうがお構いなし。ぼくは彼女達をこうした『魔神』達にケジメをつけさせる必要があるんでね」

今の上里《かみさと》には、何を言っても通じないだろう。

だから代わりに上条《かみじょう》は最後にこう切り出した。

「パトリシアの名前を出していたな。バードウェイってファミリーネームについては？」

「もちろん、ようく知っているとも」

それだけで、上条は大体の顚末《てんまつ》を理解した。

対立軸が、もう一つ。

そしてこう続けた。

「ならどうして関《かか》わった。『魔神《まじん》』に与えられた『救う力』は嫌《きら》いじゃなかったのか？」

「……確かにこれは、自分で望んで手に入れた力じゃない。今すぐ捨てられるものなら捨ててしまいたいし、こんなものを一方的に押し付けてきた『魔神』にはお礼参りをする必要がある」

上里は上里で、吐《は》き捨てるように応じる。

「だけど、それで目の前の誰かを見捨てられるかどうかは話が違う」

「……、」

それだって笑顔で全《すべ》てを見捨てた『魔神』どもへの復讐《ふくしゅう》になるだろう、と上里は呟《つぶや》いてから、

「そちらこそ、レイヴィニア＝バードウェイに心当たりがあるのなら、もう一度詳しく話を聞いてみると良い。きみの性格だ、本当に全てを知っているとしたら、無邪気《むじゃき》に全肯定《ぜんこうてい》して協力に応じるとは考えにくい。根掘り葉掘り聞いてみる事だね」

そこまでだった。

上里翔流《かける》は上条から離《はな》れ、暮亞《クレア》と呼ばれる植物少女と共に歩く。その背が去っていく。そうしている間にも何人もの人々が合流し、一個の集団を形成していく。あるいは、海賊《かいぞく》のように大きな帽子を被《かぶ》り、右目を眼帯で覆《おお》ったミニスカートの少女が。あるいは、リュックから大量のアンテナを伸ばし、首筋に不自然な手術痕《こん》をつけたパジャマの少女が。あるいは、人工霧《きり》発生装置の中に浮かぶ白装束《しろしょうぞく》の幽霊《ゆうれい》少女が。あるいは、超機動少女《マジカルパワード》カナミンそっくりのコスプレ少女が。あるいは、ビニール素材のポンポンを持ったチアリーダー少女が。あるいは、全身にありったけの刀剣を差した和風の赤い甲冑《かっちゅう》少女が。あるいは、全身タイツの怪盗少女が。

それは、上条当麻《とうま》とはまた違った中心を持つ別の世界。学園都市とは別の場所で、少年と同じだけの歩みを続けてきたかもしれないその広がり。そんな一群が闇《やみ》の奥へと消えていく。

目で追い駆けて、そして一人きりになってから、上条は呟いていた。

「何だ」

ネフテュスは言っていたではないか。

幻想殺し《イマジンブレイカー》が上条当麻に宿ったのはたまたまではなく、何かが引き寄せたのだと。それと同じように、上里翔流にも理想送り《ワールドリジェクター》を惹《ひ》きつけるだけの何かがあるかもしれないと。

それは。

つまり。

「……やっぱりあいつは、みんなに好かれるヒーローなんじゃないか」

上里《かみさと》はそれに気づいていない。

そして皮肉な事に。

彼の背中を見送った上条当麻《かみじょうとうま》もまた、きっと自分の事には気づいていない。

本日の鍋パーティ、具材一覧その四

しょうゆ、味噌《みそ》
鶏のむね肉、大根、白菜、キャベツ、もやし、しらたき、豆腐
ブイヨンスープの素、塩、砂糖、胡椒、ちゃんぽん麺
お徳用箱詰めバニラアイス、黄桃・パイナップル・みかんの缶詰（デザート枠）
魚肉ソーセージ
カニバリゼーション『果実』（レイヴィニア＝バードウェイ産、限定稀少部位）

（一口メモ）

上条当麻《かみじょうとうま》「ミラクルだぜ、振り出しに戻りやがった!!」

オティヌス「お前がまともな事を言うとろくな未来に繫《つな》がらないという良いサンプルだな」

行間　三

エジプト神話は長い長い歴史の中で埋没《まいぼつ》してしまった宗教だが、幸運にもその資料はかなり多い。保存状態も良く、解析も進み、体系化された神々や儀式《ぎしき》の手順、命や魂《たましい》についての考え方などもまとまっている。

そして地理の面でも都合が良かった。

近代西洋魔術《まじゅつ》が華やかなりし西欧からすれば、地中海を挟《はさ》んだわずか向かいの神秘の世界。もっと言えば海を渡らなくても、様々な理由で運ばれてきた石碑《せきひ》や副葬品《ふくそうひん》は欧州各地の博物館や好事家《こうずか》の手で保存されている。

大西洋を丸々横断する南米大陸やシルクロードをなぞってユーラシア大陸の端《はし》まで向かうチベットなどと比べても、各段にアクセスがし易《やす》かったのだ。

そういう経緯もあったのだろう。

いわゆる『行き詰まった』魔術師からすれば、身近な海外旅行は凝《こ》り固まった案件に対するブレイクスルーの宝庫でもあった。

イシスの時代、オシリスの時代、ホルスの時代。

そんな風に世界の時系列を切り分けた『あの男』が海を渡って砂漠に辿《たど》り着いたのはいつだったか。

誰《だれ》も聞いた事のない大悪魔の召喚《しょうかん》実験に着手したのは。

ただ。

勝手気ままに現れて、勝手気ままに感情移入して、勝手気ままに大泣きしてきたその褐色《かっしょく》の女神は、珍《めずら》しくくすくすと薄《うす》く笑っていたものだった。

『あら。今となっては珍しい三柱の名前が出てきたわね』

懐《なつ》かしむというには少々蠱惑《こわく》で。

若干《じゃっかん》の棘《とげ》と毒を含む、妖艶《ようえん》な女の笑み。

『創作された神格として関《かか》わってしまった身としては、彼の知る伝承がオリジナルから歪《ゆが》んでいない事を祈るばかりなのだけれど』

ネフテュスには成功も失敗もない。

ネフテュスには幸運も不幸もない。
ネフテュスには平穏《へいおん》も騒乱《そうらん》もない。
ただ、もしも目の前の誰《だれ》かが挫折《ざせつ》すればこう思うのだろう。
パッと感じてパッと忘れるくらい軽く、シンプルに。
この人のために泣きたい、と。
いつもの通りに。

それで良いの？
本当に？

第四章　上条当麻と上里翔流　Attack_the_Fist.

1

　話は簡単だ。

「すぐにでも上里翔流《かみさとかける》はやってくる」

　学生寮《りょう》に戻ってくるなり、上条当麻《かみじょうとうま》はそう切り出していた。

　もう部屋の寒さなんていちいち気にしている段階ではない。極限の緊張《きんちょう》が温度の感覚を吹き飛ばしていた。

「すでにこの場所もバレてる。第一目標はオティヌスとネフテュスの『魔神《まじん》』組。でも第二の対立軸としてバードウェイもあるみたいな感じだった。俺とインデックスは邪魔者扱《じゃまものあつか》いしてくるだろう。つまり誰《だれ》も安心できない」

　その上で、

「バードウェイ。隠《かく》している事はないか？」

「何を根拠《こんきょ》に？」

「上里のヤツが言っていた」

「おいおい！　敵の言葉をいちいち信じるのか？」

「……、」

それ以上は拘泥《こうでい》しなかった。

睨《にら》むでも怒鳴《どな》りつけるでもなく、腰を落として目線を合わせ、上条が無言でバードウェイの瞳《ひとみ》をじっと覗《のぞ》き込むと、ややあって、彼女はばつが悪そうに目を逸《そ》らしていた。

唇《くちびる》を尖《とが》らせ、結社のボスは言う。

部下や妹には見せられない顔で彼女はこう答える。

「……カニバリゼーションの『果実』を体内で完全に育て、それを妹に与えれば寄生生命体サンプル＝ショゴスの問題は奇麗《きれい》に片付く。これは間違いない。妙な副作用や別の狙《ねら》いがある訳じゃない」

「なら何を誤魔化《ごまか》そうとした。正直に言うんだ」

はあ、とバードウェイは小さく息を吐《は》いた。

何かを投げ出すような調子で、一息に言ってしまう。

「『果実』のサイズが大き過ぎる。完成する頃《ころ》には私の身体《からだ》は内側から破裂《はれつ》しているかもしれない。いや訂正する、絶対にそうなる。これは設計段階からの仕様だ」

「何だって⁉」

「だから言いたくなかったたし、部下や組織の力も使えなかった。結社のボスたる私が一〇〇・〇％完璧《かんぺき》に死ぬ前提の計画なんて知られてみろ、周りはパトリシアを諦《あきら》めて組織の維持に努めろと迫《せま》るに決まってる。自分で言うのも何だが、私の死は良くも悪くも影響力《えいきょうりょく》が大き過ぎて欧州全域に混乱をもたらすだろうからな。いいか、人間の身体《からだ》は神秘の宝庫だ。余分なものなど何もなく、中身もぎっしり詰まっている。ここに存在しないはずの臓器を丸々一つ詰めてみろ。内側から圧迫されるのは道理だろう？」

バードウェイに見せてもらった『果実』は、確か胸の真ん中だったはずだ。心臓や主要な血管が複雑に通る場所。肋骨《ろっこつ》の内か外か、具体的な所は不明だが、どうであっても圧迫をかけるのは間違いない。肉体の破裂《はれつ》なんて大袈裟《おおげさ》な事にならなくても、水道のホースを踏《ふ》んづけたみたいに血管を一本圧迫するだけで命に関《かか》わるデリケートな位置のはずだ。

「……そもそも出来上がった『果実』をどうやって取り出すつもりだったんだ？」

「その辺りは心霊医療《しんれいいりょう》を使うから心配するな。外科手術みたいに体を開けなくてもするりと抜き取る方法はあるんだよ。メディシンマンと言えば魔道書図書館《まどうしょ》辺りが解説してくれるんじゃないのか？　ま、これはレインメーカー同様、西洋人から見たアフリカ系の呪医《じゅい》全体をざっくり呼称したものでしかないがな」

問題の本質、破裂の問題は解決していない。

妹のパトリシアがどこまで気づいているかは知らない。だがひょっとすると、『果実』を拒《こば》んでいるのは人工的な内臓がグロテスクで受け入れ難《がた》いからではなく、その完成を止めたいからではないのか？

魔術《まじゅつ》というものは知らなくても、姉の容態《ようだい》くらいは把握《はあく》しているのでは？

「だとすると、今のバードウェイにあまり無理強《じ》いはできそうにないな……」

「おい人間。加えて言うならネフテュスの問題もあるぞ。無駄《むだ》にデカい身体をしている割にまともに動けん。誰《だれ》かが背負えばその分だけ行動力も減る。私はこんなナリだから体格的にまず無理だな。お前は直接戦闘《せんとう》担当として、結社の女は一度除外。すると残るは禁書目録くらいか？」

人数だけならあるが、言うほど余裕のある状況ではない。

まともに動けるのは上条《かみじょう》とインデックスの二人だけで、しかも片方はバードウェイやネフテュスの面倒《めんどう》でかかりきりだ。上里《かみさと》側が集団で攻めてきた場合、対処できなくなる可能性は高い。

何より。

ばづんっっっ!!　と。

唐突《とうとつ》に、部屋の明かりが全部落ちた。

「……もう来やがった」

暗闇《くらやみ》の中で上条《かみじょう》は呟《つぶや》いていた。

学生寮《りょう》全体が停電を起こしているなら、周りの部屋でも騒《さわ》ぎが起きるだろう。だが全くそんな気配がない。ひょっとしたら、『人払い』などに類する小細工を、やはり『上里《かみさと》勢力』が仕掛けているのかもしれない。

つまり。

考える時間など向こうは与えない。倒《たお》せる時に倒しておくと、完全にシフトを切り替えてしまっている。

「とにかく出迎えるしかないか。ここで黙《だま》ってやられる訳にはいかないんだ!!」

2

明かりが消えた瞬間《しゅんかん》、上条達はなし崩《くず》し的に動く羽目《はめ》になった。

自分達は奇襲《きしゅう》される側、後攻に回されていると嫌《いや》でも自覚させられる。

籠城《ろうじょう》してもろくな事にならない。

あの暮亞《クレア》とかいう植物少女からは、すでに一度襲《おそ》われている。あいつなら蔦《つた》でも何でも使って七階のベランダだろうが余裕で侵入してくるだろう。そして玄関のドアも今さら鍵《かぎ》を掛けて家具で塞《ふさ》いだ所で強度が保《も》つはずもない。

極《きわ》め付けに、上里翔流《かける》の理想送り《ワールドリジェクター》。

未《いま》だに厳密な効力や使用条件、射程距離《きょり》は不明。分かっているのは『魔神《まじん》』さえ瞬殺、という結果のみ。最悪、立て籠《こ》もった学生寮ごと倒壊《とうかい》させられる可能性もゼロとは呼べない。

(……何にしても地上を目指すか)

「インデックス！　悪い、ネフテュスのヤツに肩を貸し……」

言いかけた声が、途切れた。

どろり、べちゃりと。

気味の悪い音が響《ひび》く。ドアや窓からではない。壁の向こうからでもない。音源は意外な事に、部屋の中からだった。

弾《はじ》かれたようにバードウェイが顔を上げる。

「ダクトか⁉」

キッチンスペース、ガス台の上辺りから、巨大なものが落ちた。闇の中、わずかに外から差し込む光に照らされたのは、一塊《ひとかたまり》ほどの不定形な異形であった。目玉なのか吸盤《きゅうばん》なのか、びっしりと表面を埋め尽くす何かが夜光塗料めいたぬめる光を放つ。シルエットを見極めようと凝視《ぎょうし》するたび、深海のタコのようにも包丁で切り離《はな》した脂肪の塊にもたるんだゴムの膜を内側から炙《あぶ》ったようにも見え、本質からどんどん遠ざかるのが良く分かる。一つの国旗をずっとずっと眺《なが》めている内に、全体の意味より各々《おのおの》の色が自己主張してくるのに近いか。

各所が蠢《うごめ》き、尖《とが》って、全方向へ鋭《するど》い槍《やり》のようなものが射出される。

対して、受け止めたのは上条《かみじょう》の幻想殺《イマジンブレイカー》しではなかった。

それより先に、バードウェイが動く。ぶわさ!! と大きな布で空気を叩《たた》くような音が響《ひび》いたと思ったら、その全身が腐《くさ》った赤い絨毯《じゅうたん》のようなもので覆《おお》い尽くされていく。

「バードウェイ!!」

『いちいち拘泥《こうでい》している場合か！ 皮肉な事に、一番脆《もろ》いのはオティヌスとネフテュス、「魔《ま》神《じん》」サイドだ。お前達で連れて行け、お前の精神は人の死に耐《た》えられるようにはできていないのだろう!? どの道こちらとしても好都合だ、家出気取りで思い切り迷子になった上、よりにもよって男の家に転がり込んだ愚妹《ぐまい》とは話をつけなければならん所だったしな!!』

サンプル＝ショゴス。

真っ黒な塊《かたまり》に夜光塗料めいた光を放つ泡のような何か。襲《おそ》いかかってきたモノの正体は、南極由来の寄生生命体に冒《おか》された彼女の妹のはずだ。そして上里翔流《かみさとかける》の手で保護されていたはずの……。

(あの野郎……ッッッ!!)

煮えたぎる頭の暴発を必死に抑え、

「必ず合流する！ 場所は俺達が初めて会ったトコで!!」

『ほう、少し見ない間になかなかロマンチックな言い回しをするようになったな』

インデックスにふらつきながら熱い吐息《といき》を断続的に漏《も》らすネフテュスを預け、上条の肩にはオティヌス。力仕事を任せるのは気が引けるが、これからの激戦を考えると直接戦闘《せんとう》担当の彼が身軽になる意義も分かるだろう。

ほとんど体当たりするような格好で玄関のドアをぶち破る。

七階の通路へ飛び出す。

途端《とたん》に、ガカッ!!　といくつもの懐中《かいちゅう》電灯やスマホの画面らしき光が浴びせかけられた。

分かっているだけで、

(三つ、四つ、五つ……いいや隣《となり》の建物にも、地上にも、別の棟の屋上辺りにもいるか!　見えているだけでこれだけってのは厄介《やっかい》だな、一体全部でどれだけ潜《ひそ》んでいるんだ!?)

しかも一人として同じ特徴を持った人物はいない。各々《おのおの》が上里を支えるため、ピーキーで尖りに尖った『異能の力』やテクノロジーを保有しているはずだ。

一挙に来られたら分析だの防御だのも間に合わない。

ぐるりと見回し、そして上条は叫んだ。

「あのキツネ女!!　インデックス、とりあえずあいつは魔術師《まじゅつし》で確定だ!!」

「了解とうま。その狐雨は我らを避け、翻ってその身を染めるものなり《TKIATOTTDYB》!!」

強制詠唱《スペルインターセプト》。

インデックスには魔力を練れない。つまり魔術は使えない。だが彼女が放つ空《から》っぽで無意味な詠唱は、他人の魔術《まじゅつ》の行使へ割り込み、わざと間違えさせる事で、その制御を乗っ取る技巧の域に達している。

そして上里《かみさと》自身がこう紹介していた。ザク切り茶髪で頭の横に伏せたキツネ耳みたいな房をつけた獲冴《エルザ》はこっくりさん『のようなもの』を作り、それを様々な人物、物品に憑依《ひょうい》させる魔術サイドの人間だと。将棋《しょうぎ》の駒《こま》のように敵対メンバーを乗っ取ったり、コインを動かしたりもできるのだと。

胸の大きな不良少女の絶叫があった。

「うあああああっ⁉　なん、何だこりゃ‼⁉⁇」

ズバン‼　と赤ちゃんをあやすように両手で抱えていたペットボトルが破裂《はれつ》した。

一度中にばら撒《ま》かれた大量の一〇円玉は空中で静止すると、改めて狙《ねら》いを定めて凄《すさ》まじい速度で射出されていく。御坂美琴《みさかみこと》の超電磁砲《レールガン》ほどではないが、手足を大きく弾《はじ》いて手持ちの武器を落とさせるくらいの痛みは植えつけられるだろう。

倒《たお》せなくても良い。

わずかな時間、怯《ひる》ませる事ができれば。

「……、」

その間に改めて闇《やみ》の奥を見据え、そして本命の敵を見据えた。

最大の戦力にして、同時にアキレス腱《けん》。

「上里ォォォおお!!」

肩にオティヌスを乗せたまま、上条《かみじょう》は全力で駆け出す。

どこにどれだけの戦力が潜《ひそ》んでいるかは分からない。何重の包囲網《もう》を敷《し》いてどれだけのパターンを事前に封殺しているかも今すぐ分析するのは不可能だ。

でも、同時に彼女達は『上里勢力』なのだ。

中心にして頂点。

上里本人が危機に陥《おちい》れば、それまでの予定調和なんて確実に吹っ飛ぶ。たとえ上里自身が持ち場を離《はな》れるなと叫んだって、それでも彼女達は『思わず』助けに入ってしまう。

彼女達は軍隊ではない。宗教団体でもない。

どこにでもある善意や好意で繋《つな》がった、仲良しグループなんだから。

(全員倒す必要はない。インデックス達を無理に守り続ける必要も。たった一つの王将、キングを狙う。この場の戦力全部がこっちを向いちまえばインデックス達は安全圏を確保できるんだから!!)

「新たな天地を望むか？」

闇の中で、決して太くはない腕が無造作に振るわれた。

理想送《ワールドリジエクター》り。

まともに浴びれば全力全開の『魔神《まじん》』すら瞬殺《しゅんさつ》する、正体不明の力。

だがそれを前にして。


ボッッッ!!!!!! と。

走りながら上体を屈《かが》めた上条当麻《かみじょうとうま》が、ギリギリの所で必殺の一撃《いちげき》を回避《かいひ》していく。


「っ」


ここに来て、初めて。

上里翔流《かみさとかける》の方から、ほんのわずかな焦燥《しょうそう》の匂《にお》いが漂《ただよ》ってきた。

いちいち回復なんか待たない。

低い位置から体当たりをぶちかますように、全体重を掛けて上里の腰の辺りへ突撃していく。

鈍《にぶ》い音が炸裂《さくれつ》する。二人して手すりの向こうへ身を投げ、わずかな浮遊感が全身を包む。

(効果範囲《はんい》や射程距離《きょり》の不明な理想送《ワールドリジエクター》り。でもそれならどうやって狙《ねら》いを定めている?)

体感的には止まった時間の中で、上条は自分の予想を反芻《はんすう》していく。

(俺とは違って手で触《ふ》れたものじゃない。それだと遠隔《えんかく》攻撃に対応できない。だったら目で見て睨《にら》んだもの? 指を使って指し示したもの? いいやそれも違う、それなら奇襲《きしゅう》の時に電気

を落として視界を塞《ふさ》いだりなんかしない。むしろ率先して視野を広く保とうとするはずだ)

だから。

つまり。

「影だ」

囁《ささや》くように。

それでいて切り込むように、確信を持って告げる。

「アンタは自分の腕が作る影を起点に理想送り《ワールドリジェクター》の効果範囲を決めていた！　だから襲撃の時には電気を落としておきたかった‼　そうすれば光源は手持ちのライトだけで、自由な向きや大きさに影を整える事ができたから‼」

時間の感覚が戻る。

本格的な落下が始まる。

がくんっ‼　と重力の糸が二人の身体《からだ》を掴《つか》む。上条は両手を振り回し、必死で一階下、六階部分の通路の手すりを掴み取る。ビリビリという肩の痛みも無視して周辺を警戒する。上里翔流のヤツはどうなった？

「あの状況で良くやる」

意外と近く。

やはり同じように六階部分の手すりを掴んでぶら下がる影があった。

「獲牙《エルザ》とぼくの二人に触《ふ》れただけで、まさか一〇〇人掛かりの盤面《ばんめん》を崩《くず》しにかかるとはね」

そして片手一本で体を支える上里翔流《かみさとかける》は、笑いながら右手に力を込めていく。

振るう。

「ッ!!」

とっさにもう一度手を放した。

さらに下、五階部分の手すりを掴《つか》み、今度こそ通路へ身を乗り出していく。

「どうする気だ、人間!?」

「混乱が終われば最適解の包囲網《もう》がインデックスとネフテュスに殺到しちまう。パトリシアとやらと掴み合いになっているバードウェイも心配だ。何にしたって冷静さなんて取り戻させないぞ。上里のヤツにひっついて、徹底的《てっていてき》に嫌《いや》がらせしてやる!!」

となると狙《ねら》いは一つ。

通路を全速力で突っ走って、上の階へ繋《つな》がる非常階段を目指す。

向こうも考えは同じだったのか。

ちょうど中間地点、階段の踊り場で上里翔流とかち合った。

「テメエ!!」

最後の一段を駆け下りようとしていた上里の足首へ横から蹴《け》りを放ち、まともに転ばせる。

やはり本人の言う通り、理想送り《ワールドリジェクター》以外は『どこにでもいる平凡《へいぼん》な高校生』だ。踊り場に倒《たお》れ込んだ上里の上へ、上条《かみじょう》はのしかかっていく。

途中で何度か、上里はその右手を無闇《むやみ》に振るった。

だがそのたびに上条は上体を反らし、振り回して最大最悪の一撃を避《さ》けていく。

手首を掴んで、勢い良く頭を後ろに反らし、

「少し、黙《だま》ってろッッッ!!!!!!」

ゴドン!!　とまともに上条の額《ひたい》が上里のそれに激突した。痛みというより脳を揺《ゆ》さぶられたためか、ぐわんと上里の眼球が不気味《ぶきみ》に揺らぐ。

「……づ……ぁ、あくあ……っ!?」

呻《うめ》きを上げながらも、上里は馬乗りになる上条を振り落とすために下から大きく体を揺さぶる。勢いに負けて横に転がる上条へ、上里の方が反撃《はんげき》に出る。何度も攻守が入れ替わる。

だがそれも長くは続かない。

何度か転がって、上里が上になろうとした時だった。上条は片足を折り曲げ、上里の腹の辺りに足の裏を乗せていた。

まるで、目一杯縮めたバネを思い切り伸ばすように。

ぐんっ!!　と上里の細身の体が宙に放《ほう》り出される。そしてここは階段の踊り場。彼の体は下りの階段の方へと飛ばされていた。

「あ」

上里《かみさと》の、呆気《あっけ》に取られた呟《つぶや》きの直後。

鈍《にぶ》い音が立て続けに響《ひび》き渡った。荒い息を吐《は》いて起き上がる上条《かみじょう》が階下へ目をやると、壊《こわ》れた人形のように倒《たお》れている影があった。

まだその右手がぴくぴくと蠢《うごめ》いているのを見て、上条の中から遠慮《えんりょ》が消える。

踊り場から勢い良く飛び降り、右手を思い切り踏《ふ》みつける。床に縫《ぬ》い止める。

「どうしてパトリシアをここに連れてきた……？」

吐き捨てるように、上条は言う。

「テメェがやっているのは最悪の一言だ‼　わざわざ姉妹で殺し合わせるような状況をセッティングしやがって！　それが一番合理的だとでも思ったのか。俺達の戦力を削《そ》ぐために、人の情を踏《ふ》みにじるような真似《まね》しやがって‼」

「……る、さい」

自慢《じまん》の右手を封じられたまま、しかし倒れた上里が呻《うめ》く。

「あの子が望んだんだよ‼　今の状況をな‼」

ドスッ‼　と鈍い音が響き渡った。逆の手で握《にぎ》り締《し》めたボールペンが、上条の靴を貫《つらぬ》いて足の甲に突き刺さっていた。

どこまで言っても『平凡《へいぼん》な高校生』。だけどそれは決して無力な訳ではない。

「ッ‼」

突然の痛みにぐらりと上条のバランスが崩《くず》れる。右手の拘束《こうそく》を逃れた上里が横へごろりと転がる。難を逃れ、さらに足を使って上条に刺さったままのボールペンを蹴飛《けと》ばす。

「があああっ!!」

今度こそ、倒れた。

再び少年達の摑《つか》み合いが始まった。

他はどうでも良い。とにかく上条は上里の右手首にだけ注力する。上里の理想送り《ワールドリジェクター》は影を起点に発動する。つまり摑まれても密着した部分に影ができ、吹き飛ばされる恐れがある。

ナイフに対する扱《あつか》いと同じだ。

刃そのものを摑もうとしてはならない。手首を摑んで軌道を逸《そ》らし、動きを封じれば致命傷を避《さ》けられる。

至近で上里は言い放つ。

「いい加減に状況くらいは分かっているだろう。あの姉妹は、どちらかを助ければ、どちらかが死ぬ。猶予《ゆうよ》は残っていない。なあなあで選択を保留にする訳にもいかないんだ」

「だったらお前はどっちについている？　パトリシアについているように見えるけど、彼女に加勢してバードウェイを倒すって事は、パトリシアを助け出す『果実』を自《みずか》ら潰《つぶ》すって事にしかならない！」

「そうだ、それが救いだ」

極限のイレギュラー。ジョーカーたる右手の応酬《おうしゅう》。

そんな戦いを繰《く》り広げながら、上里翔流《かみさとかける》は意味の分からない返答をしていた。

いいや、

「姉のレイヴィニアが何をしようとしているのか、パトリシアの証言だけでは不明瞭《ふめいりょう》だ。でも分かっているのは確実なリミットが存在する事。対して、パトリシアの全身に巣食っているサンプル＝ショゴスは明確な害悪だが、実はそのリミットはハッキリと決まったものじゃない」

「何を……、いや、まさかお前……っ」

「サンプル＝ショゴスを取り外さなければパトリシアはすぐに死ぬ。……誰《だれ》が決めた？　前提条件が間違っているんじゃないのか」

上里翔流は感情の読めない瞳《ひとみ》でそう突きつけた。

「そしてパトリシアの死さえ存在しなければ、姉のレイヴィニアが出張る理由も希薄化《きはくか》される。姉は命を張る必要はないし、妹はただ寄生生命体との共生を目指していけば良い。少なくともどちらかの命を奪《うば》うなんていうイカれた天秤《てんびん》からは解放される。だから、ぼく達はレイヴィニアの胸に巣食う『何か』を破壊《はかい》しにきた。それで姉妹共に救われるんだからね」

「分かっているのか？　全身の脂肪を溶かしてその隙間《すきま》に潜《もぐ》り込むようなとんでもねえ寄生生命体だぞ！　そんなのと一生かけて付き合っていくっていうのがどんな意味を持つか!!」

「寄生生物が宿主を殺してしまう理由は様々だけど、その大半は殺してしまう事で次の宿主に移りやすくなるからだ。サンプル＝ショゴスについては絵恋《エレン》と……後はどこまで本気か知らないけどUFOのインプラントで『原石』を強化しているっていう府蘭《フラン》を中心に調べさせている。じきにその詳しい性質も分かる。後は、ヤツの行動をコントロールすれば良い。無理に抑圧すれば体内で暴れ回るかもしれないが、ヤツの望むものを与えて甘やかすなら話は別だ。猫の飼い方と同じだよ。しつけをするのは不可能でも、イタズラされたくない電気ケーブルには覆《おお》いをして、やって欲しくない行動をする素《そ》振《ぶ》りを見せたら餌《えさ》をちらつかせて注意を引く。それだけでコントロールの糸口が見えてくる」

自分の血肉を貪《むさぼ》って巣穴を作る生命体。

深海のタコ、切り分けられた脂肪、裏から炙《あぶ》ったゴムの膜。そんなものと一〇〇年付き合い、怒《いか》りをぶつける事もできずにあやし続けて機《き》嫌《げん》を取るしかない人生。

少し考えて、上条《かみじょう》は首を横に振った。

「……無理だ。姉のレイヴィニアはともかく、妹のパトリシアはただでさえ制御を失ってる。もしも本当にサンプル＝ショゴスが次の宿主を求めて古い宿主を殺すタイプだとしたら、パトリシアは振り回される！　遠く離れた山奥に隔離《かくり》したって、彼女の体を操って人里に下りてきかねない!!　そうしたら彼女は死ぬぞ、宿主乗り換えのアクションで!!」

「ああ。実際、寄生虫の中には宿主の肉体や思考の掌握《しょうあく》にかかるものも珍《めずら》しくないしね。だからこれは第一段階なんだ。当座の問題としてパトリシアが即死する可能性を排除したら、じっくりとサンプル＝ショゴスを引き剝《は》がす方法を実行すれば良い。例えば、寄生生命体がパトリシアを殺すのは、栄養を蓄《たくわ》える脂肪の層を奪《うば》ってそこに居座るからだ。サンプル＝ショゴスがなければ蓄積できずに衰弱死《すいじやくし》してしまうからだ。なら、その前提を外せば良い」

「何を……？」

「例えば蓄積がなくても、常時大量の栄養源を点滴で与え続けるとか。腎臓用の透析技術で血液を外部装置に移して循環《じゅんかん》させる際に、その血液の中に栄養素を送り込むとか。方法はゼロじゃない。パトリシア自身がいくつか提案して、絵恋《エレン》が具体的な図面に取りかかっている」

全身の脂肪を抜き取られ、機械やチューブに繋《つな》げられる人生。

それはつまり、人間らしい流線形、シルエットを失うにも等しい。

少し考えて、上条《かみじょう》は首を横に振った。

「もう二度と自分の力で起き上がれなくなるぞ。冗談《じょうだん》抜きに枯れ枝みたいな骨と皮だけになるぞ。髪も肌もバサバサに乾いて剝がれ放題になる。ベッドの上の病人ともまた違う。全身の関節が乾燥して固まって動けない、それでいて外から押し潰《つぶ》せばどろっとしたものが出てくる、サナギみたいになるんじゃないのか!?　それは命があるだけだ、医学的に死んでいない事になっているだけだ。もっと他に道はないのか!!」

「ああ、普通の人間なら投げ出す。受け入れざるを得ない天命ならともかく、自分の意思でまだ動く肉体を放棄《ほうき》するなんてありえない。口では言っても、どこかでブレる。だけどパトリシアはそうじゃなかった。姉を死なせたくないし、姉に家族を見殺しにした事実も押し付けたくない。だからレイヴィニアかパトリシアかじゃなくて、どちらの命も守れる選択肢《せんたくし》を作り出そうとした！　最低でも、命だけは‼　そこに線を引いて、他の全部を投げ出した‼」

「……、」

「ぼくはその勇気を尊重する。逃げずに苦痛へ立ち向かって、諦《あきら》めずに恐怖を抱え込もうとした小さな正義を尊敬する。だから、もう、上《うわ》っ面《つら》だけの善悪論なんて真っ平だ。誰《だれ》に軽蔑《けいべつ》されようがどこから非難されようが知った事か。ぼくは、パトリシアを一人ぼっちにはさせない。この『理想送り《ワールドリジエクター》』を弾《はじ》くほどの強い心を持った相手を、最後の最後まで支えてみせる」

認めたから。

その想いを受け止めたから。

四角四面の教科書などクソ喰《く》らえ。

どこまでも主観的に、当事者以外の誰も望まない、理解できない。そんな結末の完成を手伝うと、そう言っているのか。

「でも、きっと間違ってる。どこかでレールがズレている。アンタとパトリシアの間で何があったのかは知らない。だけど確実に何かがあったんだろう。ボロボロに泣いて、救いを求めて、アンタの手にすがりついたパトリシアは、本当に最初の最初から『それ』を望んでいたのか？　どこかで何かを妥協《だきよう》して！　それが最善だ、って、い、う事に、一、本化し、ち、ま、っ、たん、じゃないのか⁉」

「ぼくはさ」

上里《かみさと》の声に分かりやすい激情はない。

だがその平坦《へいたん》な声にこそ、奥から滲《にじ》み出る何かがあった。

「どうして自分自身が真っ先に『理想送り《ワールドリジエクター》』で吹き飛ばされないか、不思議で不思議でたまらないんだ。だってぼくは迷ってばかりで自分の願望の整理もできないから。でも、こうして今もここにいるのは、失われた時代に戻りたいと願うより、与えられた力を捨てたいとすがるより、まず『魔神《まじん》』どもへの憎悪《ぞうお》で一本化されているからじゃないかなって思う。人を助けるのも、絵恋《エレン》達と良好にやっていくのも、狂った『魔神』どもへのあてつけ、つまり復讐《ふくしゅう》なんだ。重複する負の想念と抗《あらが》うのは、単一化された負の想念だった。だから尊重する、理不尽《りふじん》を前に新たな天地も望まず、今ある世界も憎《にく》まず、その先へボロボロの希望を持って一歩踏《ふ》み出したパトリシアに。ぼくより上のステージへ上った彼女の選択に。誰《だれ》にも邪魔《じゃま》なんかさせないぞ。彼女はぼくのヒーローなんだ、い、い、いいい、い、いか、いい」


できないから。

彼にはできなかったから。

あらゆるものを取捨選択した末に残ったものがどす黒い暴力だった。そんな上里と違い、パトリシアは最後まで姉を想い続けた。決してブレずに、重複せずに。

そこに尊敬した。

だけど。

「そうやって、涙をこぼす女の子をヒロイックに追い詰めればアンタは満足か？　崖《がけ》っぷちまで追い込んで飛び降りる勇気だけを褒《ほ》めるのがアンタのやり方か!!　そんなの絶対に違う、ヒーローになるだけが素晴らしい道なんかじゃない！　そんな風に安易に命を投げ出して！　命の単価を下げようとする流れに抗うのだって立派な強さだ！　あるいは俺達みたいに右手を振るって戦う事しかできない能無しなんかよりも、ずっと!!　ずっとずっと！　それは尊いものなんだ!!　そうでなくちゃならねえんだよ!!」

いつもいつも、激闘《げきとう》が終わればインデックスや御坂美琴《みさかみこと》達が叱《しか》ってくれた。

特別な右手があったって、戦え戦えと迫《せま》るばかりの世界じゃなかった。

きっとそれが本物の優しさなのだ。

その優しさが奪《うば》われたら、この世界は本当に終わる。パラメータを見比べて命の行方を決定するだけの、残虐《ざんぎゃく》で冷酷《れいこく》でデジタルな仕組みが全《すべ》てを覆《おお》い尽くしてしまう。

上里の言う善悪論を超えた奇麗《きれい》ごとは、つまりそういう事だ。

力を持つ者は、特別な状況に立つ者は、それだけで命を賭《と》して戦わなければならないのか。これまで歩んできた道のりを全部忘れて、抱えていた大切なものを放《ほう》り出して、機械仕掛けのように死の壁へ突撃《とつげき》しなくてはならないのか。

もしもそんな風に悩んでいる女の子を見つけたら、もう無条件で言わなくちゃならない。

絶対に違う、と。

もう一つの正義。

故《ゆえ》に、容易には届かない相手は、嘲《あざけ》るように突きつける。

「だったらどうする。姉も妹も両方救うか、どっちも見捨てられないか？　きみは結局何も選べずにどっちも失う愚《おろ》か者だ。ぼくとは違う、執着を抱えたゼロ。全《すべ》て失ってからだって仕方がなかったじゃないかとメソメソ泣いて自分の人間性だけを守るのに精一杯の偽善者だ。笑わせるなよ上条当麻《かみじょうとうま》、何も選べない、何も捨てられない、その重さも背負えない。そんな野郎が救いを語るな。レイヴィニアの計画に乗り続ける限り、きみが命を奪《うば》う側に立って、奇麗に終わらせようとしているのに変わりはないんだ」

「それでも……」

歯を食いしばって。

己の敵を見据えて。

上条当麻は、もう一人の少年に向けて腹の底から叫び返す。

「それでも言わなきゃダメなんだよっ!!　助けてほしいと願う女の子の前に立ったら、奇麗《きれい》ごとだろうが何だろうが言ってやらなきゃおしまいなんだ!!　たった一人もこぼさない、苦痛や恐怖の世界に取り残させない、必ず全員みんなで笑ってみんなで帰るってな!!」

がむしゃらな叫びに、上里《かみさと》は一瞬《いっしゅん》だけ喉《のど》を詰まらせたようだった。

だが直後に怒《いか》りと憎悪《ぞうお》が瞳《ひとみ》に宿る。

理想送り《ワールドリジェクター》が復活する。

「お得意の先延ばしか、自分で選びたくないだけか？　具体的な方法なんかないくせに。結局そうして、両方失うだけのくせに」

「ああ‼　俺はＩＱ二〇〇の天才様じゃない！　一〇万三〇〇〇冊の魔道書《まどうしょ》を丸暗記した禁書目録でも世界をまるっと作り替える『魔神《まじん》』サマでもないんだ‼　だからって人に言われたから諦《あきら》めるなんて絶対に無理だ。馬鹿《ばか》は馬鹿なりに、ヒントが見つからねえなら見つかるまで足《あ》掻《が》くぞ。インデックスやオティヌスに相談して、バードウェイやネフテュスにも話を聞いてもらって、使えるものは全部使うんだ！　プライドなんてどうでも良い、俺様一人で全部片付けなくちゃならないなんてルールはどこにもないんだからな‼」

「ハッ、結局は他人任せか？　それもまた予防線か？　もしも何かが失敗したとして、全て失ったとして、ママに言われた通りにやっただけなんですって言い張るために」

「言っただろ、使えるものなら何でも使うさ。こっちは人の命がかかってんだ！　格好つけてなりふりなんか構っていられるかっ‼　だから何だって使うんだ‼　アンタのやり方を見送るだけじゃやパトリシアはベッドの上で乾いたサナギになった人生を昏《くら》い笑みを浮かべて最善だったって思い込むしかなくなるんだから！　無様《ぶざま》でも、みっともなくても、本末転倒《ほんまつてんとう》でも、何とでも言え！　安易に諦《あきら》めて涼しい顔してクールを気取って、誰《だれ》にも選べない痛みを伴《ともな》う選択をきちんとできた俺様カッコイイなんて自己陶酔《とうすい》は真っ平だ!!　救いの定義を自分のために設定してんじゃねえぞ、上里《かみさと》ォ!!」

だって、上条《かみじょう》は知っているのだ。

悪は何故《なぜ》生まれると思う？　誰かが言ったから正義なんじゃない。どこかに書いてあったから悪なんじゃない。誰かが誰かを諦めて、切り捨てた時に、その人は悪という事になってしまう。一方的に救いの可能性を切り離《はな》されて、誰とも繋《つな》がれなくなって、あいつはもうダメだと指を差された時に。

僧正《そうじょう》がそうだった。

上条がそうした。

ひょっとしたら、オティヌスと同じように和解できたかもしれなかったのに。ネフテュスのように話をできたかもしれなかったのに。その容貌《ようぼう》や生い立ち、そして凶暴性《きょうぼうせい》に引きずられて、そんな道をすっかり忘れていた。倒せば良いものだと一方的に定義づけた!!

あんなのはもうごめんだ。

絶対に僧正が良いヤツだったとは思わない。あの結末が最善だったようにも思える。でも、だけど、それとこれとは話が別だ。もうあんな痛みを受けるのも、与えるのも嫌《いや》だ。誰かを悪人にしてしまう瞬間《しゅんかん》に立ち会うなんていうのは真っ平なのだ。

だから。

「俺は救うぞ、上里……」

「？」

「レイヴィニアとパトリシア。あの二人をどっちも救い出してみせる。たとえ彼女達がどっちもどっちで鏡合わせの自己犠牲《ぎせい》にまみれていたとしても！　機械に繋がれて乾いた棒切れみたいな体になる苦痛や恐怖をあらかじめ許容していたとしても！　全部ぶっ壊《こわ》して台無しにして、片《かた》っ端《ぱし》から何もかもを助け出してみせる!!　俺はっ!!　何があったって、バードウェイ姉妹はもう駄目《だめ》だなんて切り捨てたりはしねえからな!!」

「……にを、言っているんだ？」

「これがヒーローってヤツさ。あるいは『どこにでもいる平凡《へいぼん》な高校生』ってヤツだ！　言うんだよ、こういう場面では。具体的な方法とか確率論なんかどうでも良い。あてなんかなくたって、袋小路に迷い込んだって、それでも帳尻《ちょうじり》を合わせてやらなくちゃならねえ場面があるんだよっ!!　当たり前の事だろうが。みんなを助けたいなんて、誰も死なせたくないなんて、一人もこぼしたくないなんて、苦痛や恐怖の世界に置いてきぼりにしたくないだなんて、わざわざ理由を問いただすようなものでもねえだろうがっ!!!!!!」

「重ねて言うぞ、どうやって」

荒い息を吐《は》きながら、上里《かみさと》が嘲《あざけ》る。

「姉のバードウェイは『果実』を育てていく過程で肉体が内側から破裂《はれつ》する。妹のパトリシアは無理にサンプル＝ショゴスを引き剝《は》がせばペラペラの皮一枚になって死ぬ。どっちにしたって助からない。全員救出の目なんかない。唯一《ゆいいつ》両方助かる道は、パトリシア自身が全身の脂肪に頼《たよ》らずに栄養源の外部注入に頼る道を模索するだけだ、その過程で肉体にどのような変化が訪れようとも。それともきみのお仲間にはよっぽど優《すぐ》れた『異能の力』の持ち主でも揃《そろ》っているって言うのか？」

「……俺は言ったよな。どんなに無様《ぶざま》でも、みっともなくても、本末転倒《ほんまつてんとう》でも構わないって」

ゆらりと笑って上条《かみじょう》は答える。

「バードウェイの話じゃ、寄生生命体はパトリシアの全身の脂肪を溶かして、空《あ》いたスペースに潜《もぐ》り込むらしい。栄養の蓄積や分配もそいつが担《にな》っちまうから、無理に取り除くとパトリシアは栄養失調で死んじまう。そうならないよう安全に追い出すために必要なのが『果実』だって」

「だからどうした。詰んだ状況をわざわざ確認して何が出てくる」

「大事だぜ。前提条件の確認ってのは大事な事なんだよ、ルーキー。だったら話は簡単なんだ。パトリシアの身体《からだ》に、代わりになる脂肪を注ぎ込めば良い。点滴だの透析《とうせき》だのの話じゃない、もっと単純に、なくしちまった脂肪を補ってやれば元に戻るんだ。椅子《いす》取りゲームみたいにその脂肪を使って寄生生命体を追い出してやれば。そうすれば、化け物がいなくなった後もパトリシアは皮一枚にはならない！　新しく取り込んだ脂肪から栄養分を補給していけば栄養失調にもならない!!　あの子は『果実』がなくても助かるかもしれないんだ!!　当然ベッドの上のサナギみたいな事にもならない!!」

「ご高説ありがとう。だがその便利アイテムはどこにある？　まさかと思うが整形手術の脂肪吸引ダイエットで自分の腹を吸い出してパトリシアに注ぎ込んだ程度で万事解決などと考えてはいないだろうね」

「お前はもう見ているはずだぞ」

今度こそ。

上里翔流《かける》の動きが止まった。

束《つか》の間《ま》、彼は宿敵と戦う事さえ忘れていた。

「なん、だって？」

「いるだろう、動物というよりは植物に近い性質を持った人間が。いるだろう、『接合』だか何だか応用してあらゆる物質の特徴を取り込む事ができる人間が」

そして。

そして。

そして。

「忘れているんじゃないのか。脂肪ってのは何も動物質だけとは限らない！　菜種油《なたね》とかマーガリンとか、植物質のものだって普通にあるんだぞ!!」


前提が、認識が、思考が。

問題が、苦難が。

消える。

上里翔流《かみさとかける》は、呼吸さえも忘れていた。

その間にも、上条《かみじょう》の言葉が続く。

「普通に考えれば、人間の体内にマーガリンを塗り込んだって栄養補給にはならない。そこまで都合良くはできていない」

バードウェイの胸の中で育っている『果実』もまた、トウモロコシのデンプンをベースにしたものであったらしい。

元々は医療用《いりょうよう》の技術で、止血用の糸やシートに使われていたもの。一度患部を固定すると、デンプンが自然と分解して組織と癒着《ゆちゃく》し、抜糸をしなくても傷を滑《なめ》らかに塞《ふさ》いでくれる技術を応用したものだとか。つまり条件さえ整えれば、拒絶反応は起こらない。

「だけどアンタのお仲間は違うんだよな？　確か園芸部の暮亞《クレア》とかいうヤツは『原石』で、体の性質はほとんど植物に近い希少種なんだよな。だったらそいつの技術を借りれば良い。暮亞《クレア》の肉体をそうして作っているように、人の身体《からだ》に馴染《なじ》む植物性脂肪を作ってもらって、パトリシアに注ぎ込めば良い！　それで万事解決するはずなんだ、誰《だれ》の犠牲《ぎせい》がなくても!!」

「……、」

「だから言ってやるよ、厚顔無恥《こうがんむち》にも人の持ち物を取り上げて、あたかも自分の専売特許みたいに見せびらかしてやる。アンタが一声かけていれば!!　バードウェイ姉妹はどっちも死なずに済んだはずだったんだ!!　ベッドの上のサナギみてえな苦痛も恐怖もいらなかった！　なのにクールを気取って格好つけて、悲劇を美徳にすり替えて、惨《みじ》めったらしく悩み抜く事もしない内からあっさり見捨てやがって！　何がヒーローだ、今のテメェの言動のどこに救いなんてものがあるってんだ⁉　この大馬鹿野郎《おおばか》がッッ!!!!!!」

虚《きよ》を衝《つ》かれた。

信じてきた正義を否定され、存在そのものを嘲《あざけ》られた。

「根拠《こんきよ》なんかない」

上条は吐《は》き捨てた。

彼は自分のデメリットから、目を背《そむ》けなかった。

「俺もお前も、どっちにしたって絶対助かるなんて保証はできない。そんなもんに素人《しろうと》が自分好みで姉妹の人生を預けようとしている俺達は両方とも最低だ！　でもどっちにするかって言ったら俺はこっちを選ぶぞ。アンタの方法はたとえ成功したって笑顔はない。確率が五分なら笑える方を取るに決まってんだろ‼」

上里《かみさと》には反論できない。もうその右手は振り回せない。彼自身が気づいている、今この場において、上条当麻《かみじようとうま》が提示した以上の『答え』を突きつける事はできないと。

その時だった。

ぐじゅり‼　という粘質な音が響《ひび》き渡った。

目をやってみれば、隣《となり》の建物の壁に赤と黒の不定形生物がへばりついていた。片方は腐《くさ》った絨毯《じゆうたん》のような毛皮の塊《かたまり》で、もう片方は人間の脂肪を溶かして隙間《すきま》に潜《もぐ》り込む南極由来の寄生生命体。『答え』が分かってしまえば、殺し合いなんかする必要もなかった最愛の姉妹。

「馬鹿《ばか》野郎が、どいつもこいつも空気に呑《の》まれやがって……ッ‼」

痛む体を引きずって、上条は改めてゆっくりと立ち上がる。

へたり込んだまま、上里はそんな少年を見上げていた。

「どうするつもりだ？　相手は高所の壁に張り付いている。その右手を使おうにも届く範囲《はんい》にはいないだろう」

「逆に一度だけ聞いてやるよ。アンタはどうしたい？」

吐《は》き捨てるように上条は言った。

「前に言ったな、好きでこんな力を身に付けた訳じゃないって。やりたくてやっている訳じゃないって。今、ここに立って、あの姉妹を見てもまだそう言えるんだったら、そこで無様《ぶざま》に這《は》いつくばってろ。後は全部俺が片づけてやる」

「……、」

「だけど、もしもだ」

一拍を置いて。

切り返すように。

「あの二人を見て！　払う必要のない犠牲《ぎせい》に振り回されて、くだらねえ悲劇の道を邁進《まいしん》しようとしている女の子達を見て‼　少しでも何かを想う心があるなら、俺について来い。良いか、ルーキー。どこにでもいる平凡な高校生ってのはな、本当に困っているヤツを見ちまったら最後、たったそれだけでいつでもヒーローになれるヤツの事を言うんだよッッ‼‼‼」

こんなのは当たり前の事だ。

人を助けたいなんて誰《だれ》もが思わず考える事なのだ。

それができない、やろうとしない。そんなのはもう平凡《へいぼん》ですらない。

ただの負け犬。

タマナシ野郎。

そう呼ばれたくなければ、立ち上がるしかないのだ。

怖くたって、足が震《ふる》えたって、歯の根が合わなくたって、頭の中が真っ白になったたって。

『普通』である事は。

『平凡《へいぼん》』である事は。

そんなに簡単なものではない。楽してなれるものではない。何もしない状態が『ありふれている』のではない。それを守るだけで、普段《ふだん》は意識もしていない積み重ねがきちんとあるのだ。ちょっとでも努力を怠《おこた》れば人は道を誤り、簡単に『ありふれた』毎日から踏《ふ》み外してしまうものなのだ。

だから。

「アンタの言う『普通』がどんなもんか、俺に見せてみろよ」

上条当麻《かみじょうとうま》は語る。

『どこにでもいる平凡な高校生』はそう投げかける。

「アンタの願う『普通』の世界ってのがどれだけ奇麗《きれい》なもんなのか、俺に見せてみろ!!」

3

一人の姉はこう思っていた。

(……ようやく間に合った。体内の『果実』が腐《くさ》り落ちる前にこうして追い着く事ができた。後は結実を待てば良い。たとえその過程で私の心臓や肺が圧迫《あつぱく》されて潰《つぶ》れようとも、妹を確実に救い出す道が開く……ッ!!)

一人の妹はこう願っていた。

(……まだお姉さんが助かる道は残っている。私がサンプル=ショゴスに寄生されたのは私の落ち度で、お姉さんが責任を取るような事じゃない。完成前の『果実』を潰す、取り除く。私が帰りのチケットを放棄《ほうき》すれば、それだけでお姉さんは助かるんだからっ!!)

共に粘質な音を立てて壁へ垂直に張り付き、腐《くさ》った赤い絨毯《じゅうたん》や凝視《ぎょうし》するほど像を見失う真っ黒な化け物になってでも。そうまでしても大切な人を助けたいという想いの部分までは決して汚《けが》れる事はない。

しかし。

だからこそ。

二人の姉妹は絶対に止まらない。その根底に善なる光があればあるほど、彼女達は妥協《だきょう》という言葉から遠ざかっていく。ほとんどの人は、悪を貫徹《かんてつ》する事なく疲れて、擦《す》り切れて、動きを止めてしまう。だけどほとんどの人は、善行に痛みなど覚えないのだから。

善は悪より強い。

善に流れる方が簡単だ、と置き換える事もできる。

よって、

『……ッ!!』

『────ツッツ!?』

轟音《ごうおん》が連続した。

赤と黒の怪物が、垂直な壁に張り付いたまま互いを貪《むさぼ》り合う。

同じ血を分けた家族同士の衝突《しょうとつ》であっても、もはや遠慮《えんりょ》は無用。叩《たた》く、泣かす、傷つけるために暴力は振るえなくても、『救う』ためならいくらでもできる。できてしまう。

そんな、どこまでも残酷《ざんこく》で。

いっそ滑稽《こっけい》とさえ思ってしまうほどの。

胸糞《むなくそ》悪い悲劇ごっこを、上条当麻《かみじょうとうま》の幻想殺し《イマジンブレイカー》が全力で砕《くだ》きに行く。

高所の壁に張り付いたバードウェイ姉妹に、一体どうやって接触するのか。

仕組みなんて説明してしまえばすぐ終わる。

いったん建物の屋上まで出向いて、そこから垂直にダイブするだけだ。

「お、おお、おおお!!」

命綱《いのちづな》も何もない。

完全なる自由落下。

元々、学生寮《りょう》のある辺りは建物が密集している。別の建物の壁にバードウェイ達が張り付いていたとして、こちらの学生寮の屋上から飛んでも接触は可能だ。

狙《ねら》いは姉のレイヴィニアではなく妹のパトリシア。右拳《みぎこぶし》に限界以上の力を込めて握《にぎ》り締《し》めるが、しかし上条には自分の肉体の進行方向を変える術《すべ》もない。

ゴッ!!　と。

赤と黒の双方から、邪魔《じやま》するなとばかりに無数の槍《やり》が飛び出した。

悲劇に続く道を邪魔するなと、まるで見当違いな正義に駆られて。

だがそんな茶番は長続きしない。

屋上の上から、もう一人の『どこにでもいる平凡《へいぼん》な高校生』の声が響《ひび》いた。

「……………………、、、、、、、、、、……………………？」

根こそぎだった。

懐中《かいちゆう》電灯の光を使った巨大な影絵が、腕の影が、上条を襲《おそ》うはずだった有象無象《うぞうむぞう》をまとめて抉《えぐ》り取る。

くり貫《ぬ》かれた対空砲火の穴。

その中へ滑《すべ》り込むようにして。

上条当麻の体が腐《くさ》った赤い絨毯《じゆうたん》の塊《かたまり》の真横をすり抜け、さらにその下、壁にへばりついたタコにも脂肪にも炙《あぶ》ったゴムにも見える黒い塊《かたまり》を目指す。

接触する。

ついに、届く!!

『っ⁉』

ズバン!! と瞬間的《しゅんかんてき》に黒々とした塊が弾《はじ》け飛んだ。壁に張り付く力も失ったのか、放《ほう》り出されたパトリシアの小柄な体もまた自由落下を始める。

後を追う格好になりかけた赤い絨毯《じゅうたん》の方が、不自然にその動きを止める。そこには人の意思がわずかに覗《のぞ》けていた。信頼《しんらい》とはそういうものだと、少年は思った。

上条《かみじょう》は右手を伸ばし、その腕を掴《つか》んで、引き寄せる。

どこまでも落ちながらしっかりと抱き締《し》める。

「大丈夫《だいじょうぶ》だからな」

囁《ささや》くような声は、しかし、きっとパトリシアだけに放ったものではなかった。

二つの魂《たましい》に向けて、上条当麻《とうま》は告げていた。

偽善《ぎぜん》でも独善でも何でも良い。資格だの身の丈だのは考えなくても構わない。こういう場面に立ち会ったら、絶対に言わなくてはならない台詞《せりふ》がある。ボロボロになって、泣く事も忘れて、自分の命を切り捨てる道が最善だなんて思うようになった女の子がいるのなら、それだけで放たなければならない言葉があるのだ。

「くだらねえ幻想はもう終わりだ。ここで全部ぶっ壊《こわ》してやる‼」

彼らの体はアスファルトには激突しなかった。

地面近くでいくつもの植物の蔦《つた》が縦に横にと飛び出していく。それは広大な網《あみ》になると、落下してきた上条達をぼすりと受け止めてしまう。

脱出するのももどかしく、上条は植物のネットを右手の幻想殺し《イマジンブレイカー》で引き千切《ちぎ》っていく。

下では例の植物少女、真っ白な肩出しワンピースの暮亜《クレア》が待っていた。

「頼《たの》む‼」

「ああもう、ばか、私のお人好《ひとよ》し‼　何だってまあ上里《かみさと》さん以外の命を守るために全力出さなきゃならないってんですか⁉」

路上に仰向《あおむ》けに寝かせたパトリシアを、大きな丸眼鏡を掛けた少女が覗き込む。あまり時間はない。彼女の体を蝕《むしば》んでいる『サンプル＝ショゴス』がどう動くかは予測がつかない。

まず最初に、糸より細い根のようなものがパトリシアの全身の毛孔《けあな》から潜《もぐ》り込んだ。

何かをサーチしているらしい。目を瞑《つぶ》るメガネの少女が何かを囁《ささや》く。

「一つ、二つ、三つ、四つ、五つ、六つ、七つ、八つ。該当箇所を確認。植物性脂肪の生成、形成、注入口の準備完了しました」

両目が開かれた。

ジャコン‼　というカラクリじみた音が響《ひび》き渡った。

暮亜《クレア》の一〇本の指の爪《つめ》がメートル単位で伸びる。クリーム色をした刃がパトリシアの全身各所へ一息に突き刺さっていく。練った小麦の塊《かたまり》に鉄の串《くし》を刺していくような、小気味の良い音が連続した。顔、腕、足、下腹部……それぞれバラバラな箇所へ刺突し、何かを堰《せ》き止めると、それを嫌《きら》うような動きが起こる。分厚いダウンジャケットの上からでも分かる、明確な変化。まるで八本の脚をなぞるようにして『何か』が流動し、彼女の薄《うす》い胸の真ん中へと集約されていく。握《にぎ》り拳《こぶし》くらいの塊が、皮膚《ひふ》の下で蠢《うごめ》いているのだ。

びくんっ!!　と小さな体が震《ふる》える。出血らしい出血は見えない。

「出てきた所から順次潰《つぶ》してください！　再び宿主を追い求めるより前に、徹底的《てっていてき》に!!」

まるで膿《うみ》を押し出すようだった。

まず胸の中心まで届かない、八本の流動ルートの途中。パトリシアの柔らかい皮膚を割り、あちこちから不気味《ぶきみ》に泡立つ真っ黒な『何か』が沁《し》み出してきた。それが奇怪な動きを見せる前に、上条《かみじょう》は指先で拭《ぬぐ》うようにして幻想殺し《イマジンブレイカー》を押し当てていく。

そのたびに何かが消えていき、連動して胸の中心の塊の体積も小さくなっていく。正確な知識のない上条には、何となくの直感で理解できる事があった。

万事順調。

パトリシアの身体《からだ》が空《から》っぽの紙パックを無理矢理ストローで吸い続けるようにベコベコになったりもしない。暮亜《クレア》の植物性脂肪がそうなる前に隙間《すきま》を埋め、栄養失調に陥《おちい》るのも防いでいるのだ。

しかし。

この時。

暮亞《クレア》は一ヵ所のみならず、一〇本指を全《すべ》て使って一気にパトリシアの身体に干渉《かんしょう》していた。サンプル＝ショゴスはあたかも皮膚の下を自在に泳いでいるように見せかけているが、本質的には人間の脂肪を溶かして空《あ》いたスペースに潜《もぐ》り込んでいる、らしい。だから、ひょっとしたらいくつかの『部屋』に分かれて寄生しているのかもしれない。それを追い立て、隙間《すきま》を埋《う》めて、居場所を奪《うば》っていく訳だ。あの胸の中心の塊は大仰《おおぎょう》で不気味だが、優勢とは限らない。逆に追い詰められて迷い込んだ袋小路が、胸の辺りにある『部屋』だったのだ。

となると、次の動きも予想しておかなくてはならなかったか。

ゴギン!!　と鈍《にぶ》い音が響《ひび》く。寝かされたパトリシアから。

ダウンジャケットが内側から不自然に波打つ。

暮亞《クレア》の長い爪を、逆に黒い牙《きば》のようなもので噛《か》みつき、強引に固定しているのだ。

「なにこいつ、この子の体内に入った私の爪も宿主の一部と誤認している……？」

白いワンピースの暮亞《クレア》が両手を囚《とら》われ、むしろパトリシア側へぐんっ!!　と引きずり込まれそうになりながら呟《つぶや》く。

少しでも状況を打破しようとしたのかあちこち見回す彼女の首が、止まる。

上条《かみじょう》もその意味を知った。

彼らの真後ろ。地面を突き破り、黒々とした触腕のようなものが今まさに一斉に雪崩《なだ》れ込もうとしていたのだ。

おそらくはパトリシアの背中側から飛び出し、地面を食い破って。土も草もお構いなしに。

「いいや、もう植物の私だけじゃない。何でもかんでも口に入れて、試せる手は全部試すつもりですか、窮《きゅう》地に陥《おちい》った虫が川に飛び込み、魚が水から跳ねるように！」

上条はとっさに右手を跳ね上げ、無防備な暮亞《クレア》の盾《たて》になろうとして、

「ダ───ッ⁉」

だめ。

植物少女の放つ叫びが終わる前に、上条も己の迂闊《うかつ》に気づいていた。

彼女は言っていた。作業によってはみ出てきたモノから潰《つぶ》していけ、と。イレギュラーで出てきた今回の分は想定されていない。どんな危険に結びつくかも。

ヤツの方も、それを盾にしていたのだ。

これまでも何度か幻想殺し《イマジンブレイカー》で黒い塊《かたまり》を潰してきた。でも今回は事情が違う。言ってみれば手術を巻き込んでいる。このまま暮亞《クレア》のペースを乱してしまえば、無防備なパトリシアがどう

なるか予想がつかない。想定以上にパトリシア体内のサンプル＝ショゴスを破壊《はかい》して急激に衰《おとろ》えるかもしれないし、暮亞《クレア》の一〇本の爪《つめ》がパトリシアの体内をかき回してしまうかもしれない。

つまり。

右手で迎撃《げいげき》すれば急激なショックでパトリシアは死ぬ。だが見過ごせば雪崩《なだれ》のような塊にみんなやられる。宿主が移る場合、古い方を気にするとも思えない。

動くか、動かないか。

どちらの選択にしても、パトリシアの死が決定される。

そしてもう遅かった。

思考から行動に移った後の話だった。

「ち、くしょ……」

今さら自分の筋肉に急ブレーキを掛けようとしても上手《うま》くいかない。上条の右手が、そのまま雪崩れ込む黒い塊に叩《たた》き込まれてしまう。

「……ああ!!」

破壊が始まる。

4

その時だった。

上の階の通路から状況を観察していたインデックスは、ふと肩にかかる重みがふわりと消えていくのを感じていた。断続的に頰《ほお》へ当たっていた熱い吐息《といき》もまた。

「？」

怪訝《けげん》な顔をする彼女は、肩を貸していた相手の方へ目をやる。

ネフテュス。

『魔神《まじん》』の一角。その存在自体も信じがたいが、聞いた話では上里翔流《かみさとかける》の使う理想送り《ワールドリジェクター》によって、九九％以上の肉体を別の世界へ追放されたらしいその女性。

「……この辺りかしらね」

額《ひたい》からうっすらと汗の珠《たま》を浮かばせながら、褐色《かっしょく》の美女は笑っていた。

おそらく誰《だれ》も知らなかっただろう。それはかつて、僧正《そうじょう》と呼ばれた『魔神』がデンマークで砕《くだ》け散ったオティヌスを眺《なが》めて呟《つぶや》いたのと同じ台詞《せりふ》だった。

善か悪かで切り分ければ、僧正は間違いなく悪だったけれど。

やはり彼も神様の一柱として、何かを救っていた。

「ひょっとしたら奇跡でも起きるかもしれないと思っていたけれど、やはり崩壊《ほうかい》からは逃れられないか。そもそも、神様が奇跡にすがるというのもおかしな話ではあったし……」

「何を……」

「詳しい話は貴女《あなた》から上条当麻《かみじょうとうま》にしておいてちょうだい。彼は身近な人の死を許容しがたい人物のようだったから。『魔神』ネフテュスは元々死んでいて、残留体温のようなもので体を動かしていただけだった。時間が来たから活動が停止しただけで、貴方《あなた》に何か落ち度があった訳ではなかったと」

ネフテュスが、離《はな》れる。

最初、インデックスはそう錯覚《さっかく》した。だが違う。彼女には自分で足を動かす力も残っていない。なのに重みが消えているのは、その存在そのものが薄《うす》れているからだ。

ざらり、と。

褐色の美女の輪郭《りんかく》が、砂の像のように乾いて霧散《むさん》する。

そして最後に妖艶《ようえん》な声だけが残った。

『そうよね。私は神様だもの。奇跡を願うのではなくて、最後まで奇跡を起こす側の存在であるべきだったわ』

「ネフテュス‼」

叫んだが、それでどうにかなる訳でもない。

力が衰《おとろ》えても相手は本物の神。一〇万三〇〇〇冊の人の知識でその魔術《まじゅつ》を妨害《ぼうがい》できるものでもないのだ。

声と気配が、消えた。手すりを越えた一陣の砂嵐《すなあらし》が、凄《すさ》まじい勢いで地上を目指した。今まさに悲劇が完成し、必要以上に寄生生命体を急激に殺害してしまったが故《ゆえ》に衰弱死《すいじゃくし》に追い込まれつつあるパトリシア＝バードウェイの元へと。

彼女はネフテュス。

エジプト神話に伝えられる女神。偉大な神の葬儀《そうぎ》の席で涙を流す以外に伝承らしい伝承を持たない、泣き女を軸として創作された神格とも呼ばれる存在。

ネフテュスには個人としての生い立ちや遍歴はない。彼女はピラミッドに埋葬《まいそう》される人間の王のために副葬されていった、数千数万にも及ぶ召使い達の集合だからだ。だからこそ、本来のネフテュスは外の世界やそこに住む人々に興味がない。自分と関係の深い個人を捜す事はできない。彼女自身に個人という概念《がいねん》がないから。そして集合としての共通認識として、王の供をするように無言の強要をしてきた者達の末裔《まつえい》と仲良くするつもりもないのだろう。

ただし。

(何故《なぜ》、と考えるべきだったのかしらね)

上里翔流《かみさとかける》の理想送り《ワールドリジェクター》に襲《おそ》われた時。

肉体の九九％以上を抉《えぐ》り取られたあの時。

死にたくないと、ネフテュスは素直に思った。得体《えたい》の知れない末路を辿《たど》った娘々《ニャンニャン》と同じ道は進みたくないと。ただ、では、何故？　そこにあったのは恐怖か。恐怖であるなら、その源流はどこにある？　存在が消されてしまう事か、あるいは単純な痛みか。だが先も言った通り、ネフテュスは王の副葬《ふくそう》のためにピラミッドに閉じ込められた召使い達の群れ。そもそも最初の出発地点からして歪《ゆが》みに歪みきっている以上、ただ単純な暴力に脅《おび》えるような心性はもうない。

であれば。

あの恐怖の正体は、

（ああ、私）

ネフテュスは、善か悪かで切り分ければ悪神であっただろう。

少なくとも、人間社会の目線で見れば。

僧正撃破後《そうじょうげきはご》、娘々が学園都市を破壊《はかい》すると宣言した時も止めに入らなかった。その事実は変えられない。

しかし、それでも。

たとえ直前までの行動と矛盾《むじゅん》していても、何もかも噛《か》み合っていなくても。

上里翔流に襲われたあの時に思ったのは、

（まだまだ神様らしい事をやってみたかったと、そう思っていたのね）

バキバキバキバキ!!　と砂嵐《すなあらし》のようだったネフテュスの組成が、ミクロの単位で切り替わっていく。彼女の肉体は風化し、時の流れと共に消えていったミイラが粉末状になったもの、その集積体だ。個々人を特定するような残滓《ざんし》はないだろうが、少なくとも『人体を構成するパーツ』であるのは事実。

それを使って、必要なものを揃《そろ》えていく。

サンプル＝ショゴスの急激な消滅《しょうめつ》によって命が消えようとしているパトリシアに必要なものを。つまりは代わりとなる脂肪分。ただ植物少女のそれと違って、動物質の塊《かたまり》であるネフテュスがそのままパトリシアの体内に潜《もぐ》り込めば、拒絶反応が起こってしまうだろう。

だから、全《すべ》てを組み替える。

パトリシア＝バードウェイの一部分となる。

書き換えの過程で、『ネフテュス』という存在は消えていく。言ってみればいったんデータを消したハードディスクの上から目一杯新しいデータを書き込んで、データの修復もできなくさせるような状態に等しいのだから。

ここにいるネフテュスは、そういう意味では死ぬのかもしれない。

だが不思議と恐怖はない。

上里翔流《かみさとかける》に襲撃《しゅうげき》された時の、あの感覚は襲《おそ》ってこない。それは肉体の九九％以上は別世界に追放されていて、ここにいる一％未満が死滅した所で『本体』の意識はどこかに残るだろうとか、そういう合理の話ではない。

きっと自分の推測は正しかった。

今度は何かを成し遂《と》げる前に消えてしまうような状況ではない。

だから上里の手で一方的に追放された時の恐怖はやって来ない。

そう思って。

もしもまだ顔が残っていれば、ネフテュスは笑っていただろうと思った。


直後に、全てが終わる。

エジプトの女神が死の淵《ふち》に立つ少女の元へと辿《たど》り着く。


「か……ッ⁉」

パトリシアの全身がびくりと震《ふる》えた。

急激に体積を失い、まるで乾いたミイラのように変質しかけていた彼女の体が、内側から膨《ふく》らませるように元に戻っていく。その肌や髪から艶《つや》のある光が滲《にじ》み出てくる。少女は、ただ少女に回復していく。

ネフテュスの残滓《ざんし》は消え、ただパトリシアの自然体だけが残る。

しばし。

生と死の狭間《はざま》をさまよい、入眠時幻覚《げんかく》のようなものに囚《とら》われていたパトリシアは、茫洋《ぼうよう》とした瞳《ひとみ》をどこかに向けていた。

幻想《げんそう》芸術の世界に佇《たたず》む彼女の意識は、浮かんだ疑問をそのまま口に出していた。

「……あなた、は……？」

それは、上条当麻《かみじょうとうま》や暮亞《クレア》には見えていなかっただろう。

それは、空気を振動させて鼓膜《こまく》を震《ふる》わせるものでもなかっただろう。

だけど、パトリシア＝バードウェイは確かに聞いた。

彼女の声を。

強《し》いて答えるなら、神様かしらね。

5

全《すべ》て終わった。

パトリシア＝バードウェイの身体《からだ》を蝕《むしば》んでいた南極由来の寄生生命体サンプル＝ショゴスさえ片付いてしまえば、姉のレイヴィニア＝バードウェイの命に関《かか》わる『果実』の問題も連鎖的《れんさてき》に解決する。バードウェイはしばらく降って湧《わ》いた奇跡の存在を信じられなかったようだが、気を失った妹の身体を調べていく内に、嫌《いや》でも認めざるを得なくなったらしかった。分かりやすく口で感謝を述べる事はなかったが、ずるりとその胸の中心から得体《えたい》の知れない人造臓器を取り出して放《ほう》り捨てたのが一番の証拠《しょうこ》だ。

『上里勢力《かみさとせいりょく》』という不気味《ぶきみ》な枠組みが存在するようだが、上里翔流《かける》本人はパトリシアに固執するつもりはないらしい。初めからそうだったのか、上条《かみじょう》の介入を尊重したのか。彼の口振りからすると、むしろ勢力は広がらない方が好ましいと考えている節もあるが……。

そして、『魔神《まじん》』ネフテュスは消えた。

あれだけ散々大口を叩《たた》いておきながら、結局、上条は犠牲《ぎせい》を許容してしまった。

「……、」

どうにもならない事だった。

苦いものが胸の中に広がるが、今は立ち止まってもいられない。

「それで？」

上条当麻《とうま》は、改めて視線を周りに投げた。

多くの少女達に取り囲まれている、『どこにでもいる平凡《へいぼん》な高校生』上里翔流が待っていた。

「アンタはどうするつもりなんだ。別にここでお開きって訳じゃあないんだろう」

「まあねえ」

そもそも上里からすれば、パトリシアの件は脇道《わきみち》だったはずだ。まず『魔神』や幻想殺し《イマジンブレイカー》の件があり、その途中で見つけたもの。ただ上里本人の指向性の問題もあり、ひとまず目先の命を優先していたというだけの話。

楔《くさび》から解放されれば、本題に戻るだけ。

ネフテュスは消えた。だが今この場には、最後の『魔神』が残っている。

オティヌス。

「きみに一度だけ質問しておこう」

上里はそんな風に言ってきた。

「ぼくの理想送り《ワールドリジェクター》やきみの幻想殺し《イマジンブレイカー》は、発生の段階からして多くの『魔神』達が深く関与してきた。ぼく達の周囲を取り巻く異様な環境も、巻き込まれてきた様々な事件も、言ってみればぼく達が平凡でなくなった元凶《げんきょう》に『魔神』がいる。……ぼく達には、復讐《ふくしゅう》する権利があるとは思わないのか?」

「もしもさ」

上条《かみじょう》もまた、逡巡《しゅんじゅん》しなかった。

オティヌスの時は脳が焼き切れるほどのた打ち回った。僧正《そうじょう》の時は恐怖に駆られて本質を見失った。だけど、ネフテュスで何かが変わった。もう迷う必要はなかった。

「もしもお前が、ネフテュスの最期《さいご》を見てもまだあいつが悪『しか』ない存在だって断言するなら、お前はやっぱり俺の敵だよ、上里《かみさと》。俺の目には、アンタの方こそ悪に見える。思わず切り捨てちまおうかって頭によぎるくらいに」

「……、」

一度だけ、上里翔流《かける》は首の横に手を当てたまま目を細めた。

その辺りについては、彼にも思う所はあるのかもしれない。あんな所は見なければ良かったと、少年の顔に書いてあった。

一歩。

上里が前へ踏《ふ》み出すと、周りにいた少女達はゆっくりと離《はな》れ、遠ざかっていった。

応じるように。

上条もまた一五センチのオティヌスをインデックスに預ける。銀髪のシスターと、それにぐったりした妹を抱えるバードウェイが、意を得たように後ろへ下がる。

二人の少年がゆっくりと正面から近づいていくたびに、周りの全《すべ》てが消えていく。

いつしか夜の暗闇《くらやみ》には彼らだけ。

幻想殺し《イマジンブレイカー》と理想送り《ワールドリジェクター》。まるで磁石の両極のようなイレギュラー同士が、互いに引かれ合うように自然と歩いていく。

数メートルの距離《きょり》を開けて、彼らは立ち止まった。

もう一歩踏み込み、拳《こぶし》を振りかぶれば、いつでも互いの顔面を捉《とら》えられる射程圏。上里の首の横から、掌《てのひら》は離れていた。ゆるりと緩《ゆる》く握《にぎ》って開くその手一つは、『魔神《まじん》』さえも抉《えぐ》り取れる究極の兵器でもある。

上条当麻《とうま》と上里翔流の視線が激突する。

「奇妙なしがらみの前に、単純に知っておきたかった事でもあったんだ」

「……、」

「ぼくの理想送り《ワールドリジェクター》ときみの幻想殺し《イマジンブレイカー》。言ってみれば矛《ほこ》と盾《たて》。世界に対する極限のイレギュラーがぶつかった場合、果たしてどちらが優先されるのかってね」

「案外、どうって事はないかもしれない」

「そうかい？　ぼくはこれでも、反物質反応みたいな事にならないかちょっぴり不安でもあるんだけれど」

ぎちり、と。

二つの拳《こぶし》に、それぞれ強大な力が加わっていく。

「もう小細工はナシだ」

「ああ」

頼《たよ》りない街灯の光が、ふと消えた。

完全な闇《やみ》があった。

そんな中で。

何かが。

グゴギィッッッ‼‼‼　と。凄《すさ》まじい爆音《ばくおん》を発した。

本日の鍋パーティ、具材一覧その五

しょうゆ、味噌《みそ》

~~鶏のむね肉、大根、白菜、キャベツ、もやし、しらたき、豆腐~~

~~ブイヨンスープの素、塩、砂糖、胡椒、ちゃんぽん麺~~

~~お徳用箱詰めバニラアイス、黄桃・パイナップル・みかんの缶詰（デザート枠）~~

~~魚肉ソーセージ~~

~~カニバリゼーション『果実』（レイヴィニア＝バードウェイ産、限定稀少部位）~~

サンプル＝ショゴス（残骸《ざんがい》）

姫君の毛皮（残骸）

（一口メモ）

上条当麻《かみじょうとうま》「ああー、結局サイケ鍋《なべ》で落ち着きやがった……」

オティヌス「おいあれ千切《ちぎ》れてもびくびく動いているし、片方は人体に寄生するんじゃなかったたか？」

バードウェイ「見方によっては姉妹のエキスがたっぷり染《し》み込んでいる稀《き》少《しょう》食材だがな」

終章　揺りかごの時間の終わり　More_Purely,More_Bloody.

上里翔流《かみさとかける》は夜の第七学区を歩いていた。

携帯電話を使ってどこかと連絡を取り合っている。

『あっはは！　噂《うわさ》の幻想殺《イマジンブレイカー》しと一騎打《いっきう》ちどすかー。でも久しぶりに楽しめたんと違います？　アンタの力はメチャクチャよって、二撃目《げきめ》以降が続く方が珍《めずら》しいくらいやし』

「別に争いごとが好きな訳でもないんだけどね……」

『しっかし良く周りの護衛達が流しはりましたなあ。アンタのためなら黙《だま》って死体の一つ二つ山に埋めちゃうような連中ばっかりだっていうのに』

「……、」

電話の相手は気味悪がって言っているのではない。

本当にただそれが当然といった調子で語っている。例えば、幼馴染《おさななじ》みが頼《たの》んでもいないのにお弁当を作ってきてしまう程度の気持ちで。

それがもう上里翔流の日常になってしまった。

何かが道を踏《ふ》み外させた。

きっとこの右手のせいだと、彼は今でも信じている。

『で』

「うん？」

『結局どっちが勝ちましたん？　アンタの理想送り《ワールドリジエクター》と向こうの幻想殺し《イマジンブレイカー》。これぱっかりは科学捜査で予測を立てられるものでもあらへんからにゃあ』

「ああ」

上里は暗がりでゆっくりと息を吐《は》いて、

「幻想殺しは大した事なかった」

それが、一つの結末だった。

優先順位の決定を意味する言葉だった。

『ま、やーっぱそうなりますかあ。予想通りでつまらん結果やけど』

電話の向こうの絵恋《エレン》も驚《おどろ》いた様子はない。両者の戦力を見比べて精査した結果ではなく、ほとんど妄信的《もうしんてき》に上里の強さを信じているためだ。神は負けない。王義は負けない。ヒーローが負けるなんてありえない。まずそんな前提があった上で思考を重ねている。

「ただ」

だから。

きっと、絵恋《エレン》にはそんな続きも予想できなかったに違いない。

「……幻想殺し《イマジンブレイカー》の『奥』に、もう一つあったとはね……」

ガカッ!! とヘッドライトの強烈《きょうれつ》な光があった。

刹那的《せつなてき》に照らし出された上里翔流《かみさとかける》の全身は真っ赤に染まっていた。上着は乱雑に破り取られ、片腕はだらりと下がっている。首の横に手を当てる事もままならない。目も片方開いていなかった。

「幻想殺し《イマジンブレイカー》までは容易《たやす》かった。でも消し飛ばした途端《とたん》、アレが飛び出してきた……」

『え、ちょっと……？』

「……何だったんだろう。アレは、あいつは、もう幻想殺し《イマジンブレイカー》の保有者ってだけじゃない。上条当麻《かみじょうとうま》は……そう……」

『何ですのんその重苦しいトーン？ え、冗談《じょうだん》ですやろ、ちょっと待っておくれやす!!』

ザザザジジガガガ!! と通話がノイズで埋め尽くされた。

携帯電話を耳から離《はな》し、上里はパチンと二つ折りのボディを閉じる。ポケットに電子機器を突っ込んで視線を前に投げると、その先で何かが待っていた。

大型犬のように見えた。

ゴールデンレトリバーは人語で語りかけてきた。

『私がここに来た意味は理解できるかね？』

すぐには答えられず、上里は思わず片手を口に当てていた。

ごっぷ、と粘質な音が響《ひび》く。

口からの噴出は何とか防いだが、鼻の穴からドロリとした赤黒いものが垂れていた。喉元《のどもと》まで溜《た》まった鉄錆臭《てつさびくさ》い塊《かたまり》を無理矢理に嚥下《えんか》し、気道を確保する。

ようやっと、上里翔流は口を開く。

「……っづ。きみが、この街の死神か」

ゴールデンレトリバーはイエスともノーとも答えなかった。

その言い草にロマンを感じられなかったからかもしれない。

『正直に言って、「木原《きはら》」の一員たる私は善悪にさして興味はない。だが君は少々引っ掻《か》き回し過ぎた。人の庭に土足で踏《ふ》み込み、家庭菜園で育てていた果実を好き放題に啄《ついば》もうとした訳だ。申し訳ないが、好悪《こうお》で言えば悪に当たる』

何か。

とても大きくて重たいものが夜空から飛来した。

それはまるで、巨人が振り下ろすハンマー。しかもただ無秩序《むちつじょ》に暴虐《ぼうぎゃく》を撒《ま》き散らすだけではない。絶対の死刑判決を放つ裁判官のような、ある種冷酷《れいこく》な法則性を携《たずさ》えたもの。

ドン!! ゴンガンギン!! と立て続けにアスファルトの上へ突き刺さったのは、無数の金属コンテナだ。それらはサイコロの展開図のようにひとりでに開いていくと、様々な武装を露《あら》わにしていく。ゴールデンレトリバーの周囲に侍《はべ》り、あっという間に連結していく。

『本来、こいつは君みたいなのに向けるべきではないんだがね』

武装とは関係のない、細いアームを一本動かし、葉巻を咥《くわ》えながら『彼』は語る。

『なあ。君は対魔術式駆動鎧《アンチアートアタッチメント》ってものを知っているか？』

対する返答はシンプルだった。

「ああ」

既知。

驚《おどろ》きも何もないその声と共に、上里翔流《かみさとかける》はだらりと下がっていた腕に改めて力を込め、右手を横薙《よこな》ぎに振るっていた。

たったそれだけで。

ボゴッッツ!!!!!! と、木原脳幹《きはらのうかん》を取り巻いていた武装の半分以上がまとめてごっそりと消し飛ばされた。

「こちとら『魔神《まじん》』を本気で絶滅《ぜつめつ》させると意気込んで学園都市までやってきたんだ。そしてぼくが動く前に『ゾンビ』と『僧正《そうじょう》』を潰《つぶ》していたな。この右手以外でそんな事ができる方法を考えてみれば良い。ま、実際に頭の仕事をしてくれたのは絵恋《エレン》や獲牙《エルザ》達だから、あんまり偉そうな事は言いたくないんだけどさ」

『……、ほう。机上とはいえ辿《たど》り着いたか。よくもまあ変種ばかりをかき集めたものだ』

「そして善悪好悪《こうお》の話をしていたな。そういう観点なら、ぼくは善悪の悪で好悪も悪なヤツは大嫌いだ。言ってみれば、きみみたいなタイプかな？」

『では君は、何をどこまで摑《つか》んでいる？』

「そんなでもないさ。ぼくもこうして上条当麻《かみじょうとうま》にしてやられて、初めて気がついた程度だ」

　血まみれの上里は笑って、

「ぼくはパトリシア＝バードウェイを一時的に保護していた。もしも上条当麻の件がなければそちらにかかりきりになっていただろう。そして、ぼくの『理想送り《ワールドリジエクター》』は表層から深層へ順番に機能していくものらしい。上条当麻の幻想殺《イマジンブレイカー》しを排除した後、その奥にあったモノから一矢を報《むく》いられた今と同じように。全《すべ》て等速に平等に葬《ほうむ》る訳じゃない。わずかであってもラグが存在するんだ、困った事にね」

『……、』

「ふん、その調子だときみ自身も上の思惑には気づいていなかったかな？　きみの趣味《しゅみ》とも合わないようだしね。サンプル＝ショゴス？　南極由来の寄生生命体？？？　何を馬鹿《ばか》な」

理想送り《ワールドリジエクター》ならともかく、幻想殺し《イマジンブレイカー》でも消失は確認されていた。

つまりあれは単なる生き物ではない。何かしら、『異能の力』に関《かか》わっているモノだ。

「確か南極調査の後援には学園都市がついていたよね。だったらあれはぼくを真正面から不意打ちするための、少女トラップを作るための材料って考えるべきなんじゃないのかな。パトリシアも格好の材料だった。命を投げ出してでも姉を救うという命題がなく、通常であれば、漠然と不治の病に冒《おか》された者は思わず『誰《だれ》も知らない新天地』を夢想してしまうものだ。そして、クソっ、た、れ、の、性、質、と、し、て、女、の、形、を、し、て、い、れ、ば、何、で、も、救、っ、て、し、ま、う、ぼ、く、が、『上里《かみさと》勢力』の内側に引き入れた上で理想崩し《ワールドリジエクター》を使った途端《とたん》に体内から炸裂《さくれつ》するようびっくり箱を調整する。ではそんな彼女に何を埋め込んだ？　それは学園都市では良く知られる、ある種実力を信頼《しんらい》された既知の何かでなければ筋が通らない。そう、例えば……変色した『未元物質《ダークマター》』とかね？」

だから。確かに彼は呟《つぶや》いていた。

バギンッッ!!　と。

手を当てた首元から、枯れ木を折るような強引極《きわ》まる音が響《ひび》く。

「……イラついているかイラついていないかで言えば、少々本気でブチ切れている。『これ』も、この馬鹿《ばか》げた右手に引きずられているだけかもしれないけれど。ここは、ここだけは、別にそれでも構わないんじゃないかって思ってしまうぐらいにさ」

上条当麻《かみじようとうま》は、違った答えを出していた。

『右手』が存在を定義するんじゃない。それを振るう当人の歩みに定義があったのだと。

上里翔流《かける》は、そうとは思えなかった。

ある日降って湧《わ》いた以上の『何か』があると、自分の胸に質《ただ》すほどの自信がなかった。

彼は。

どこにでもいる平凡な高校生だから。

これまでもそうだったし、これからもそうでありたいと願い続ける一人の学生だったから。

だから。当たり前の感性に従って吐《は》き捨てていた。

「ふざけるなよ黒幕風情《ふぜい》が。ここから先は、もう何一つ奪《うば》わせやしないぞ」

……実際には『それ』こそがヒーローの片鱗《へんりん》かつ本質であると、『右手』の特異性に脅《おび》える少年は気づかないまま。

ゴールデンレトリバーはわずかに目を伏せた。

善悪好悪《こうお》。誰がどちらに立っているかを、一目で看破した。

できてしまった。

『なるほどな』

「まあ、メッセンジャーのきみに当たっても仕方がないかもしれないけどさ、これは所属の問題だ。恨《うら》むなら上を恨んでくれ」

『妙に空気がざわついて落ち着かなかった。善悪で言えば悪で、好悪で言っても悪とは。道理で「明け色の陽射《ひざ》し」の組織的な魔術《まじゅつ》の出番がなかった訳だ、同じ「黄金」の真髄《しんずい》が邪魔《じゃま》をしていたのだからな。アレイスターのヤツ、最後の最後にとんでもない尻拭《しりぬぐ》いを押し付けてくれたものだ……ッ!!』

ドガドガドガドガドガッツッ!!!!!! と凄《すさ》まじい応酬《おうしゅう》があった。

木原脳幹《きはらのうかん》の方からは無数の精密誘導《ゆうどう》ミサイルが飛び出し、レーザービームやプラズマ砲まで飛び出した。

多種多様な方式の攻撃《こうげき》だったが、対する上里《かみさと》は右手を振るうだけ。

それで全《すべ》てが消し飛ばされる。

向かってくる攻撃はもちろん、突き抜け、遠く離《はな》れた木原脳幹の武装が立て続けに破壊《はかい》されていく。

「無駄《むだ》な事だ」

上里翔流《かける》には結末が見えている。

クソったれの右手は揺《ゆ》るがない。

「ぼくの理想送り《ワールドリジエクター》は、願望の重複によって現世にすがりながら同時に新たな天地を求める者を実際に同時間軸の余剰《よじょう》領域へ追放する力を持つ。つまり『無駄な事』の一言に尽きるんだよ。きみがどれだけの力を保有しようが、きみがどれほどの戦術を組み立てようが……」

『――、』

「……それを作った張本人の心が一本の道を見出せずにブレている限り、ぼくの理想送り《ワールドリジエクター》はその人物に関連する全てにまとめて反応する。つまり追放し、吹き飛ばす。諦《あきら》めろ、最初に手を組んだ相手が間違っていたな」

（これも織り込み済みか。アレイスターのヤツ、自《みずか》らの弱点、欠点を認めた上でレールを組み上げ、どんな形になろうが自分の利に繋《つな》がる結果を弾《はじ》き出す。散々な回り道だったが、いよいよ『計画《プラン》』とやらが軌道に乗り始めたか。全てはあの『対立軸』を作るため、私はその前座にして余興。なるほど、ようやく調子を取り戻しやがって……）

次々と新しいコンテナが追加で射出された。

武装の形態そのものを何度も切り替えて、ゴールデンレトリバーのラッシュは続いた。

だが覆《くつがえ》らない。

それどころか、飛来するコンテナが地面に突き刺さる前に、空中にある段階で理想送り《ワールドリジエクター》が食い潰《つぶ》していく。徐々に木原脳幹のリソースは奪われていき、ついには丸裸にされてしまう。

「対魔術式駆動鎧《アンチアートアタッチメント》はそもそも軍事ではなく医療《いりょう》技術の応用だ。外付けのサイボーグと言った方が正しい。そしてその一番の目的は、どこかの誰かの肉体とリンクし、その力を遠隔地《えんかくち》で引き出す中継スポット。……つまり、きみが戦っている訳ではない。きみは送り届けているだけだ。本当に『魔神《まじん》』を恨《うら》みに恨み抜いている者の意思の力を」

もちろん。

木原脳幹《きはらのうかん》はただ虎《とら》の威《い》を借りていた訳ではない。たとえるなら、爆撃《ばくげき》のために敵地の深くまで浸透し、レーザー照準支援器で命懸《いのちが》けのロックオンを行う精鋭《せいえい》の兵でもあった。まして、扱《あつか》われるのは謎《なぞ》多きアレイスターの秘奥《ひおう》。科学の街の真髄《しんずい》どころか、そこから一歩でも二歩でもはみ出た別の世界の事まで理解していなければ、二人羽織《ににんばお》りの暴虐《ぼうぎやく》は成立しない。そしてそこまでの連携を可能とする存在は、木原脳幹をおいて他にいなかったのだ。

だが、それら人間離《ばな》れした腕は、今の状況の打開には繋《つな》がらない。

つまり、その大元の人物が理想送り《ワールドリジエクター》の条件に適合してしまえば、木原脳幹が纏《まと》っていた力はまとめて消し飛ばされてしまう。

「諦《あきら》めろ。尻尾《しつぽ》を巻いて逃げるのならば、一度だけは見逃す」

犬は、ただの犬に戻った。

そんな敗北者へ、離れた位置から上里《かみさと》はゆっくりと右手をかざす。

ただの犬を、負け犬に貶《おとし》めるべく。

「もっとも、それで生にしがみつきながら世界に嫌気《いやけ》が差したとブレたのであれば、こう尋ねてもあげよう。新たな天地を望むか、と」

『……、ふ』

ゴールデンレトリバーは、ゆっくりと息を吐《は》いた。

あらゆる武装を剝《は》ぎ取られ、しかし、その犬は唯一《ゆいいつ》残った細いアームで葉巻を取り出していた。

口に咥《くわ》えて、なお語る。

『確かに、私が纏う武装では歯が立たないのかもしれない。これを作り、運用した者が辿《たど》ってきた道を思えば、本当に諸手《もろて》を挙げて完璧《かんぺき》でしかない「計画《プラン》」の達成を望んでいるのか、それだけなのかは微妙な所ではある。善悪で言えば愚《おろ》かなほどに悪だが、好悪《こうお》で言えば愚かなほどに好ましいしな』

だが。

木原脳幹はそう切り返す。

アレイスターは言外に語っていた。対魔術式駆動鎧《アンチアートアタッチメント》を徹底的《てっていてき》に磨《みが》き上げた上で、それでも必ずお前は負けると。そしてそこまで完璧に組み上げた運命の呪縛《じゅばく》から、なお抗《あらが》って打ち壊《こわ》す瞬《しゅん》間《かん》を願っていると。

まるで。

どこぞの少年に宿る、あの特異点のように。

だから論理は捨てた。合理や効率も今は良い。

ただ、胸の内に宿るロマンに従った。

『……この私が、私自身を形作るモノが新たな天地を望むかと問われれば、答えはノーだ。若造、私には知性がある。それを授けてくれた七人の始祖を知っている。彼女達の遺志を理解し、その後に続こうとする私の思考と人格が、貴様ごとき異能に頼《たよ》る事しかできない者の振りかざす救い程度で道を誤り、願望の重複をもたらすなど絶対にありえん。私は、この世界で生きて死ぬ。それがどんな結果であろうとも向き合い、導き出された「木原《きはら》」の答えを確かめ、始祖が始めたタスクを閉じなければならないのだから』

「なるほどね」

上里翔流《かみさとかける》は小さく笑った。

笑って、右手を握《にぎ》って開いて、そして認めた。

「周りはともかく、きみは強い。それだけは事実であるようだ」

『行くぞ。最後の瞬間《しゅんかん》、その時まで』

直後の出来事だった。

今度こそ、本当の決着がついた。


頭の中をぐるぐると重たいものが回っているような感覚だった。

『木原』の一員のくせに思考は真っ白に飛んでいて、何も考えられない状態だった。

息を切らせて。

子供が怖い夢から逃げるような不恰好《ぶかっこう》で。

木原唯一《ゆいいつ》は、大慌《おおあわ》てで暗がりの道へと飛び出してきた。

「先生‼」

返事はなかった。

ただ切れかけた電灯の下には血だまりが広がっていて、その中心に横倒《よこだお》しになった影が転がっているだけだった。

相当に抵抗したのだろう。一歩も退《ひ》かなかったのだろう。普段《ふだん》あれだけ知性の塊《かたまり》のような存在であった脳幹《のうかん》の牙《きば》には、どす黒い血液がこびりついていた。彼自身のものではない。それこそ野獣《やじゅう》のように何度も何度も相手に噛《か》み付いたのだ。

そして受けた怪我《けが》はそれどころではなかった。ただの握り拳《こぶし》とも思えない。破壊《はかい》のルールに詳しい唯一にはすぐに分かった。おそらく伸縮式の特殊警棒のようなもの。相手は手足を噛み付かれながらも、構わずにゴールデンレトリバーを殴打《おうだ》し続けたのだ。

それこそ。

頭部と言わず胴体と言わず四肢《しし》と言わず。全身くまなく、至る所を叩《たた》き潰《つぶ》す勢いで。

木原脳幹が、動かなくなるまで。

「う、ううう、うううううう、うううううあああァアアああ‼」

唯一《ゆいいつ》は咆哮《ほうこう》する。

頭を掻《か》き毟《むし》る。全身の皮膚《ひふ》に爪《つめ》を立てる。ビリビリと音を立てているのは、彼女が纏《まと》うリクルートスーツや白衣さえも毟り取っているからか。

しかし同時に、研究者としての思考が勝手に回り始める。

即座に検分が始まる。

(脈拍、呼吸の乱れ。瞳孔《どうこう》の拡散、不規則な全身の痙攣《けいれん》。複数の臓器破裂《はれつ》に、骨折。血圧の急激な低下……)

目も当てられないような事実が、データとして一挙に羅列《られつ》されていく。

これをやった人物への憎悪《ぞうお》は良い。それより問題は木原脳幹《きはらのうかん》のバイタルだ。このまま放《ほう》っておけば確実に死ぬ。特に出血が酷《ひど》い。脳への酸素供給が滞《とどこお》れば、ゴールデンレトリバーの脳が破壊《はかい》されてしまう。それは『木原』にとって致命的な意味を持つ。外の兵装と繋《つな》がり、人語を操り、知性を補助するための外部接続装置にまで深刻なダメージが加わり、電極を通して体の中まで引っ掻き回されているという事に眩暈《めまい》すら覚える。

全《すべ》ての問題点を洗い出す。

続けて治療《ちりょう》方法についても。

両者を照らし合わせて、より厳密には時間を計って、そして絶望がやってきた。

(……間に合わない!!)

木原脳幹の治療が完遂《かんすい》するよりも、脳細胞が破壊される速度の方が速い。今のままでは十中八九《じっちゅうはっく》絶命、よしんば命が救われたとして、その知性は二度と戻らない。

であれば。

やるべきは。

（ああ、ああ、どんなに残酷《ざんこく》でも、どんなにえげつなくても、それでも目的を果たす。だって私は『木原』の一員なんだからっ!!）

ぐったりしたまま動かない血まみれの大型犬を両手で抱え、木原唯一は最寄《もより》の研究機関へ足を運ぶ。

待っていたのは巨大な冷凍装置だった。

コールドスリープ。ひとまず木原脳幹の損傷を食い止める事はできるが、逆に言えばこちらからも治療できない。もう会話を交わす事もできない。地球人類の科学技術全般を底上げし、この『難題』を突破するだけの医療技術が確立するその時まで、氷の棺《ひつぎ》は永遠にゴールデンレトリバーの時間を止め続ける。

お別れの時間だった。

銀色の棺に検体をそっと横たえる。

『……、』

木原脳幹は木原脳幹で、これが最善の一手だと考えていた。

それを迷わず選択できた唯一《ゆいいつ》の成長に喜びさえ感じていた。

次に目を覚ますのは何十年先か、何百年先か、何千年先か、あるいは目を覚ますチャンスはないのか。

高確率で、木原唯一《きはら》との会話はこれが最後になりそうだった。

自《みずか》らの教え子に何を伝えるべきか。

言いたい事は色々ある。だがそれは全《すべ》て、木原脳幹《のうかん》の甘えによるものだった。ゴールデンレトリバーの言葉を吸収しても、木原唯一は成長しない。後に待つのは脳幹のコピーでしかなく、彼女は脳幹の位置で止まってしまう。

だから伝えたい言葉は全て封殺した。

おそらく木原唯一は最前線に放《ほう》り込まれる。というより、木原脳幹がここでリタイヤする結果それ自体が、ある種のお膳立《ぜんだ》てなのだ。理想送り《ワールドリジエクター》。あのイレギュラーを摘《つ》むために、アレイスターが打った次の一手。だから極めて高確率であれと対峙《たいじ》する羽目《はめ》になる。統括《とうかつ》理事長は完璧《かんぺき》な袋小路さえ打ち破れと迫《せま》ったが、木原脳幹では駄目《だめ》だった。運命の呪縛《じゅばく》を引き千切《ちぎ》り、自らの手と足で切り拓《ひら》くには、もっともっと強い『木原』にならなくてはならないのだ。単純な理論値の先を行く、机上の空論さえ飛び越えた、まだ誰《だれ》も見た事のない『木原』に。

自分の未練などどうでも良い。

教え子にとって、何が一番になるかを考えろ。

甘えを振り切り、最後の力を振り絞ってゴールデンレトリバーはこう語りかけた。

『良いか、唯一君……』

「先生っ!!」

『……最後にこれだけ伝えておく。私を超える「木原」になりなさい。私に遠慮《えんりょ》する事なく、その先へと進むんだ。君にはそれができる。もう、君が私の教え子である必要は何もないんだ……』

そこまでだった。

今度こそ完全に意識を失ったゴールデンレトリバーの前で、木原唯一は子供のように大泣きした。それでいて、感情とは全く別のラインで指先が動いていた。どこまでも正確に、そして冷酷《れいこく》に。瞬間《しゅんかん》冷凍の機材が重苦しい音を立てて、最愛の師の処理を進めていく。まるで機械のパーツの中に命が組み込まれ、取り込まれていくような光景だった。

彼女がやった。

自らの手でやった。

「……なってみせるとも」

ぐずぐずと鼻を鳴らしながら、それでも『木原』の一員は呟《つぶや》いた。

再び顔を上げた彼女の瞳《ひとみ》には、異様な光がぎらついていた。

「なってみせるとも!!　私はっ、私は先生を超える『木原』になる。誰にも届かない『木原』

になってみせる！　だって、それが先生の託した事なんだから!!　ただの『木原《きはら》』に留《とど》まらない、『木原』という言葉でも説明のつかない、そんな唯一になれとおっしゃってくださったのだからっっっ!!!!!!」

予定調和の世界は崩壊《ほうかい》する。

『魔神《まじん》』達の思惑なんてどうでも良い。

『魔神』達を瞬殺《しゅんさつ》する理想送り《ワールドリジェクター》の動きなんてどうでも良い。

「……ああそうさ。いつかどこかで弟子は師匠《ししょう》を超えて一人前になっていく。追い抜かれた師匠が胸を張って頷《うなず》けるような、そんな誰《だれ》かになっていく」

極大の業火《ごうか》の後に残っていたのは、品の良い葉巻の先端に点くように静かな燃焼。

派手ではないが揺《ゆ》らぎもない、常に均一な灼熱《しゃくねつ》。

全《すべ》てを知っているらしき統括《とうかつ》理事長も、その統括理事長が注目している幻想殺し《イマジンブレイカー》も。統括理事長が属する科学サイドも、その外にあると思《おぼ》しきもう一つのサイドとの諍《いさか》いも。何もかもを引っ掻《か》き回す理想送り《ワールドリジェクター》も。そうした世界の全てを足し合わせたって。

それらをまとめて相手取り。

なお一歩も後ろへ下がる事はない。

「それが、ロマン、ってもの、だ。そうですよね、先生？」

そんな対立軸がもう一つ。
どうしようもない世界へ、新たに産声《うぶごえ》を上げようとしていた。

窓のないビルでは、巨大な円筒容器の中で『人間』が逆さに浮かんでいた。

長い銀の髪に、緑の手術衣。

男性にも女性にも、大人にも子供にも、聖人にも罪人にも見えるその『人間』は、いつもと変わらず揺蕩《たゆた》っていた。

全《すべ》ては『計画《プラン》』通り。

何もかも元通り。

たとえ過程でどれほどのイレギュラーが発生しても、必ず元の本線に戻せるだけの『あそび』を用意してある。

損失なんて考えなくて良い。逆境なんて言葉は無意味だ。縮めたバネがより強い力で弾《はじ》かれるのと同じように、今回だって全体を眺《なが》めればむしろプラスに転じている。

だから大成功。

一点の曇《くも》りもない躍進《やくしん》。誰《だれ》に憚《はばか》る事もない胸を張れる邁進《まいしん》。

そこまで考えて。

途方もないスコアを具体的に表示して。

「うおおおおァァァああ

ああ!!!!!!」

世界を引き裂《さ》くような咆哮《ほうこう》があった。

それは窓のないビルからどこにも洩《も》れずに、ただ封殺された。

かつて。

幼い娘の死を知ったその日、日記に涙の染《し》みを残したその『人間』は。最善しか導き出せないその『計画《プラン》』を、初めて本当に呪《のろ》っていた。

むかしむかし、せかいさいだいのまじゅつしがまだこどもだったころ。

かれがすんでいたまちは、それはそれはひどいところでした。

かみさまをしんじるおとうさんやおかあさんはわからずやで、がっこうのせんせいはいじわるばかり。なのに、うわっつらばかりいいものだから、かれらはみんなまちのかおやくでした。

おさないかれはそんなはきだめのようなまちでくらしながら、こんなうそつきをさばくこともできない、かんたんにだまされる、はんぱなせかいをつくったかみさまなんてたいしたことないんだなとおもうようになりました。

だったら、わたしがほんものをみせてやろう。

はんぱなかみさまにかわって、ただしいルールをみつけてやろう。

これが、のちにせかいさいだいのまじゅつけっしゃとなる『おうごん』のもんをたたき、あまたのじゅつしきやれいそうをかいはつしたにんげんのスタートちてんです。

ですが、もちろんすべてがせいこうというわけではありません。

かれがこたえにちかづくたびに、あちこちからじゃまがはいります。きょうこなけっしゃはうちわもめをおこし、こどもはたおれ、つまとはわかれ、かぞくはバラバラになって。かれがつまずくたびに、いつもどこかでくすくすとわらうものがいるのです。


「同じじゃないか……」

それでも、かれはがんばります。
かみさまにもだせなかったこたえをみつけて、せかいをよりよくするために。

「これじゃあ、あの『魔神《まじん》』どもと何も変わらないじゃないかァァァあああ!!!!!!」

なげいて、なきさけんで、うちのめされて、ぜつぼうしても。
きょうもアレイスター＝クロウリーはかみさまのルールとたたかっていくのです。

あとがき

一冊ずつの方はお久しぶり、まとめ買いの方は初めまして。

鎌池《かまち》和馬《かずま》です。

新約と銘打《めいう》ってから、もう一四冊になりました。今回はバードウェイ姉妹に降りかかった災《さい》厄《やく》をベースに（南極由来の寄生生命体と言われた瞬間《しゅんかん》に読者さんの大多数が『そんな馬鹿《ばか》な（笑）』と思われたのでは、と踏《ふ》んでいるのですが、『では実際には何だったのか』皆様の初見のインスピレーションはいかがでしたでしょうか？）、理想送り《ワールドリジエクター》を宿した上里翔流《かみさとかける》という人物を掘り下げるべく物語を組んでみました。上条当麻《かみじょうとうま》の対極、と言うとすでに何人もの人物が頭に浮かぶかと思われますが、今回は彼を形作る根幹の一つ、『能力』に軸足を置いたものになっています。

どこにでもいる平凡《へいぼん》な高校生。

ではそこに立っていたはずの上条当麻は、一体どこで分岐してしまったのか。

上里翔流の生い立ちを説明する上でいったんの納得をしてもらった上で、でも、実はそうではないんだよと打ち壊《こわ》してしまうのが今回の醍醐味《だいごみ》かなと思っています。

元々、このシリーズはある程度まできちんと組み上がった（そう、歪《いびつ》と分かっていても一応の『完成形』が見えてしまったため、今さら手直しするのが難しい）箱庭を主人公が粉々に破《は》壊《かい》する所に爽快感《そうかいかん》を持ってきているものです。つまり理詰めで納得させるのではなく、本気で構築された袋小路を感情の力で打ち壊す『さらにもう一歩』にこそ真髄《しんずい》がある。上条と上里、レイヴィニアとパトリシア、交差する線が多くて見た目は何やら入り組んでいますが、お話の構造としては原点回帰に近いのかもしれません。

でもって他に重要な点としては、何気に前巻一三巻では学校が、今回の一四巻では学生寮《りょう》が狙《ねら》われたのも大きいポイントかも？　長くシリーズを続けていると『聖域』と言いますか、ついつい安全地帯を構築してしまうものです。特に日常パートの舞台は要注意。ここに手を出す事ができたのもまた、自分にとっては小さな変化、大きな成長なのかな、などと考えていました。

学校を壊したのは僧正《そうじょう》の『茶目《ちゃめ》っ気《け》』でしたが、一方で上里はある種自覚してこういう『聖域』にズケズケと踏み込んでいくという意味で、今まで当シリーズでは出てこなかった新しい敵のゴジュアルを作れないかなと狙っている部分もあります（前巻では特殊な右手は一つしかないという前提の否定や、作中において絶対と思われた真なる『グレムリン』の瞬殺《しゅんさつ》、そしてどこにでもいる平凡な高校生というフレーズを逆手に取る。今巻では彼が提唱した『特殊な右手と女の子の関係仮説』や、某《ぼう》お犬様にトドメを刺したのもその一端《いったん》です。他にもちょいちょいシリーズの細かい『聖域』を崩《くず》していますので、お暇《ひま》な方は探してみるのも一興かと)。ですので今後彼が動くとなれば、また違った『聖域』の切り崩しにかかるでしょう。そしてそれは、上条《かみじよう》やその周りの人物の心にこれまでなかった激震《げきしん》を走らせる事でしょう。

作中で木原脳幹《きはらのうかん》が語っている通り、上里翔流《かみさとかける》は良くも悪くも情勢を引っ掻《か》き回し、凝《こ》り固まった世界に新しい風を呼び込む存在です。それはかつて、上条当麻《とうま》が世界を二分する科学サイドや魔術《まじゆつ》サイドを相手にそうしてきたのと同じように。そして忘れてはならないのが、上条当麻は学園都市やイギリス清教などの分厚いシステムを覆《くつがえ》し、一矢を報《むく》いる事によって誰《だれ》かの笑顔を守ってきた点です。ここまでついてきてくださった皆様なら、その爽快感《そうかいかん》はもうご理解のはずと考えております。

果たして、切り崩される『聖域』が具体的にはどこになるのか。

それは上条当麻と同じく、誰かを救う選択肢《せんたくし》となりえるのか。

切り崩す、破壊《はかい》する。よそではネガティブに思われるかもしれないセンテンスも、このシリーズの中なら違ってきます。何しろ、主人公が備えている能力自体が『幻想殺し《イマジンブレイカー》』ですから。『聖域』の破壊が何をもたらすか。上里がどう仕掛け、上条がどう切り返すのか。上条が何を言い放ち、上里が何を叫び返すのか。不安あり、期待ありでお待ちいただければと思います。

イラストのはいむらさんと担当の三木《みき》さん、小野寺《おのでら》さん、阿南《あなん》さんには感謝を。何気に上里勢力のおかげでまたもやキャラクターが増えてしまったような。毎度毎度で申し訳ありません。お付き合いいただきありがとうございました。
そして読者の皆様にも感謝を。娘々《ニャンニャン》やネフテュスと仲良くなる展開を期待していた方には申し訳ない形になってしまいましたが、いいやむしろこれで正解だった、と思っていただけるようなものを目指しました。ジャッジは皆様にお任せいたします。

それでは、この辺りで閉じていただいて。
次の巻も手に取っていただける事を願いつつ。
今回は、ここで筆を置かせていただきます。

結局晩ご飯はどうなったんだ

鎌池《かまち》和馬《かずま》

◉鎌池和馬著作リスト

「とある魔術の禁書目録《インデックス》」（電撃文庫）
「とある魔術の禁書目録《インデックス》②」（同）
「とある魔術の禁書目録《インデックス》③」（同）
「とある魔術の禁書目録《インデックス》④」（同）
「とある魔術の禁書目録《インデックス》⑤」（同）
「とある魔術の禁書目録《インデックス》⑥」（同）
「とある魔術の禁書目録《インデックス》⑦」（同）
「とある魔術の禁書目録《インデックス》⑧」（同）
「とある魔術の禁書目録《インデックス》⑨」（同）

「とある魔術の禁書目録《インデックス》⑩」（同）
「とある魔術の禁書目録《インデックス》⑪」（同）
「とある魔術の禁書目録《インデックス》⑫」（同）
「とある魔術の禁書目録《インデックス》⑬」（同）
「とある魔術の禁書目録《インデックス》⑭」（同）
「とある魔術の禁書目録《インデックス》⑮」（同）
「とある魔術の禁書目録《インデックス》⑯」（同）
「とある魔術の禁書目録《インデックス》⑰」（同）
「とある魔術の禁書目録《インデックス》⑱」（同）
「とある魔術の禁書目録《インデックス》⑲」（同）
「とある魔術の禁書目録《インデックス》⑳」（同）
「とある魔術の禁書目録《インデックス》㉑」（同）
「とある魔術の禁書目録《インデックス》㉒」（同）
「とある魔術の禁書目録《インデックス》SS」（同）
「とある魔術の禁書目録《インデックス》SS②」（同）
「新約　とある魔術の禁書目録《インデックス》」（同）
「新約　とある魔術の禁書目録《インデックス》②」（同）
「新約　とある魔術の禁書目録《インデックス》③」（同）

「新約　とある魔術の禁書目録《インデックス》④」（同）
「新約　とある魔術の禁書目録《インデックス》⑤」（同）
「新約　とある魔術の禁書目録《インデックス》⑥」（同）
「新約　とある魔術の禁書目録《インデックス》⑦」（同）
「新約　とある魔術の禁書目録《インデックス》⑧」（同）
「新約　とある魔術の禁書目録《インデックス》⑨」（同）
「新約　とある魔術の禁書目録《インデックス》⑩」（同）
「新約　とある魔術の禁書目録《インデックス》⑪」（同）
「新約　とある魔術の禁書目録《インデックス》⑫」（同）
「新約　とある魔術の禁書目録《インデックス》⑬」（同）
「新約　とある魔術の禁書目録《インデックス》⑭」（同）
「ヘヴィーオブジェクト」（同）
「ヘヴィーオブジェクト　採用戦争」（同）
「ヘヴィーオブジェクト　巨人達の影」（同）
「ヘヴィーオブジェクト　電子数学の財宝」（同）
「ヘヴィーオブジェクト　死の祭典」（同）
「ヘヴィーオブジェクト　第三世代への道」（同）
「ヘヴィーオブジェクト　亡霊達の警察」（同）

「ヘヴィーオブジェクト　七〇%の支配者」（同）
「ヘヴィーオブジェクト　氷点下一九五度の救済」（同）
「ヘヴィーオブジェクト　外なる神」（同）
「インテリビレッジの座敷童」（同）
「インテリビレッジの座敷童②」（同）
「インテリビレッジの座敷童③」（同）
「インテリビレッジの座敷童④」（同）
「インテリビレッジの座敷童⑤」（同）
「インテリビレッジの座敷童⑥」（同）
「インテリビレッジの座敷童⑦」（同）
「インテリビレッジの座敷童⑧」（同）
「簡単なアンケートです」（同）
「簡単なモニターです」（同）
「ヴァルトラウテさんの婚活事情」（同）
「未踏召喚：//ブラッドサイン」（同）
「未踏召喚：//ブラッドサイン②」（同）
「未踏召喚：//ブラッドサイン③」（同）
「とある魔術のヘヴィーな座敷童が簡単な殺人妃の婚活事情」（同）

本書に対するご意見、ご感想をお寄せください。

電撃文庫公式ホームページ 読者アンケートフォーム
http://dengekibunko.jp/
※メニューの「読者アンケート」よりお進みください。

ファンレターあて先
〒102-8177　東京都千代田区富士見2-13-3
電撃文庫編集部
「鎌池和馬先生」係
「はいむらきよたか先生」係

本書は書き下ろしです。

電撃文庫

新約《しんやく》 とある魔術《まじゅつ》の禁書目録《インデックス》⑭

鎌池和馬《かまちかずま》

◆◇◇

2015年11月10日　初版発行
2021年９月30日　３版発行

発行者　青柳昌行
発行　株式会社KADOKAWA
〒102-8177　東京都千代田区富士見2-13-3
0570-002-301（ナビダイヤル）
装丁者　荻窪裕司（META＋MANIERA）
印刷　株式会社 KADOKAWA
製本　株式会社 KADOKAWA

ISBN978-4-04-865507-1　C0193　Printed in Japan

電撃文庫　https://dengekibunko.jp/

電撃文庫創刊に際して

文庫は、我が国にとどまらず、世界の書籍の流れのなかで〝小さな巨人〟としての地位を築いてきた。古今東西の名著を、廉価で手に入りやすい形で提供してきたからこそ、人は文庫を自分の師として、また青春の想い出として、語りついできたのである。

その源を、文化的にはドイツのレクラム文庫に求めるにせよ、規模の上でイギリスのペンギンブックスに求めるにせよ、いま文庫は知識人の層の多様化に従って、ますますその意義を大きくしていると言ってよい。

文庫出版の意味するものは、激動の現代のみならず将来にわたって、大きくなることはあっても、小さくなることはないだろう。

「電撃文庫」は、そのように多様化した対象に応え、歴史に耐えうる作品を収録するのはもちろん、新しい世紀を迎えるにあたって、既成の枠をこえる新鮮で強烈なアイ・オープナーたりたい。

その特異さ故に、この存在は、かつて文庫がはじめて出版世界に登場したときと、同じ戸惑いを読書人に与えるかもしれない。

しかし、〈Changing Times,Changing Publishing〉時代は変わって、出版も変わる。時を重ねるなかで、精神の糧として、心の一隅を占めるものとして、次なる文化の担い手の若者たちに確かな評価を得られると信じて、ここに「電撃文庫」を出版する。

1993年6月10日
角川歴彦

電撃文庫

とある魔術の禁書目録《インデックス》
鎌池和馬
イラスト／灰村キヨタカ

"超能力"をカリキュラムとする学園都市に"魔術"を司る一人の少女が空から降ってきた。『インデックス（禁書目録）』と名乗る彼女の正体とは……!?

か-12-1　0924

とある魔術の禁書目録《インデックス》②
鎌池和馬
イラスト／灰村キヨタカ

学園都市「三沢塾」で一人の巫女が囚われの身となった。上条当麻は魔術師ステイルと嫌々手を組み、彼女を助けに行くことになるのだが――！　学園アクション第2弾！

か-12-2　0951

とある魔術の禁書目録《インデックス》③
鎌池和馬
イラスト／灰村キヨタカ

補習帰りに、上条当麻は御坂美琴とその妹に出会う。御坂妹も姉同様とにかくヘンな奴で……。そんな普段通りの生活の中、学園都市の能力者が次々と殺されはじめる……。

か-12-3　0988

とある魔術の禁書目録《インデックス》④
鎌池和馬
イラスト／灰村キヨタカ

海へバカンスに来た上条当麻が見たものは、インデックスが青髪ピアスで、神裂火織がステイルで、ステイルが海のオヤジで、御坂美琴が当麻の実妹で!?　全てはとある魔術から……！

か-12-4　1021

とある魔術の禁書目録《インデックス》⑤
鎌池和馬
イラスト／灰村キヨタカ

8月31日の学園都市。御坂美琴は、さわやか男子生徒に誘われた。一方通行《アクセラレータ》は、不思議な少女と出会った。上条当麻は、不幸な一日の始まりを感じた……。

か-12-5　1083

電撃文庫

とある魔術の禁書目録《インデックス》⑪
鎌池和馬
イラスト／灰村キヨタカ

大覇星祭最終日。自分が〝不幸〟であることしか自慢できない男・上条当麻が、なんと大覇星祭「ナンバーズ」に見事当選した。景品は『海外旅行』のチケットで……!?

か-12-11　1327

とある魔術の禁書目録《インデックス》⑫
鎌池和馬
イラスト／灰村キヨタカ

九月三〇日。学園都市の某所に、御坂美琴は立っていた。待ち合わせである。けれど、あの少年は一向に姿を見せず……。罰ゲームを巡る学園《ラブ》コメディ編スタート?

か-12-12　1372

とある魔術の禁書目録《インデックス》⑬
鎌池和馬
イラスト／灰村キヨタカ

九月三〇日の学園都市に侵入した魔術師『前方のヴェント』。彼女が操る謎の魔術により都市機能は完全麻痺、大部分の人間は倒れた。絶望的な状況下で上条当麻は……!

か-12-13　1411

とある魔術の禁書目録《インデックス》⑭
鎌池和馬
イラスト／灰村キヨタカ

一〇月。ローマ正教徒によるデモが全世界で勃発した。混乱の最中、その元凶が霊装『C文書』にあることを聞かされた上条は、土御門と共にフランスへと飛び立つ!

か-12-15　1506

とある魔術の禁書目録《インデックス》⑮
鎌池和馬
イラスト／灰村キヨタカ

治安部隊がアビニョン侵攻作戦で不在の学園都市。そこでは闇の組織らの暗躍が始まっていた。『グループ』の一方通行《アクセラレータ》は、謎の組織『スクール』の存在を知り……!

か-12-16　1537

電撃文庫

とある魔術の禁書目録《インデックス》⑯
鎌池和馬
イラスト／灰村キヨタカ

宿敵・後方のアックアがついに動いた。標的とされた上条当麻だが、彼の元には五和がボディガードとしてやってきて……インデックスとの同棲バトル勃発!?

か-12-17　1601

とある魔術の禁書目録《インデックス》⑰
鎌池和馬
イラスト／灰村キヨタカ

『禁書目録召集令状』が布告された。何者かに爆破されたユーロトンネルを『王室』と共に調査せよ、という任務だった。上条当麻が被る今度の〝不幸〟は、英国にて開幕！

か-12-19　1730

とある魔術の禁書目録《インデックス》⑱
鎌池和馬
イラスト／灰村キヨタカ

ロンドンはクーデターにより堕ちた。影響はイギリス全土に及び、市街では『清教派』と『騎士派』が対立する中、ついに上条当麻は「あの男」と出会う……!!

か-12-20　1787

とある魔術の禁書目録《インデックス》⑲
鎌池和馬
イラスト／灰村キヨタカ

一方通行《アクセラレータ》ら『グループ』が『ドラゴン』について探る中、それを煩わしく思う統括理事会のメンバーが彼らに牙をむく。同じ時、浜面と絹旗が滝壺を見舞いに行くが……。

か-12-22　1847

とある魔術の禁書目録《インデックス》⑳
鎌池和馬
イラスト／灰村キヨタカ

上条当麻はインデックスを解き放つため、一方通行《アクセラレータ》は打ち止め《ラストオーダー》を救うため、浜面仕上は滝壺理后を治療するため。三者三様の想いが渦巻く、緊迫のロシア編開幕！

か-12-23　1908

電撃文庫

とある魔術の禁書目録《インデックス》㉑

鎌池和馬

イラスト／灰村キヨタカ

“大切な少女”を救いたいと望む少年たちの、絶対に退くことの出来ない戦いは続く……!! 果たして彼らの願いの行方は……緊迫のロシア編、クライマックス突入！

か-12-25　1984

とある魔術の禁書目録《インデックス》㉒

鎌池和馬

イラスト／灰村キヨタカ

右方のフィアンマが企てる『計画』が、ついに発動する。『ベツレヘムの星』。十字教信者だけでなく、全世界の人間を「救う」と言われるその計画とは……!?

か-12-26　2017

とある魔術の禁書目録《インデックス》SS

鎌池和馬

イラスト／灰村キヨタカ

上条のクラスで行く鍋パーティのゆくえは？ イギリス清教ロンドン女子寮の乱れた？一日とは？ 一方通行《アクセラレータ》が闇へと堕ちた、その先には……。本編補完のSSシリーズ！

か-12-14　1456

とある魔術の禁書目録《インデックス》SS②

鎌池和馬

イラスト／灰村キヨタカ

ジーンズ切り裂き魔を追う神裂、半蔵に恋する郭《くるわ》ちゃん、謎の魔草売り少女と出会う上条刀夜、微妙な強さの超能力者《レベル5》・ナンバーセブン。圧倒的な登場人物で送るSSシリーズ第2弾。

か-12-18　1676

新約　とある魔術の禁書目録《インデックス》

鎌池和馬

イラスト／はいむらきよたか

上条当麻の消失後、全世界に安息の日々が訪れていた。学園都市では、一方通行《アクセラレータ》が騒がしい日常を取り戻し、浜面仕上は新生『アイテム』としての活動を行い……。

か-12-28　2093

電撃文庫

新約　とある魔術の禁書目録《インデックス》⑫
鎌池和馬
イラスト／はいむらきよたか

世界からオティヌスを救った上条当麻。彼の元に新たな脅威が迫る。それはまだ見ぬ魔神。そして学園都市第六位の超能力者・藍花悦——の紛い物まで現れ……⁉

か-12-55　2897

新約　とある魔術の禁書目録《インデックス》⑬
鎌池和馬
イラスト／はいむらきよたか

学園都市をハイテク自転車『アクロバイク』で疾走する上条当麻！　荷台には、振り落とされないよう彼の腰に両腕をしっかり回して密着する御坂美琴。……これは一体⁉

か-12-59　2954

新約　とある魔術の禁書目録《インデックス》⑭
鎌池和馬
イラスト／はいむらきよたか

無敵だったはずの魔神たちを次々と消し去っていく『理想送り』上里翔流。ついにその『右手』が上条当麻に迫る。そして両者の激突の鍵を握るのは、バードウェイ……『姉妹』⁉

か-12-63　3015

乙女な王子と魔獣騎士
柊 遊馬
イラスト／久杉トク

世界に忌み嫌われる魔獣の少年ジュダ。母の仇である王族を討つため正体を隠し、怠惰な騎士生を演じる彼の前に、眉目秀麗な王子が現れた。王子にはある秘密があり——？

ひ-13-1　2945

乙女な王子と魔獣騎士Ⅱ
柊 遊馬
イラスト／久杉トク

男装王女様ラウディの元フィアンセ・ソフィーニアが騎士学校にやってきた⁉　王子様の性別発覚、はたまた貞操の危機か！　ジュダは西に東に奔走する——。

ひ-13-2　3027